KB125132

첫 집 연대기

첫 집 연대기

초판 1쇄 발행 2021년 2월 10일
초판 2쇄 발행 2021년 3월 11일

지은이 박찬용
펴낸이 권미경
편 집 박주연
마케팅 심지훈, 강소연, 김재영
디자인 ROOM 501
펴낸곳 ㈜웨일북
출판등록 2015년 10월 12일 제2015-000316호
주소 서울시 서초구 강남대로95길 9-10, 웨일빌딩 201호
전화 02-322-7187   **팩스** 02-337-8187
메일 sea@whalebook.co.kr   **인스타그램** instagram.com/whalebooks

소중한 원고를 보내주세요.
좋은 저자에게서 좋은 책이 나온다는 믿음으로, 항상 진심을 다해 구하겠습니다.

박찬용
지음

첫 집 연대기

whale books

그것이 완벽한 패턴이라고는 주장하지 않겠다.

내가 놓인 환경에서,

또 내가 타고난 제한적 여건 내에서

내가 희망할 수 있는 최선의 것이라고 생각한다.

_서머싯 몸, 〈서밍 업〉

일러두기

* 일부 외국어 표기의 경우 외래어 한글 표기법이 아닌 저자의 의도를 반영했다. 예를 들어 東京 (とうきょう)는 일본어 한글 표기법에 따라 '도쿄'로 표시하나 이 책에서는 '도ど'와 '토と'의 발음이 다르다는 저자의 뜻에 따라 '토쿄'로 표기했다. 마찬가지로 '오마에 겐이치' 역시 大前研一(おおまえけんいち)를 따라 '오마에 켄이치'로, '다치키치'는 橘吉(たちきち)를 따라 '타치키치'로 표기했다. 모음 장음까지는 반영하지 않았기 때문에 '토오쿄오' 대신 '토쿄'로, '오오마에 켄이치' 대신 '오마에 켄이치'로 표기했다.

뱁새의
집

"제가 사실은 정원이 있는 단독주택에 사는데요…."

라는 이야기를 꺼내야 할 때가 종종 있다. 처음 만난 사람들이 있는 자리에서 침묵을 없애기 위해 누구라도 아무 노래나 틀 듯 뭔가 이야기를 해야 할 때다. 실제로 나는 그런 집에 산다.

내가 호화롭게 살아서 이런 이야기를 하는 게 아니다. 요즘은 부자도 세련된 사람도 많으니 웬만한 부와 취향은 어디가서 꺼내지도 못한다. 내가 이야기를 꺼내는 이유는 정확히 반대다. 내 궁상 때문이다. 나는 정원이 있는 단독주택에서 대학가 원룸 수준의 보증금과 월세로 살고 있다. 집은 많이 낡았고 함께 사는 건물주는 좀 특이한 사람이다.

다른 선택이 없었다. 나는 독립하고 싶었고 돈은 얼마 없었다. 그런 주제에 그럴듯한 곳에 살아 보고 싶었다. 여러 일이 겹쳐 인터넷으로만 매물을 찾다가 마침 그 집을 찾았다. 다행인지 불행인지 나는 망설이지 않았다.

대가를 치렀다. 인테리어 경험이 전혀 없던 상태에서 보증금 이상의 공사비와 몇 달 치의 월세를 들이며 공사를 했다. 그 집에 들어가기 위해 차를 바꾸고 새벽 두 시에 건물주의 메시지를 받았다. 부모님과 건물주에게 동시에 혼나며 잡지 마감과 집 공사를 함께 했다. 내가 열정적이거나 예민하기 때문이 아니라 멍청했기 때문이었다. "뱁새가 황새 따라가다 가랑이 찢어진다"는 한국 속담이 있다. 나는 이 집에 사는 내내 햄스트링이 손상된 뱁새의 기분이 어떤지 느낄 수 있었다.

내 이야기를 다른 사람들에게 전하면서 깨달았다. 사람들은 남이 골탕먹은 이야기를 좋아한다. 내가 다섯 달 치 월세를 내면서 이사는 하지도 못하고 공사를 진행한 이야기, 사실 다섯 달이 걸린 이유는 공사가 길어져서가 아니라 내가 마감을 하느라 공사를 돌볼 시간이 없어서였다는 이야기, 다른 건 몰라도 좋은 바닥을 포기할 수는 없어서 보증금 500만 원짜리 월세방에 이탈리아 타일을 깔았던 이야기, 원목 마루를 깔려고 마루 가게 사장님까지 만났다가 갑작스럽게 못 깔게 된 이야기, 책상이 없어서 이케아 종이 상자 위에 노트북을 올려두고 원고를 작성했지만 집 안의 첫 의자는 스위스에서 사 왔다는 이야기, 그런데도 옷장은 이케아의 간이 옷장이라는 이야기, TV도 와이파이도 냉장고도 없어서 1년의 대부분은 한 달 전기료가 1,100원이라는 이야기를 들으면 사람들은 다양한 표정을 짓는다. 결과적으로 나는 그런 집에서 2년 계약을 맺고 최근 2년 계약을 더 연장해 살고 있다.

처음 생각과는 달랐던 것도 많다. 일상은 녹록하지 않고 사람은 생각보다 털을 더 많이 떨어뜨린다. 생각보다 좋았던 것도 있다. 대도시의 어떤 지역에서는 냉장고와 부엌과 세탁기가 없어도 사는 데 큰 문제가 없다. 처음에 무서웠던 건물주와도 아주 조금 가까워질 수 있다. 동네의 고양이들에게 사료를 준다. 동시에 삶의 어떤 면은 도저히 예뻐지지 않는다. 단독주택의 낭만 곁에는 곰팡이가 피어오르는 벽지가 있다. 세입자와 건물주 사이에는 건널 수 없는 틈이 있다. 그게 뭐든 이 경험이 아니라면 몰랐을 일들이다.

그 과정에서 나는 내가 사는 곳과 그 선택에 대한 생각을 할 수밖에 없었다. 이 집이 내게 끝없이 자극을 주었기 때문이다. 왜 이 집은 겨울에 춥고 여름에 더운가. 왜 이 집은 봄이 오면 천장에 거미가 끼기 시작해 한 번씩 집안의 거미줄을 걷어줘야 하는가. 그런데 왜 겨울에 거미가 없으면 쓸쓸한가. 2020년의 서울시에서 살 때 집에 필요한 가재도구는 어디부터 어디까지인가. 1인 가구에서 냉장고가 없으면 무엇이 편하고 무엇이 불편한가. 나는 그냥 일상을 살 뿐인데 왜 어떤 사람들은 이 일상을 신기해하는가. 왜 나는 이런 집에서의 삶을 택했는가.

이 이야기를 남에게 했을 때의 반응은 크게 둘이다. 놀라며 한심하게 여긴다. 혹은 이해한다. 전자가 훨씬 많고 후자는 거의 없다. 이 책을 보실 분들의 마음도 비슷하게 나뉠 거라 생각한다. 황당하거나 이해하거나. 황당하신 분께서는 '세상에 이런 사람이 있구나'라고, 이해하시는 분께서는 '나 같은 사람이 또 있구나'라고 생각해 주신다면 감사하겠다.

나는 보통 머리말과 맺음말은 책 작업의 거의 마지막 단계에 작성한다. 이 책의 원고를 끝내고 나자 이 글 안에 개인적인 경험 이상의 의미가 있을 수도 있겠구나 싶었다. 다행이었다. 개인적이기만 한 이야기라면 재미도 가치도 없다. 개인의 이야기라도 다른 사람이 턱을 괴고 생각할 만한 부분이 있어야 독자의 시간에 누가 되지 않을 거라 생각한다.

내가 생각한 개인적인 경험 이상의 의미가 무엇일지는 맺음말에 적어 두었다. 궁금하신 분은 지금 책 말미를 펴보시면 바로 그 의미를 확인하실 수 있다. 그러나 그것은 마치 결말이 궁금해서 영화의 마지막 부분으로 바로 넘어가는 것과 같다. 본문을 다 보고 나서 보셨을 때 조금 더 의미가 와 닿을 것이다.

그리하여 이 이야기는 어느 추운 겨울에 시작된다. 추워도 너무 추운 날이었다.

3부
채우기

1부

나가기

때가 됐다:
독립을 결심한 이유들

———————

　본가의 내 방은 부엌 옆에 있었다. 영등포구 어딘가의, 방 면적은 2평쯤 되고 외부 베란다가 1평쯤 되는 방이었다. 신도림역 근처 기찻길 바로 옆이라 하루 종일 크고 작은 기차 소리가 들렸다. 그 방에서 20년을 살았다.

　이사 없이 20년 동안 한곳에 살다 보니 20년 분량의 물건이 쌓였다. 내 옷과 내 책, 일하면서 한 달에 한 권씩 쌓이는 잡지들, 출장에 갈 때마다 습관처럼 챙겨 오는 물건들이 방에 계속 쌓여갔다. '이건 여기서만 팔 것 같은데', '이런 건 내가 아니면 누가 사겠어' 같은 마음으로 사 오는 물건들이었다.

예를 들면 여행가방에 붙이겠다고 세상의 온갖 스티커를 샀다. 스위스 바젤에서는 아주 상태가 좋았던 스위스군 배낭을 사 오기도 했다. 한때 '붐박스'라고 부르는 70-80년대의 큰 카세트테이프 플레이어를 10개씩 모았다. '직업이 잡지 에디터인데 참고 자료로 삼아야지' 싶은 생각에 외국 잡지도 여기저기서 사 오거나 가져왔다. 물건은 늘어가는데 집이 넓어지지는 않았다. 방이 좁아질 수밖에 없었다.

내 물건이 전부가 아니었다. 방 안에는 다른 가족들의 물건들도 많았다. 엄마가 어디서 가져왔는지 모를 냄비 상자가 베란다의 내 책 사이에 15년째 놓여 있었다. 어느 날 퇴근하고 집에 왔더니 웬 낡은 장롱이 내 방 안에 들어왔다. 동생 방에 있던 낡은 벽장이었다. 그 벽장 못지않게 낡아 있는 안방의 옷장도 정신을 차려보니 내 방의 일부가 되었다. 동생과 아버지가 내가 없는 동안 그 가구들을 넣어둔 것이었다. 내가 집에 있는 시간이 가장 짧았으니 내 입장을 빼고 생각하면 당연한 결과이긴 했다. 입장이나 결과를 빼고 생각해도 그 가구들은 너무 컸다. 방의 인테리어 같은 건 생각할 수도 없었다.

낡고 큰 가구들이 들어온 경위는 엄마의 고집과 가족의

대응이었다. 엄마는 물건을 잘 버리지 못하고 고집이 세다. 살다 보면 계속 물건을 사게 되니까, 들어오는 물건만큼 물건을 내보내야 실내의 균형이 맞는다. 하지만 엄마가 그런 마음을 먹기는 쉽지 않은 모양이었다. 다른 가족에게도 사정이 있었을 것이다. 엄마의 고집을 꺾을 수는 없지만 자기 방이 좁아지는 것도 싫었을 것이다. 그 결과 내 방으로 가구들이 모여들어 꽉 찰 정도가 됐다.

"못 버리겠다 안 하나"라고 말하는 엄마에게도 이유는 있었다. 부산 사람인 엄마는 부산에 온 서울 사람이었던 아빠를 만나서 부산에서 결혼한 후 결혼 5년 차에 돈이 거의 없는 채로 서울에 왔다. 30년이 지나고 열심히 일해서 서울에 있는 집을 하나 사서 살게 되었지만 엄마의 마음속에는 여전히 몇백 원 단위로 계산을 하면서 살았던 긴장이 남아 있었다. 그 집의 오래된 가구들은 엄마를 형성하는 무엇인가가 포함된 신체의 일부 같은 것이었다. 신체의 일부를 버릴 수는 없다. 그 사실을 깨달을 정도로 나이가 들고 나니 엄마에게 투덜거릴 수도 없었다.

방만 점점 좁아질 뿐이었다. 워낙 짐이 많아서 침대를 둘 생각은 애초에 하지도 않았다. 싱글베드 사이즈 매트리스를 됐지만 언젠가 그것도 버렸다(이걸 버릴 때도 한 번 혼났다). 요를 깔고 자다가 공간이 좁아져 요를 반 접어서 깔고 잤다. 나중에는 책상 의자를 방 밖에 빼두고 책상 밑에 머리를 넣고 잤다. 악몽이라도 꾼다면 바로 책상 아래 선반에 머리를 찧을 판이었다. 다행히 나는 꿈을 안 꾸고 잘 잔다.

불편한 건 그뿐이 아니었다. 내가 쓰던 방은 여름에 너무 덥고 겨울엔 너무 추웠다. 지구온난화가 심화되고 한국의 연평균 온도 차가 점점 커지는 추세와 아랑곳없이 내가 살던 집에는 에어컨이 없었다. 이 역시 엄마의 고집스러운 검소함 덕이었다. 그 검소함과 고집으로 아이들을 키우고 가정을 꾸렸으니 이 역시 내 모친의 어쩔 수 없는 성정이었다. 더울 뿐이었다. 분명 그 집에 처음 살 때는 괜찮았던 걸로 기억하는데. 개천 근처에 있어서 바람도 잘 불었고 무엇보다 여름이 그렇게 덥지 않았다.

그 집에 살던 20여 년 동안 서울이 점점 더워지고 있었다. 기후 변화는 지구의 미래는 둘째 치고 우리 가족의 여름을 너무 힘들게 했다. 여름에 더우니 문을 열어둘 수밖에 없는데, 새벽에 불이라도 켜져 있으면 규칙적인 생활을 강조하는 엄마에게 한마디씩 듣곤 했다. 너무 더웠는데 외부 원고를 마무리해야 했을 때는 엄마 몰래 시내의 비즈니스호텔에서 묵고 온 적도 있다. 보통 외부 원고의 고료와 서울의 비즈니스호텔의 1박 숙박료에는 큰 차이가 나지 않는다. '이게 뭐 하는 건가' 싶었다.

추위는 더 곤란했다. 나는 더위를 잘 안 타는 편이라 더위는 참으면 그만이었다. 대신 추위를 많이 타는데, 그 방이 우리 집에서 가장 추운 방이었다. 베란다가 붙어 있는 방이라서 외부의 냉기가 상대적으로 더 많이 들어왔다. 가구가 점점 늘어났기 때문에 그 방에서 가장 추운 창문 옆에 붙어서 잘 수밖에 없었다. 감기 기운과 함께 잠에서 깨어난 적도 적지 않았다.

어릴 때는 나도 나름의 저항을 해봤다. 엄마를 설득하려 해본 적도 있었고, 지금 생각하면 미안한 일이지만 엄마에게 대든 적도 있었다. 하지만 엄마에게도 엄마의 사정과 바꿀 수 없는 자아의 척추 같은 게 있는 법이다. 고칠 수 있는 게 별로 없었다. 가끔 방 안의 뭔가를 버리자고 해봐도 서로 다퉈서 속만 상할 뿐이었다.

이런 과정을 거치며 내가 엄마에게 할 말이 없다는 것도 깨달았다. 엄마가 무슨 잘못인가. 엄마가 열심히 살아서 획득한 집에 내가 얹혀사는 것뿐이다. 엄마는 이미 내게 이런저런 과분한 편의를 제공했고 엄마의 최선을 다했다. 동시에 엄마도 본인의 최선 이상을 해줄 수는 없는 일이다. 냉정히 말해 나는 모친의 호의 덕에 서울 시내의 모처에서 월세도 내지 않고 살고 있는 셈이었다.

다만 나 역시 나이가 들수록 어쩔 수 없이 참기 힘들어졌다. 내가 일했던 라이프스타일 잡지사 편집부는 야근이 많았다. 새벽에 퇴근할 때도 있었다. 엄마는 거실에서 잔다. 그렇다면 내가 새벽에 들어올 때는 엄마를 꼭 깨우게 된다. 나는 나대로 엄마를 새벽에 깨우는 게 내키지 않는다. 엄마도 엄마대로 아들이 새벽에 늦게 들어오는 게 걱정될 것이다. 나는 내 일을 할 뿐인데 괜히 눈치를 봐야 했다. 엄마 역시 마찬가지였을 것이다. 결과적으로 누구의 잘못도 아니지만 모두가 불편해지고 있었다.

독립하면 그만이었다. 혼자 살면 될 일 아닌가. 혼자 살지 못할 이유가 없었다. 한국 나이로 30대 중반에 들어섰으니 친부모 집에 얹혀사는 건 그 자체로 어느 정도 민폐이기도 했다. 엄마는 '이 집에서 살면서 돈을 모으고 나중에 결혼하면 나가 살라'고 했지만 사는 게 그렇게 간단하지만은 않다. 돈을 모으는 것, 결혼하는 것, 당신도 나도 알다시피 모두 말처럼 쉬운 일이 아니었다.

돈이 문제였다. 독립을 하려니 돈이 없었다. 내가 있던 무렵 한국의 라이프스타일 월간지 에디터의 연봉은 그리 높지 않았다(지금은 모르겠지만 큰 차이는 없을 것 같다). 그렇다 해도 일을 몇 년 했으니 돈을 모아둘 수 있었을 거고, 업계 친구들 중에서는 규모 있게 저축을 한 친구도 있었다. 반면 나는 부끄러울 정도로 모아둔 돈이 없었다. 어느새 추억 속 유행어가 된 '욜로'라는 말이 유행하기 전부터 나는 그야말로 욜로 중의 욜로였다. 사고 싶은 건 샀고 먹고 싶은 건 먹었다. 가고 싶은 곳이 있으면 갔고 거기서 사고 싶은 게 있으면 또 샀다. 주변에는 여러 가지 이유로 대출을 받는 사람도 있었다. 그런 사람들을 떠올리며 '저축은 안 하지만 대출이 있는 것보다는 낫잖아'라고 생각했다. 그렇게 말도 안 되는 논리를 세우고 버는 족족 썼다.

다행히 그 습관이 바뀐 계기가 있었다. 잡지사를 잠깐 그만두고 다른 회사를 다니던 2015년이었다. 여러 가지 이유로 조금 혼란스러웠는데, 그중에는 사회생활 내내 해오던 일을 그만두었다는 사실에서 오는 혼란도 있었다. 혼란스러우니까 돈이라도 모으자 싶어서 당시 월급의 80퍼센트를 저축했다. 그 회사도 4개월 만에 그만두긴 했지만.

그다음부터 아주 중요한 습관이 생겼다. 적금을 들기 시작한 것이다. 실제 돈도, 인쇄된 통장도 아닌 모니터와 스마트폰 화면 속 숫자가 한 달에 한 번씩 조금씩 올라가는 게 설명 못 할 이상한 위안이 되었다. 이렇게 적어두니 저축의 화신 같지만 그럴 리 없었다. 사고 싶거나 돈을 쓰고 싶을 때마다 적금을 해약했으니 극적으로 돈을 많이 모으지는 못했다. 그래도 가까스로 '독립이란 걸 해볼까나' 싶은 정도의 돈은 모여 있었다. 현금 1,500만 원 정도가 있었던 걸로 기억한다.

내 혼란은 여전했다. 머릿속에 주파수를 못 잡은 아날로그 라디오의 치직거리는 소리가 늘 울리는 것 같았다. 그 소리 사이에서 음악과 잡음과 이야기가 들려오는 것 같았지만 무엇이 신호이고 무엇이 소음인지 알 수는 없었다. 나는 내일에 재미를 느꼈고 당시의 동료들도 좋았지만 업계는 침체

되고 있었고 내 일 솜씨가 느는 것 같지도 않았다.

내 삶이 마음에 들지 않으니 남들의 삶이 부러워 보였다. 평생 남을 신경 쓰지 않으며 살았는데 남의 삶을 기웃거리는 것 자체가 나에게는 보통 일이 아니었다. 주변의 친구들은 결혼도 하고 아이도 갖고 직장에서도 어느 정도 자리를 잡은 듯했다. 내게는 다 없는 것들이었다. 당시에 만나던 연인과도 결국 잘되지 않았다. 일도 사랑도 잔고도 확실하지 않으니 내 자신이 약해진 잇몸 속에서 흔들리는 이가 된 것 같았다. 어떤 면에선 늘 멍했고 어떤 면에서는 늘 뾰족해져 있었다.

그렇게 지내던 어느 날 그 글귀를 보게 되었다. 사람이 바뀌려면 사는 곳이 바뀌어야 한다, 같은 그런 글귀였다. 인터넷에 짧은 글귀로 잘려서 돌아다닐 법한 이야기다. 나도 인터넷에서 보았던 것 같다. 회사 컴퓨터로 봤는지 스마트폰으로 봤는지 모를 정도로 기억에서 희미하다. 인터넷에 떠도는 출처 없는 잠언들은 대부분 쌀로 밥하는 것처럼 당연한 이야기다. 그런데 그 말은 이상할 정도로 기억에 오래 남았다.

모든 이사가 다 끝나고 책을 만드는 지금 찾아보니 이 말의 출처는 일본의 경제학자 오마에 켄이치였다. 그의 저서인 2012년 작 《난문쾌답》에 나온 말이라고 한다. 전문은 이렇다. "인간을 바꾸는 방법은 세 가지뿐이다. 만나는 사람을 바꾸는 것, 사는 곳을 바꾸는 것, 시간을 달리 쓰는 것. 새로운 결심만 하는 건 무의미한 행위다." 일본인 경제학자가 에세이에서 하는 인생 구루풍 조언이라니, 평소의 나라면 귓등으로도 듣지 않았을 말이다. 하지만 내게는 변화가 필요했다.

오마에 켄이치의 말에 비추어 보면 나는 사람과 시간과 장소 중 장소를 바꿔볼까 한 것이었다. 일로 만나는 사람을 바꿀 생각은 없었다. 당시 직장이었던 한국판 〈에스콰이어〉에는 훌륭하고 재미있는 동료가 많았기 때문에 즐겁게 일하고 있었다. 잡지사의 업무 시간은 야근이나 마감 등 신체 건강에 적합하지 않은 면이 있다. 하지만 나는 그것에도 딱히 불만을 느끼지 않았다. 잡지 일을 하는 한 바꿀 수 있는 것도 아니고, '마감-출간'이라는 사이클로 맺고 끊음이 확실한 일 나름의 쾌감도 있었다. 당시의 내가 바꿀 수 있고 바꾸고 싶어 하는 건 내가 사는 장소뿐이었다.

겨울은 계속 추웠다. 나는 계속 감기에 걸린 듯한, 아니면 걸릴 듯한 기분이었다. 2017년 초 어느 겨울날 나는 혼자 나와 살기로 결심했다. 유난히 눈이 많이 왔던 겨울이었다.

입지의 조건들:
동작대교 서쪽, 녹지, 대학 도서관, 노량진 수산시장

————

어디서 혼자 살아야 할까? 다행히 어디에 살면 좋을지 전혀 몰라서 막막하지는 않았다. 다섯 살 때부터 지금까지 서울에서 평생을 보냈다. 구경해 본 곳도, 한 번쯤 살아보고 싶던 동네도 많았다. 나는 우선 실제의 지도가 아닌 머릿속의 지도를 떠올리며 내가 원하는 조건을 생각해 보기로 했다.

내 머릿속 지도보다 앞서서 파악해야 할 것이 내 조건이었다. 나는 그때 지하철 3호선 신사역 근처의 직장에서 일하고 있었다. 이 직장을 언제까지 다닐지는 몰라도(실제로 이 책이 나오는 지금은 그 직장에서 일하지 않는다) 잡지와 관련된 일을 하는 한 나의 직장은 범강남권일 확률이 높았다. 나는 낡은 차를 한 대, 아니 사실 두 대 가지고 있었다(내 가장 부끄러운 충동구매 중 하나다). 독립을 하면 한 대는 정리할 생각이었지만 주차 공간은 필요했다. 그리고 나는 혼자 살고 당분간은 둘이 살 예정도 없는(실제로 이 원고를 적는 지금도 혼자 산다) 독신 남자다. 강남권 근무, 차량 보유, 독신 남자. 이것만으로도 주거의 꽤 많은 요소가 정해질 수 있었다.

라이프스타일 잡지 업계와 관련한 대부분의 시설은 강남권에 몰려 있다. 잡지사와 함께 생태계를 이루는 연예 기획사, 각종 패션 홍보 대행사, 사진가의 스튜디오, 헤어와 메이크업 아티스트의 숍, 스타일리스트 사무실도 모두 강남구에 있다. 강남에는 잘사는 사람과 돈 쓰러 놀러 온 사람뿐 아니라 이렇게 특정 산업 종사자가 있다는 사실을 나 역시 일하면서 배웠다.

그러니 자연스럽게 강남구에 사는 사람도 많다. 직장 근처의 거처니까 합리적으로 보인다. 완전히 강남이라 할 만한 논현동이나 신사동에 사는 사람들을 몇 명 알았다. 논현동과 신사동 사이의 어딘가에 컴퍼스의 축을 꽂고 반지름을 조금 넓혀보면 사는 사람들이 더 많아졌다. 전세나 월세가 조금 더 저렴한 잠원동, 방배동, 이수역 근처에 사는 사람들도 많았다. 나는 한강 건너 옥수동, 금호동, 한남동, 이태원동이나 보광동까지 범강남 문화권이라고 생각한다. 그쪽에 사는 사람들도 많았다.

나는 처음부터 그러고 싶지 않았다. 강남에서 살아야겠다고 생각한 적은 한 번도 없었다. 우선 비쌌다. 전세도 매매도 비싸지만 굳이 강남에 살아야 한다면 내가 그나마 감당할 수 있는 주거 형태는 월세였다. 강남은 강남이니까 월세도 만만치 않았다. 집에 머무르는 시간도 별로 길지 않을 텐데 강남권이라는 이유만으로 높은 집값을 감당할 생각은 전혀 없었다. 직장을 다니며 일상적으로 점심을 사 먹어보니 강남은 생활 물가도 비싼 동네였다. 밥값도 비싸고 휘발유도 전반적으로 비쌌다. 내가 강남구의 아파트촌 말고 상업 지역과 주택가가 섞인 논현동이나 신사동을 주로 겪어서 그렇게 느끼는 것일 수도 있다. 그렇다 해도 내가 어릴 때부터 강남에서 나고 자랐다면 모를까, 서른이 훨씬 넘은 이 나이에 강남에서 살고 싶지는 않았다. 강남에는 서울이 아닌 듯한, 내가 평생 자라온 서울과는 뭔가 다른 느낌의 분위기가 있었다. 퇴근할 때만큼은 그 분위기에서 벗어나고 싶었다.

신기하게도 강남 3구는 그 안에 있으면 이동이 편한데 밖에서 오려면 얼추 1시간씩은 걸린다. 그래서 처음부터 출퇴근 시간은 강남에서 편도 1시간 정도로 생각했다. 어차피 신도림역 근처에 있는 본가에 살 때도 출퇴근에 편도 1시간씩 쓰며 다녔다. 그 정도의 출퇴근 시간에는 익숙해져 있었다. 강남은 교통의 요지이기도 해서 편도 1시간에서 1시간 30분 정도를 생각하면 고를 수 있는 동네가 굉장히 많았다. 이론적으로는 평택이나 동인천에서도 다니는 데 큰 문제가 없었다. 실제로 평택과 동인천 모두 가봤는데 느낌이 좋아서 그쪽에서 살아볼까 싶기도 했다.

'강남에서 1시간'은 너무 막연한 조건이었다. 조금씩 조건을 자세하게 만들 필요가 있었다. 나는 우선 서울 밖으로 벗어나지는 않기로 했다. 서울을 벗어나면 어떻게 될지 모른다는 서울 촌놈의 근거 희박한 두려움 때문이었다. 서울 안에 살아보자고 생각했을 때 가장 먼저 떠오른 지표는 동작대교였다. 나는 동작대교 서쪽에 살고 싶었다. 평생 서울 서남부에 살면서 서북부를 오갔다. 서울의 동남부나 동북부는 나에게 별로 익숙하지 않았다. 동작대교를 기준 삼아 그 위아래로 가상의 선을 그었다. 이렇게 살 곳을 생각하다 보니 나는 조금씩 신이 났다. 조건을 더 정해도 되잖아?

　내가 두 번째로 떠올린 조건은 녹지였다. 나는 어릴 때부터 산과 녹지에 익숙했다. 부산에서 서울로 오면서 산 근처에 자리를 잡았기 때문이었다. 부모님은 1987년에 서울로 오면서 지금은 금천구가 된 구로구 시흥4동에 자리를 잡았다. 법원과는 아무 상관이 없었는데 '법원단지'라는 이름이 붙은 귀여운 동네였다. 시흥4동 중에서도 관악산 등산로 입구까지 걸어서 5분 거리였던 곳이었다. 넉넉한 형편은 아니었지만 안방 창문 너머로 늘 산과 숲이 보였다.

　어릴 때 자주 간 할머니 댁은 종로구 신영동에 있었다. 행정동 이름보다는 '세검정'이라고 더 많이 부르는 곳이었다. 백사실 근처라 산이 5분 거리였다. 멧돼지가 나온다는 이야기를 듣기도 했다. 거의 평생 행정구역상 서울에 살았지만 내 유년기의 서울은 넓은 길과 대단위 아파트 단지가 아니라 산과 숲과 주택과 다세대주택이었다. 그런 곳을 떠나 20년 동안 경부선 기찻길 옆에 살려니 늘 녹지가 생각났다.

　다행히 녹지 근처에 살고 싶다는 건 별로 어려운 소망이 아니었다. 서울의 집값을 이루는 요소는 대부분 입지 요소다. 구체적으로 학군, 한강 인접성, 역세권 등이 집값이나 임대 시세에 영향을 미친다. 나는 셋 다 관심이 없었다. 학군은 학부모가 아니니 말할 필요도 없었다. 한강 인접성은 너무 비싸서 생각할 겨를도 없었다. 한강에 면한 집들은 늘 차가 다니는 대형 간선도로인 올림픽대로와 강변북로 바로 옆에 있기도 했다. 하루 종일 창문도 열 수 없는 집에 살면서 한강을 감상할 생각은 별로 들지 않았다. 비싼 집에 안 살아봐서 하는 이야기겠지만. 역세권도 별로 내키지 않았다. 한국에서 환승객이 가장 많은 신도림역 옆에서 20년을 살았다. 이 정도면 역세권에서 잠깐 벗어나도 되는 것 아닐까 싶었다. 서울 서부의 비역세권 녹지라면 내 형편 정도라도 선택의 여지가 있었다.

최소한의 지리 조건인 서울 동작대교 서쪽과 녹지 근처를 변수로 두고 생각해도 여전히 선택의 여지가 넓었으니 변수가 더 필요했다. 내가 떠올린 다음 변수는 대학교였다. 생활 편의시설로의 대학교는 아주 훌륭했다. 대학교는 그 자체로 공원이고 운동장이고 수준급 건축물의 집합소였다. 학교 안팎에 저렴한 식당이 많기도 했고 자취생 수요에 대응하는 원룸도 각 학교 앞마다 많이 만들어져 있었다. 대학 자체가 어느 정도 도시 녹지이기도 했다. 찾아보니 일부 대학은 외부인에게도 도서관 등의 시설을 개방하는 것 같았다.

　도서관도 입지를 생각하다 보니 집 근처에 하나쯤 있었으면 싶었다. 대학 도서관이 아니어도 규모 있는 도서관은 나에게 중요한 시설물이었다. 어릴 때부터 도서관을 좋아해서 집 근처의 공립 도서관에 다녔다. 대학교에 갔더니 더 크고 아름다운 도서관이 있었다. 수업에 빠지고 공부를 안 해서 성적은 안 나와도 도서관에는 갔다. 내가 공부를 하나도 안 하는 줄 알던(틀린 예측은 아니었다) 친구들이 내가 도서관에서 나오는 모습을 보고 놀라기도 했다. 대학을 졸업해도 도서관을 찾을 일이 계속 생겼다. 잡지 에디터라는 직업의 일부에는 늘 뭔가를 검색하고 찾아보는 일이 포함되어 있었다. 잠깐 직장을 그만두고 프리랜서로 일할 때는 도서관으로 출퇴근하며 거기서 원고를 만들기도 했다. 막상 일해보니 도서관은 꽤 좋은 근무 환경이었다. 조용하고 널찍하고 책 많고.

　대학교와 도서관이라는 변수까지 붙여도 여전히 서울은 넓었다. 조건을 하나 더 떠올렸다. 노량진 수산시장이었다.

나는 본가에 살 때 노량진 수산시장에서 마감의 기쁨을 자축하곤 했다. 직장은 강남이고 집은 신도림역 근처이니 집과 직장 중간에 노량진 수산시장이 있었다. 겨울 새벽에 마감이 끝나면 집에 가는 길에 시장에 들렀다. 신선한 해물로 뭔가를 해 먹고 싶었다. 노량진 수산시장은 늘 열려 있었다.

마감이 끝나면 피곤하고 정신도 없고 내 머릿속에 십수 명이 들락날락한 것 같고 그중에서 내 마음대로 된 건 아무것도 없는 기분이 든다. 실제로 그렇지 않았다고 해도 왠지 그런 기분이다. 그럴 때 뭔가 하나라도 처음부터 끝까지 내 마음대로 되는 게 있었으면 싶어서, 그리고 며칠 동안 정체불명의 야식과 배달 음식을 먹었으니 좀 제대로 된 걸 먹고 싶어서 시장에 들르곤 했다. 양식 홍합을 한 바구니 사서 양파와 볶아 먹었다. 백합조개처럼 고급스러운 맛이 나는 걸 사서 파만 몇 조각 넣어 살짝 쪄 먹기도 했다. 그런 게 겨울 마감의 사소한 흥취였다. 그 흥취를 유지하려면 노량진 수산시장 근처에 살아야 했다. 조개는 어디서나 팔지 않느냐고? 새벽에 여는 곳이 없지 않은가. 그리고 겨울 노량진 수산시장에서는 양식 홍합을 정말 싸게 팔았다.

몇 년 전부터 생각한 독립 판타지도 노량진 수산시장과

관계가 있었다. 나는 만약 독립을 한다면 숯불에 생선을 구워 먹고 싶었다. 집에서 생선을 구우면 아무래도 냄새가 잘 밴다. 테라스가 있는 곳에서 숯에 불을 붙여 부채로 불기운을 올려가면서 생선을 굽고 싶었다. 독립하기 전이었으니 꿔볼 수 있던 꿈이었다는 걸 나중에 알았지만, 그때만 해도 이런 이유 때문에 노량진 수산시장은 내 자취방 입지 선정에서 상당히 중요한 요소였다.

판타지 속의 나는 이미 성공적으로 독립한 사람이었다. 동작대교 서쪽의 어느 녹지와 대학교와 도서관과 노량진 수산시장이 두루 가까운 미지의 집에서 조금 시린 날 두껍게 입었지만 팔은 걷고 숯불에 부채를 부쳐가며 생선을 굽고 있었다. 그때 들을 음악이나 마실 술이라도 미리 정해둬야 할 것 같은 기분이었다.

거의 모든 판타지는 이루어지지 않는다. 나의 독립 판타지도 마찬가지였다. 나는 내가 원하는 게 내가 원하는 모습 그대로 있지는 않다는 사실을 독립하는 내내 배웠다. 몸을 쓰고 돈을 쓰고 소소한 손해를 입어가면서.

인터넷으로만 집을 알아볼 수 있을까:
다방, 직방, 네이버 부동산,
피터팬의 좋은방 구하기, 다음 로드뷰

———————

내가 해온 잡지 일은 기획을 현실화하는 과정이었다. 현실에 부딪히고 실패해서 거품이 꺼지는 걸 겪는 과정이기도 했다. 집을 구하는 일도 그와 비슷한 면이 있었다. 머릿속으로 생각하고 지도를 보는 것까지는 좋기만 하다. 그다음에는 완전히 다른 게임이 시작되었다. 우선 집을 보러 다닐 시간이 없었다. 그때의 나는 늘 마감에 쫓기는 삶을 살았다. 단순히 일이 많아서였던 것 같지는 않다. 실제로 적지 않게 일을 했다고는 생각하지만 늘 내 능력 이상의 일을 하느라 무엇하나 제대로 하는 게 없는 기분이 들었다. 언젠가 어떤 선배가 본인의 일을 일러 '10을 받아서 8을 겨우 하고 2는 늘 놓치는 기분이 든다'라고 했는데 날이 갈수록 그 이야기가 절실해졌다. 좀처럼 방을 보러 갈 짬을 낼 수 없었다.

주변에 혼자 살든 같이 살든 이사를 다니는 사람들이 있다. 그런 사람들이 초인처럼 보이기 시작했다. 어떻게 마감을 하고 원고를 작성하고 섭외를 하면서 집을 보러 다닐 수가 있지? 집을 얻고 빌리는 여러 가지 변수 중에서도 가장 절대적인 변수는 시간이었다는 걸, 막상 집을 보러 다니기 전부터 깨달을 수 있었다. 부모님의 집에 얹혀살며 독립에 대해 생각할 시간을 가질 수 있던 건 아주 큰 행운이었다.

나는 내가 알아볼 수 있는 방법을 먼저 써보기 시작했다. 앱도 써보고 인터넷 카페도 보고, 각 대학교의 공개된 게시판에서 집을 알아보는 공고도 봤다. 자취, 독립 선배들이 집을 어떻게 얻었는지도 물어보았다. 그 사람들의 의견이나 방식도 내가 떠올린 것과 크게 다르지는 않았다. 앱 보고, 인터넷 보고, 궁금한 동네 부동산 가보고. 자취 경력이 좀 있거나 아는 사람이 있거나 하면 우연히 주변에 빈집이 있다던 사람도 있었다(따라 할 수 있는 방법은 아니었지만). 결국 내가 할 수 있는 방법은 인터넷 검색뿐이었다.

집을 구하는 방법에는 신기한 것도 있었다. 그중 하나가

용산구에 사는 어느 카페 사장님 이야기였다. 그는 용산구 어딘가 좁은 골목길 사이에 있는 집에 살고 있었다. 그 집은 진입로도 좁은 데다 밖에서는 보통 집처럼 보였지만 막상 들어가 보면 한 층에 한두 세대만 있는 고급 빌라였다. 용산에 주둔하던 미군들을 위해 지은 집들이었다. 그런 집들은 미국인의 거주 기준에 맞춰 설계되어 공간 구성이나 마감재의 질 자체가 한국의 집들과 다르다고 했다. 미군 기지가 용산에서 평택으로 이전하면서 세입자가 사라졌는데 요즘 용산구가 재개발 지역이라 섣불리 헐고 다른 집으로 바꿀 수도 없어서 그런 집들이 대거 시세보다 싼 전세 매물로 나왔다는 것이었다. 시세보다 싸다고 해도 내 수준에서는 꿈도 꿀 수 없는 가격이었지만 흥미로워서 기억하고 있었다. 그나저나 그런 집을 어떻게 구했을까? 네이버 부동산 같은 곳에는 나오지 않는 집이던데? "간판에 영어만 쓰여 있는 부동산에 들어가면 이런 집들이 종종 나와요." 사장님이 말해주었다. 세상은 넓고 집을 구하는 방법도 많은 것이었다.

인터넷은 현실이 아닐지라도 어느 정도 충실한 현실의 반영이었다. 가격이 바로 보였으니까. 사람들이 흔히 말하는 괜찮은 집들이 얼마나 비싼지도 알게 됐다. 의외로 내 눈에는 신기한 조건의 집들도 많았다. 보증금 500만 원에 월세가 150만 원인 오피스텔. 아니면 보증금 3억 원에 월세 20만 원 하는 주택 같은 곳들. 나는 그만큼의 돈이 있다 해도 아까워서 도저히 못 살 것 같았지만 세상 사람들이 다 나 같을 리 없다. 그러니까 500-150 같은 가격 조건도 있겠지. 세상의 온갖 월세를 보면서도 다양한 현실이 있다는 걸 상상할 수는 있었다.

예산이 적었으니 그럴듯한 집은 애초부터 생각하지 않았다. 좋은 집의 조건 중 하나인 역세권은 아예 뺐다. 새 집도 비쌀 게 뻔하니까 생각도 할 수 없었다. 차가 있고 몸이 건강하니 역과 멀어도 상관없었다. 딱히 새것을 좋아하는 것도 아니고 평생 새 집에서만 살지도 않았으니까 주택의 노후도도 크게 신경 쓰이는 요소가 아니었다. 내게 중요한 건 호젓한 환경과 녹지 같은 것이었다. 그런데 그런 집들은 보통 검색으로는 잘 찾을 수가 없었다. 호텔을 검색할 때는 아침 식사 제공부터 부엌까지에 이르는 다양한 검색 필터가 있지만 집을 구할 때는 '녹지'나 '수산시장' 같은 필터가 나와 있지 않았다. 아직은.

그때 한창 부동산 어플리케이션이 알려지던 중이었다. 송승헌 씨가 광고하는 노란색 어플이 직방, 혜리 씨가 광고하는 파란색 어플이 다방이었던 걸로 기억한다. 어플리케이션마다 장단점이 있겠으나 나 같은 사람에게는 다방이 압도적으로 좋았다. 검색 옵션이 오피스텔, 아파트, 투쓰리룸 등으로 좀 더 다양해서 내가 원하는 매물을 검색하기 쉬웠기 때문이었다. 나는 오피스텔은 아예 생각하지 않았기 때문에 오피스텔 필터가 있는 편이 나았다. 처음에는 멋 모르고 오피스텔 매물도 보았지만 내 예산에서 오피스텔에 가려면 아주 좁거나 아주 불편한 곳에 있어야 했다. 직방은 대신 검색 조건이 더 간단했던 걸로 기억한다. 간단한 옵션에도 장점이 있겠지.

직방이든 다방이든 사람들이 보는 집은 비슷한 것 같았다. 역에서 몇 분 거리, 오피스텔 아니면 원룸. 그런 집들은 가격을 이루는 요소도 비슷했다. 역과 가까우면 비싸다. 채광이 좋으면 비싸다. 새 집이거나 넓으면 비싸다. 뭐가 됐든 집이 싸다는 건 뭔가 그 요건을 충족시키지 못한다는 의미였는데 내가 찾는 게 바로 그런 집이었다. 돈이 없었으니까. 검색으로는 걸리지 않는 집들을 찾기 위해 인터넷 카페에도 가입했다. 유명 카페인 '피터팬의 좋은방 구하기'에는 은근히 재미있어 보이는 집들이 많이 올라왔다. 외딴 동네의 주택이라든지 아주 오래된 집이라든지. 그런 곳에 있는 집들을 찾아가볼까 싶어 저장해 두기도 했다.

인터넷은 현실이 아니라 현실의 반영이다. 다만 요즘의 인터넷은 현실에 꽤 근접해 있다. 집을 검색하면서 깨달은 사실이기도 했다. 각 게시물의 매물 정보를 보고 나서는 포털 사이트의 지도를 켜서 로드맵 등으로 매물 주변의 환경을 살폈다. 직접 가기엔 시간과 체력이 모자랐고, 일하는 틈틈이 취미 삼아 해볼 수 있는 일이기도 했다. 상상을 할 수 있으니까. '차가 있으니까 역세권이 중요하진 않지만, 역시 차가 있으니까 경사가 너무 심하거나 길이 너무 좁아서 운전하기 어려우면 곤란하겠지' 같은 생각을 하는 식이었다. 네이버와 다음과 구글의 스트리트뷰는 이미 한국의 좁은 골목길에 대한 데이터를 상당히 많이 쌓아두고 있었다. 내심 감탄했다.

집을 많이 구해본 사람이라면 일련의 과정이 한심해 보이거나 하나 마나 한 말처럼 보일 수도 있다. 결국 집은 가

봐야 알고 살아봐야 안다. 그 과정을 많이 겪을수록 많이 알게 될 것이다. 내 스스로가 이 모든 과정을 통해서 배우게 됐으니까. 나는 '인터넷으로 보기만 해도 실제 답사만큼 알 수 있다'고 주장하는 게 아니다. '인터넷에는 생각보다 많은 정보가 있지만 그럼에도 실제 답사와는 큰 차이가 있다'는 이야기에 더 가깝다. 인터넷으로 집을 본 후 실제로 집을 알아보며 온라인과 오프라인의 차이를 마주했다. 내 독립 과정은 여러 가지 종류의 격차를 마주하고 직면하는 일이었다. 온라인과 오프라인의 격차, 상상과 실제의 격차, 이상적인 거주와 실제 생활의 격차 같은 것들. 그걸 깨달은 건 내 독립 과정에서의 큰 교훈이었다.

고르고 좁히기:

종로구, 동작구, 영등포구, 구로구, 마포구, 서대문구

―――――――

이렇게 내 거주지의 필수 요소가 정해졌다. 회사에서 1시간 내외의 서울 지역. 동작대교 서쪽. 녹지 근처. 대학교와 도서관(어떤 대학인지는 상관없었다)이 가까운 곳. 그리고 노량진 수산시장에서 멀지 않은 곳. 이런 조건을 검색 필터로 찾을 수는 없었기 때문에 생각을 구체화하려면 내가 더 알아봐야 했다.

우선 집 근처인 영등포구 인근을 가장 먼저 생각한 동시에 머릿속에서 탈락시켰다. 집 나와서 사는데 집 근처에서 산다면 그게 뭔가 싫었다. 아는 동네에 사는 게 편하고 내가 살던 동네의 시세가 서울 중에선 별로 높지 않다는 장점도 있었지만 영등포구 근처에는 대학교와 녹지를 찾기가 쉽지 않았다. 영등포구의 대학교는 방송통신대학교 남부센터뿐이었는데 그곳마저 2016년 양천구로 옮겨서 지금 영등포구에는 대학교 캠퍼스가 하나도 없다. 영등포구에서 근처에 녹지가 가장 많은 지역은 한강과 가까운 당산동과 여의도인데 어느 동네든 한강과 가까워지면 주택 시세가 확 오르는 걸 보고 포기했다. 한강 근처에 산다는 건 10차선 간선도로인 올림픽대로 근처에 산다는 것을 뜻하기도 했기 때문에 더욱 내키지 않았다.

내가 생각한 거주지 합당 조건과 가장 정확히 맞는 곳은 동작구 일대였다. 동작구 중에서도 한강에 면한 노량진동, 상도동, 흑석동이 적합했다. 중앙대학교와 숭실대학교가 있었다. 지하철 9호선을 타면 강남 접근성도 훌륭했다. 노량진수산시장은 심지어 동작구에 있었다. 내가 나도 모르게 마음속에 동작구를 두고 거주지의 조건을 정했나 싶을 정도였다.

그중에서도 흑석동을 가장 먼저 떠올렸다. 간단한 셈법이었다. 동작대교 바로 옆에 있었다. 강남과도 가깝고, 흑석역에서 9호선을 타고 출근하기도 편하다. 그리고 출퇴근길에 늘 느꼈던 사실이 있다. 흑석동은 국립현충원이라는 엄청난

규모의 녹지를 끼고 있었다. 한때 한국에서 가장 비싼 단독주택인 조선일보 방씨 일가의 집도 이 동네에 있었는데 그럴법했다. 마침 명수대 현대아파트 길 건너편 비계라는 동네에 옛날 집들이 좀 있었다. 오르막길이라 인적도 별로 없이 호젓하고 내가 감당할 수 있는 가격대의 매물도 몇 개 있었다. 하지만 주차가 되는 매물을 찾기 쉽지 않았다. 아쉽지만 탈락.

흑석동의 방씨 일가 집을 비롯해 그럴싸한 사람들이 사는 집에는 다 이유가 있는 듯했다. 김영삼의 '상도동계'로만 알고 있던 동작구 상도동 역시 지도상으로 보니 훌륭했다. 은근히 매물도 많고, 도시 미세 운송망의 증거인 마을버스도 많이 다녔다. 몇 번 지나다녀 보니 말로 설명하기 어려운 좋은 기운이 느껴졌다. 한가롭고 녹지가 많아 안정적인 기운이 나왔을지 모른다. 흑석동처럼 중앙대와 숭실대 주변이기도 하니 관점에 따라 범대학촌이라고 볼 수도 있었다.

한강대교 남단의 노량진동도 좋아 보였다. 여기는 운전하며 많이 지나쳤던 곳이다. 노들길을 빠져나가는 구간의 고가도로 오르막길의 시야 오른편에는 늘 노량진동이 보였다. 지대가 높아서 웬만한 곳에 살아도 시야가 좋을 것 같았는데 집들도 낡은 듯하니 시세 역시 내가 감당할 수 있을 것 같았다. 노량진동은 노량진 수산시장 근처라는 장점도 있었다. 이름부터 노량진 아닌가.

그런데 막상 매물들을 돌아보니 내 상황과 딱 맞아떨어지는 매물이 없었다. 우선 내가 감당할 수 있는 예산으로 나온 오래된 집들은 주차가 되지 않는 경우가 많았다. 옛날 집이니 이해할 수 있었다. 이는 서울에 주차가 되지 않는 동네의 다세대주택 월세 시세가 생각보다 저렴하다는 뜻이기도 했다. 하긴 주차가 불가능한데 입지가 호젓하다면 거기까지 걸어가야 한다는 뜻이니까. 지금은 고즈넉한 동네라면 현지 부동산에 인터넷에 없는 매물도 많이 있다는 걸 알지만 그때는 인터넷의 한계를 알기 전이었다. 알았다 해도 집을 보러 다닐 시간이 없었을 것 같다.

동작구를 들여다볼수록 수산시장이라는 변수를 빼야 한다는 사실을 인정하지 않을 수 없었다. 수산시장이 나빠서가 아니었다. 직장 생활을 하면서 수산시장에 얼마나 자주 가겠나. 수산시장에서 생선을 사다가 숯불에 굽고 겨울철 조개를 사서 쪄 먹는 건 좋은 일이다. 더할 나위 없이 좋은 일이다. 내게는 그런 것이야말로 '럭셔리 라이프'다. 금액이 아니라 개념으로의 럭셔리 라이프. 실생활에서의 나는 적어도 지금 같은 상황에서는 그런 럭셔리 라이프를 즐기는 게 불가능할 확률이 높았다. 그 사실을 인정해야 했다.

내 일상이 그 증거였다. 그때 나는 거의 매일 야근했다. 아침은 안 먹고, 점심과 저녁은 회사 근처에서 먹었다. 해야 할 일이 많기도 했고, 그걸 다 해내고 싶기도 했고, 체력이 떨어져서 저녁까지 늘어져 있기도 했고, 별다른 저녁 약속이 없기도 했다. 오랜 친구들은 이미 각자의 가정이라는 둥지를 이뤄서 그걸 가꾸는 데 한창이었다. 결혼하지 않은 친구들도 나와는 좀 먼 곳에서 각자의 일상을 살고 있었다. 그런 상황에서 내가 혼자 살게 된다고 했을 때 갑자기 어패류를 일주일에 세 번씩 사 와서 먹을 것 같지 않았다. 어릴 때부터 밥을 하는 일에는 익숙했기 때문에 식품 조리가 어색하지는 않았어도, 노량진 수산시장 근처에 산다고 해서 수산시장의 수산물을 충분히 섭취하리라는 법은 없었다. 나는 약간 안타까워하며 마음속 지도에서 동작구를 지웠다.

종로구는 어떨까? 여러모로 내 기호에 잘 맞았다. 우선 녹지가 많다. 궁도 있고 산도 있어서 종로구 자체가 시내 치고는 녹지가 아주 풍성했다. 오래된 집들이 많았기 때문에 월세가 저렴한 집들이 은근히 많다는 것도 현실적인 매력이었다. 경복궁을 중심으로 봤을 때 동쪽은 왠지 내키지 않아서 지하철 3호선 경복궁역 인근의 서촌과 사직동 쪽을 생각해 봤다. 이쪽은 대학이 있지는 않지만 녹지와 도서관이 워낙 많아서 그 정도는 감안할 수 있었다(상명대가 종로구에 위치하지만 자하문터널 건너에 있고, 근처의 식사 시세 등에 큰 영향을 미치지도 않는다). 본가가 종로구 신영동이라 어릴 때부터 익숙했다는 것도 장점이었다. 하다못해 내가 서울에서 가장 신뢰하는 미용실 원장님도 경복궁역 인근에서 수십 년째 영업하고 계셨다.

하지만 종로구도 몇 가지 이유로 포기했다. 역시 주차가 실질적인 문제였다. 종로구의 주차가 어렵다는 이야기는 인근 거주자들에게 여러 차례 들었다. 주차가 가능한 집은 시세가 확 오르고, 내가 노려볼 만한 집들은 주차가 가능하지 않았다. 그 외에도 종로구는 아예 집을 사서 들어갈 게 아니라면 오래 자리 잡고 살기엔 애매한 요소들이 있었다. 우선 유명한 동네였다. 사람들의 관심은 주택 시세와도 직결되었다. 경복궁역 뒤편 서촌은 이미 유행이 한 번 들었다 꺼져서 세입자와 건물주 사이에 흉흉한 사건까지 있었을 정도였다. 기껏 자리 잡고 사는 동네인데 집주인이 변심해서 집값이 팍 팍 오르면, 그래서 마음 붙인 동네를 떠나야 한다고 생각하면 벌써부터 골치가 아팠다. 잠깐 그럴싸한 분위기를 느끼겠다고 주택 시세가 요동치는 동네에 살자니 생각만 해도 피곤했다. 종로구 거주자들이 호소하는 주말 시위 관련 사항들도 들을수록 신경 쓰였다. "주말에 밖에 나가려고만 하면 스트레스다"(거주자), "종로구에 사는 모든 사람들을 존경한다"(종로구 소재 사업자) 같은 이야기를 듣고 나니 더 겁이 났다.

자하문터널 건너편은 어떨까? 부암동과 구기동과 신영동역시 오랫동안 생각해 둔 곳이었다. 이곳은 두 가지 일로 접었다. 우선 출퇴근 시간대의 정체가 심하다고 들었다. 그럴법도 했다. 왕복 4차선 자하문터널은 종로구 뒤편의 주민들이 서울 시내로 들어가는 교통량의 상당 부분을 담당하고 있었다. 강남권으로 가려면 내부순환도로를 타는 게 나을 정도이니 말 다 했다. 나는 차가 있으나 출퇴근은 대중교통으로하기 때문에 출퇴근 대중교통 정체는 무시할 수 없는 요소였다(그러면 차를 왜 갖고 있느냐고 할 수도 있는데 그렇지 않아도그 차 때문에 나중에 곤욕을 치르게 된다).

엄마의 마음도 변수였다. 혼자 살겠다고 마음먹기 전에 엄마와 종종 내가 어디 살고 싶은지에 대해 이야기를 나눈 적이 있다. 엄마는 "시집살이가 별로 즐겁지 않았기 때문에 세검정 쪽에는 안 살았으면 좋겠다"는 말을 몇 번 했다. 내가 평소에 엄마 말을 잘 들었으면 모를까, 엄마의 바람대로 산 적이 거의 없는데 그런 말까지 못 들어주겠나 싶었다. 결과적으로 이런저런 이유로 종로구를 포기했지만 여전히 종로구에 애착이 있기도 하다. 표준 출퇴근 시간에서 벗어나서 일할 수 있다면 종로구의 자하문터널 뒤편에 살고 싶은 생각이 여전히 있다.

녹지라면 어릴 적 살던 금천구와 그 옆 구로구에도 많이 있었다. 그쪽은 어떨까? 가격과 녹지를 생각하면 이쪽도 매력적인 옵션이었다. 사실 나는 종로구 거주자 표본수의 일정 부분을 차지하고 정체성의 상당 부분을 차지하는 대졸자 엘리트적인 느낌이 조금 부담스럽기도 했다. 그에 비하면 구로구와 금천구에는 조금은 거칠지 몰라도 서민 특유의 소박하고 솔직한 느낌이 있었다. 엘리트와 서민으로 세상을 거칠게 나눈다면 내 자신이 후자에 더 가까운 사람이기도 하고. 다만 이쪽은 시내권이라면 모를까 강남권 출퇴근이 꽤 고되었다. 물리적인 거리도 거리지만 교통체증도 심했고 대중교통으로 다니기도 쉽지 않았다. 강남권으로 출근해야 하는 운명을 슬퍼하며 이쪽도 마음속에서 보내야 했다.

마포구는 어떨까? 마음에 걸리는 조건들을 지우다 보니 자연스럽게 지도 위의 눈이 마포구로 향했다. 우선 마포구에는 대학이 많다. 홍익대, 서강대 등등. 혼자 살 집도 많다는 의미다. 대학이 많으니 생활 물가도 저렴한 편이었다. 위치도 대중교통을 이용했을 때 강남까지 편도 40-50분 거리였으니 적당했고 내가 개인적으로 자주 가는 서울시청 인근의 도심지와는 더 가까웠다. 마포구가 포함된 서울 서부 지역은 개인적으로도 오래 시간을 보낸 편이라 익숙하기도 했다.

마포구에도 다양한 시세와 종류의 월셋집이 있었다. 나는 그중에서도 해발고도가 높은 곳에 살고 싶었다. 지대가 높은 동네는 지대가 높으니 사는 사람들만 오가게 되고, 그로 인해 생기는 느긋한 분위기가 있었다. 좀 걸으면 어때. 어릴 때부터 웬만한 거리는 늘 걸어 다녔기 때문에 걷는 일은 어색하지도 싫지도 않았다. 주차만 가능하다면 지대가 높든 말든 생필품을 사다 나르는 건 전혀 어렵지 않았다. 서울은 그런 면에서 아주 훌륭한 도시였다. 택배 시스템도 미안하다 싶을 정도로 엄청나게 잘 발달해 있다.

마포구의 높은 곳이라는 주제어로 마포구의 오래된 집들을 찾아보기 시작했다. 늘 이상은 잠시뿐이고 그 나머지에는 현실이 뒤덮여 있었다. 돈이 모자랐으니 오래된 동네의 오래된 집들을 알아볼 수밖에 없었고, 금액에 한계가 있는 만큼 따지는 데에도 한계가 있었다.

결국 스스로의 원칙을 최소한 만족시키고 가격이 싼 곳들을 알아보기 시작했다. 보증금 1,000만 원 선인데 주차가 된다고 하면 조건 없이 다 봤던 것 같다. 마포대교 근처 마포동에 '이 정도 예산이면 만족해야겠다' 싶은 월세 다세대주택들이 좀 있었다. 주차는 눈치 봐서 해야 한다고 했지만 별수 있나. 주차장 딸린 집을 찾는 과정에서 부모님 댁에 얹혀산 덕에 대도시에서 주차를 편하게 해온 게 얼마나 큰 사치였는지 깨달았다.

찾아보면 찾아볼수록 '괜찮다' 싶은 집은 많았지만 '이거다' 싶은 집이 보이지 않았다. 지도상 입지가 좋다고 생각한 노고산동에는 매물이 다 사라져 있었다. 서울 시내의 오래된 골목길과 동네를 통으로 지워버린 대단위 아파트단지 재개발이 이미 한창 진행되고 있었다. 마포대교 근처에 있던 어느 집은 한강과 가깝고 가격 저렴하고 방도 세 개인 등등 여러모로 좋았는데 집이 반지하고 주차를 알아서 해야 하는 구조였다. 지금 그 정도의 집이 내가 모아둔 돈으로 갈 수 있는 한계점인가 싶었다. 불만은 없었지만 '여기다'라는 생각은 아직도 들지 않았다.

나는 마포구 서쪽으로 눈길을 돌렸다. 서대문구는 어떨까? 서대문구 역시 내가 원하는 게 얼추 다 있었다. 서대문구도 녹지 많다. 대학도 많다. 일부 유흥가를 빼면 생활 물가도 비싸지는 않은 편이다. 오래된 주택과 새 주택이 맞물리고, 맞춤옷처럼 좋은 집과 효율을 극대화한 오피스텔이 한 동네에 다 모여 있다는 점도 균형 있어 보이고 좋았다. 회사와 점점 멀어지는 게 마음에 걸렸지만 뭐 어쩔 수 있나. 어차피 삶은 불편한 거고 보통의 삶에는 제한이 많이 걸릴 수밖에 없다. 나는 '괜찮다' 싶은 집도 찜 목록에서 지운 후 서대문구의 빈 셋집들을 찾아보기 시작했다.

그 집을 처음 본 날:
인터넷과 방문과 건조한 통화

———

    서대문구의 여러 집을 매일 보는 날들이 계속됐다. 처음 생각한 집의 조건들과는 완전히 멀어졌지만 사는 게 그런 거라고 생각했다. 생각만 하다가 현실과 마주쳤을 때 생기는 일들은 어느 정도 다 비슷하지 않을까. 앞서 말했듯 생각과 현실의 충돌은 내가 혼자 살면서 계속 겪은 일이기도 했다.

    이때까지만 해도 방 보여주는 앱과 네이버 카페만 보던 중이었다. 실제로 집을 보러 다니자니 마음의 여유를 내기 쉽지 않았다. 이때의 나는 한 달 평균 10개 정도의 기사를 배당받았다. 지금도 비슷할 텐데 한국 라이프스타일 잡지 에디터의 배당에는 원고 작성 말고도 사진 촬영 진행이나 디자인

회의나 섭외 등등이 포함된다. 이런 일을 머릿속에서 10개씩 돌리는 건 내 능력과 지능으로는 무리였다. 2017년 2월호를 만드는 2017년 1월의 나는 이런 배당들을 받아 원고를 진행하고 있었다.

시계 수리 기술자 취재 후 기사 작성

익명의 취재원들에게 코멘트 받아 섹스 칼럼 작성

저가 항공사 자료 모으고 취재한 뒤 여행 원고 작성

이달의 책 5권 골라 원고 작성한 후 해당 책 촬영 진행

당시 한국에 처음 진출한 쉐이크쉑 버거 부사장 인터뷰후 원고 작성

소녀시대 출신 효연 님 섭외 후 화보 촬영 및 인터뷰 원고작성

스포츠 전문 필자에게 스포츠 원고 의뢰한 후 원고 편집및 이미지 수급

(한 번에 두 가지 시간대가 보이는) 듀얼 타이머 시계 모아서촬영 진행하고 원고 작성

당시 특집 '파서블 리스트(뭔가 버킷 리스트 비슷했던 것 같다)' 중 내 부분 원고 작성

이런 걸 하다 보니 정신을 차리기가 쉽지 않았다. 고가 시계 촬영 섭외하다가, 연예인 매니저와 시간 맞추다가, 반은 낄낄거리고 반은 조마조마하면서 섹스 칼럼을 위한 코멘트를 모으다가, 뉴욕에서 왔다는 잡지사 마케터 출신의 쉐이크 쉑 버거 부사장과 더듬거리는 영어로 인터뷰를 진행한 녹취 파일을 한글로 번역하는 도중에 꾸벅꾸벅 졸다가, 화도 나고 혼도 나고 밤도 며칠 새우고 하다 보면 거짓말처럼 한 권의 책이 나오고 그 사이에 내 이름이 붙은 페이지가 있었다.

이 일은 싫지 않았다. 월간 종이 잡지는 누가 알아주든 말든 마감이라는 절대적인 기준이 있다. 정해진 시간에 맞춰서 일이 하나씩 완료되어 있어야 한다. 그걸 맞춰가는 건 순간순간 힘들어도 결과적으로는 기분 좋고 뿌듯한 일이었다. 지켜보는 것과 참여하는 것 모두 즐거웠다. 연인이나 아내가 없고 내가 꾸릴 가족이 없는 남자의 30대는 일에 몰두하기 좋은 환경이기도 했다. 독립을 해야겠다고 생각해도 당장 눈앞의 일이 먼저였다. 일 때문에든 몸이 지쳐서든 밤낮으로 타고 다니던 택시 안에서, 스튜디오에서 사진가가 촬영하는 걸 지켜보다가, 야근을 하다가, 한 번씩 다방 앱을 열어 매물을 보았다.

인터넷으로 매일 매물을 보다 보니 결국 최종 후보 두 집이 남았다. 둘은 비슷한 위치에 있었다. 내가 정해둔 기준과 어느 정도 맞기도 했다. 동작대교 서쪽이었다. 멀지 않은 곳에 대학교와 도서관이 있었다. 근처에 녹지가 있었다. 역세권이 아니었고 지대가 조금 높았다. 완전히 익숙한 동네도 아니었지만 그렇다고 전혀 본 적 없이 낯선 동네도 아니었다. 모든 게 완벽히는 아니어도 적절했다.

첫 번째 후보는 적당했다. 적당하다는 게 그 집의 가장 큰 매력이었다. 가격부터 적당했다. 보증금 2,000만 원에 월세 40만 원. 그런데 '2,000에 40치고는 괜찮은 집'의 조건을 모두 가지고 있었다. 그 가격치고는 넓었고 그 가격치고는 깨끗했다. 세탁기와 냉장고 등의 집기도 거의 다 들어가 있어서 뭔가 새로 살 필요도 없었다. 동네 주변도 조용했고 주차도 가능했다. 다만 그 동네가 기본적으로 역세권이 아닌 데다 버스 정류장과 조금 거리가 있었다. '지리적 환경과 가격 조건이 좋고 실내외가 적당하나 대중교통 편의성 면에서 조금 가격을 절충해 지금 시세가 되었다'고 누군가 설명하면 충분히 납득할 수 있을 것 같았다. 매물의 설명도 잘 쓰여 있었다.

한국 라이프스타일 잡지 에디터의 일에는 좋은 걸 골라내는 게 포함된다. 모든 조건이 맞아떨어질 수는 없으니까 사진만으로도, 좀 부족한 설명으로도 저 물건이 좋은지 좋지 않은지를 잘 알수록 좋다. 자동차나 시계 같은 고가품이나 호텔 방부터 개인사업자가 취급하는 탁구 로봇 혹은 지방의 펜션까지, 나는 실물을 보기 전의 설명만으로 뭔가를 골라내는 일을 몇 년 동안 직업 삼아 해왔다. 늘 좋은 걸 골라냈다고는 못 해도 조금씩 나아졌다고는 생각한다. 그렇게 이것저것 접한 눈으로 봤을 때도 그 집의 사진과 설명엔 미심쩍은 부분이 없었다.

두 번째 집은 첫 번째 집과 걸어서 5분 정도 거리에 있었다. 그 집은 첫 번째 집과 모든 게 달랐다. 우선 가격이 너무 저렴했다. 보증금 500만 원에 월세 35만 원. 서울 외곽이 아니고서야 그 정도 가격이라면 5평 이내의 원룸이거나 고시텔 정도, 아니면 재개발 지역인데 너무 낡아버려서 월세를 주는 것만 가능한 집이다. 그런데 그 집은 단독주택의 방 2개짜리 집인데 별도의 차고가 있어서 주차까지 가능하다고 했다. 버스 정류장과의 거리도 첫 번째 집보다 더 가까웠다.

형편은 빠듯했지만 형편에 맞지 않는 기호를 가진 삶을

살며 깨달은 교훈이 하나 있다. 가격은 (거의) 거짓말을 하지 않는다. 가끔 비싼 가격이 거짓말을 할 때는 있다. 가격 이하의 가치를 가진 물건은 어디에나 있다(점점 늘어나고 있는 것 같기도 하다). 반면 싼 가격에는 정말 거짓이 없다. 싼 가격을 주고 좋은 가치를 얻기는 정말 힘들다. '세상 어딘가에 싸고 좋은 게 있을까'라는 헛된 희망을 품고 수십 년간 온갖 시장과 웹페이지를 뒤지며 얻은 경험에 입각한 가설이다. 그 가설에 따르면 저 집의 이상할 정도로 저렴한 시세에도 분명 이유가 있을 것이었다.

집에 대한 설명 글도 좀 애매했다. 첫 번째 집의 유려한 설명에 비하면 두 번째 집의 설명은 인터넷 글쓰기가 익숙하지 않은 사람이 올린 게시물 티가 났다. 이런 식이었다.

버스 정류장 5분

주차 가능

단독주택

넓은 면적

전혀 친절하지 않았다. 그런데 나는 그 집이 끌렸다.

실질적인 이유가 있었다. 우선 당시 나는 2,000만 원이 없었다. 보증금 2,000만 원을 맞추려면 어느 정도 대출을 받아야 했다. 독립의 시작부터 대출과 함께하고 싶지는 않았다. 물론 대출을 받을 수 있다(대출을 받아 독립을 하시는 분들의 마음을 다치게 하고 싶지 않으니 꼭 알아주셨으면 한다). 다만 내가 대출을 받는 건 좀 뭐랄까, 머쓱한 일이었다. 부모님께 얹혀살며 사회생활을 몇 년이나 했는데 보증금도 못 만들어서 대출을 받아 나머지 보증금을 메꾸고 싶지는 않았다. 500만 원쯤 더 모아 2,000만 원을 만들어 독립을 할 수도 있다. 하지만 그 돈이 언제 모일지 모를 일이었고, 무엇보다 그냥 마음먹은 김에 빨리 결정을 내리고 싶었다.

500-35라는 조건은 먼지 앞의 진공청소기처럼 나를 끌어당겼다. 그 시세라면 그때 당장이라도 나갈 수 있었다. 보증금이 독립 비용의 전부도 아니다. 이불이라도 한 장 덮고 삐걱대는 의자에라도 앉아야 할 텐데 그러다 보면 얼마가 들지는 몰라도 조금이라도 있어야 하는 것 아닌가. 당연히 그 '얼마'가 얼마쯤 되는지 계산했어야 했다. 안타깝게도 그때의 나는 그 정도의 현실 감각도 없었다. 그저 '모은 돈이 1,500만 원인데 보증금이 500만 원이니까 남는 돈 1,000만 원으로

뭐라도 할 수 있겠지'라고 생각했다.

게다가 내 머릿속에는 '단독주택'이라는 말만 보고 환상까지 생겨버렸다. 산 밑 동네 법원단지에 살면서 다른 산 밑에 있는 세검정의 할머니 집을 오가다 산 한 조각 보이지 않는 기찻길 옆 아파트에서 20년을 살다 보니 눈앞에 푸른 자연을 두고 싶었다. 내 위와 내 아래, 내 좌안과 우안의 평면도가 완전히 똑같은 집단주택에서의 삶도 묘하게 부대꼈다. 이런 생각은 나중에 이런저런 경험을 거쳐 완전히 뒤집혔지만 환상의 무서운 점은 한번 덮어쓰고 나면 잘 벗어날 수가 없다는 것이다. 나는 '500-35 단독주택'이라는 이름의 환상에 씌어버렸다. 아직 가본 적도 없는데.

그래서 결국 한번 가보기로 했다. 다방에 올라온 매물은 완전한 주소가 아니라 근처 지도까지만 나온다. 그런데 그 집은 몇 가지 이유로 내가 가늠할 수 있을 법한 위치에 있었다. 우선 내가 완전히 모르는 동네는 아니었고, 단독주택이고, 바깥 사진이 있었으니까 포털 사이트 지도의 로드맵과 비교하며 위치를 찾을 수 있었다. 지도를 찾다가 왠지 눈에 익어서 기억을 거슬렀더니 놀라운 게 생각났다. 막상 보니 몇 년 전 지나가다 우연히 '이런 동네 살면 좋겠다' 싶어서 한 바퀴 돌아본 동네였다. 나는 쓸데없는 일을 적잖이 하는 편이다(지금 이 책 한 권이 나올 수 있을 만큼). 그렇다 해도 살아보고 싶은 동네마다 다 걸어보지는 않는다. 그런 동네의 집이 월세 매물로 나오다니 기묘한 우연이었다.

연예인 촬영과 시계 섭외 등등을 하다 조금 일찍 퇴근한 어느 날 택시를 타고 서대문구 어딘가에 있는 그 집 근처까지 갔다. 큰길가 옆 오르막길을 조금 오르자 거짓말처럼 조용해지는 골목이 나왔다. 그 골목을 따라 오른쪽으로 왼쪽으로 몇 번 돌다 보면 깊은 안쪽에 그 집이 있었다. 집집마다 나무들이 담보다 높이 솟은 옛날 단독주택촌 사이였다. 조금 낡긴 했지만 사진과 큰 차이는 없었다. 대문 바로 옆에 가로등도 있고, 그 외에도 사각이 거의 없을 정도로 적당한 위치마다 가로등이 설치되어 있었다. 대문을 바라보며 고개를 올리면 바로 숲이 보였다. 숲을 타고 내려오는 바람 특유의 차가운 기운이 느껴졌다. 그 골목에서 숲의 바람을 느꼈을 때 나는 이미 마음을 정했다. 여기다. 보증금 2,000만 원짜리 집은 안 봐도 된다. 심지어 집에 들어가 보지도 않은 채 그런 생각을 해버렸다.

다음 날 바로 공인중개사에 전화를 걸었다. 부드럽지는 않지만 무례하지도 않은 말투의 중년 남자가 전화를 받았다. 자신이 올려둔 매물 게시글처럼 말하는 사람이었다. 별다른 장식 없이 사실만 말하는 분 같아서 오히려 더 마음에 들었다. 아저씨와 별개로 대화는 충격적이었다. 그 집이 며칠 전 나갔다는 것이었다.

나는 내심 당황했다. 사실 그 집은 지난 몇 주 동안 계속 매물로 나와 있었다. 워낙 싼데 집이 나가지 않아서 역시나 싶었는데 맘먹고 전화하니 집이 나갔다고? 그런 집에 살려는 사람이 나 말고 또 있나? 동시에 마음 한구석에서는 납득이 갔다. 위치 좋은 곳에 있는 단독주택이 저렴한 값에 나왔으니 입주자도 금방 정해졌겠지. 우물쭈물하다 기회를 놓친 것 같아 힘이 빠졌다가 곧 포기하고 편하게 생각했다. 별수 있나. 다른 동네 알아봐야지. 아니면 첫 후보였던 보증금 2,000만 원짜리 집을 봐도 되고. 이 정도로 생각을 정리했다.

잡지 일을 하다 보면 모르는 번호로 전화가 많이 온다. 나는 다 받는다. 홍보대행사나 브랜드 관계사, 혹은 취재 관련 문의일 수도 있기 때문이다. 그래서 다음 날 전화가 왔을 때도 아무렇지도 않게 받았다. 일 관련 전화에서는 잘 듣지 못할 목소리가 들렸다. 중년 남성의 목소리였다. 부드럽지는 않지만 무례하지도 않은 말투였다.

"어제 집 전화하신 분이죠?"

나는 나도 모르게 자리에서 일어났다.

"아 네! 무슨 일이세요?"

"그 집 아직 생각 있어요?"

"네? 나갔다면서요?"

"계약이 취소됐어요. 한번 와서 보든가."

'500-35 단독주택'이라는 이름의 환상에 '거래 1회 불발 후 재개'라는 다급함까지 더해졌다. 나는 바로 대답했다.

"그럼요, 그럼요. 언제 가능할까요?"

나는 그렇게 돈 주고 고생을 사는 약속을 잡았다.

여기까지 읽으신 분들은 궁금할지도 모른다. 요즘 사람들이 혼자 살 때 많이 이용하는 전세자금대출을 쓸 생각은 않았는지. 전세자금대출의 이자가 보통 집의 월세와 비슷하니 이자를 내면서 살면 월세와 큰 차이 없는 것 아닌지. 처음부터 월세만 생각한 몇 가지 이유가 있었다. 우선 나는 전세라는 제도를 쓰고 싶어 않았다. 전세는 제1금융권에만 예금을 넣어도 10퍼센트 이상의 이자가 나오던 지난 시대의 특수한 산물이라고 생각했다. '목돈이 있어서 전세를 살면 나가는 돈이 없으니 괜찮은 것 아니냐'라고 생각하실 수도 있다. 한 달에 나가는 비용만 생각하면 전세가 확실히 경제적일지도 모른다. 다만 나는 월세가 도시인의 필수 비용이라고 생각했다. 이동통신비나 넷플릭스 이용료도 습관이 되면 아무렇지도 않게 내는 것처럼. 내가 사회에 이러쿵저러쿵할 지식이 있는 사람은 아니지만 냉정히 봤을 때 앞으로 나를 비롯한 서민형 생활자들은 전세가 아니라 월세에 익숙해져야겠다고 생각했다. '전세자금대출을 받아서 월세처럼 이자를 금융기관에 내면 거주자 입장에선 월세와 다를 바 없지 않느냐'고 생각할 수도 있다. 실체 없는 금융 기관에게 이자로 돈을 주느니 '내 돈이 저 사람에게 간다'는 물질적인 실감이 나는 월세가 더 내 기호에 잘 맞았다. 그리고 근본적으로 집을 볼 때 그렇게 깊이 여러 방법을 생각하지 않았다. 나는 별로 생각이 없는 사람이다.

"그냥 계약금 한번에 다 낼게요":
나는 왜 그렇게 서툴렀을까

———

내 전화번호부에 '연남동 부동산 사장님'이라고 적혀 있는 분이 2017년 2월 2일 오후에 메시지를 보냈다. "6시 30분에 ○○동 000-000에 도착하시면, 000-000-0000로 전화하세요. 주인이 나오셔서 방을 보여줄 겁니다." 드디어 집을 보는 날이었다.

2017년 2월 2일은 화요일이었다. 겨울이 아직 끝나지 않은, 맑고 추운 날. 회사에서 가는 길을 가늠하려 일부러 대중교통을 이용했다. 3호선 신사역에서 지하철을 타고 한강을 넘어 시내에서 내린 후 버스를 타면 도착하는 동네였다. 버스를 오랜만에 탔지만 딱히 불편하다는 느낌이 들진 않았다.

'역세권이 아닌데 생각보다 다니기 좋구나'라고 생각했다.

나는 그때부터 새 환경에 적응해야 한다는 사실을 몸으로 느끼고 있었다. 버스를 타는 것부터가 내게는 신선한 일이었다. 신도림역 도보 역세권에서 20년을 살다 보니 내 머릿속 지도는 지하철 노선도 모양을 하고 있었다. 예를 들어 내가 살던 영등포구 도림동에서 영등포구 양평동까지는 자동차로 가면 15분 거리다. 그런데 지하철을 타고 양평동에 가려면 영등포구청에서 환승하고 걸어가서 기다리는 등등 해서 약 35분 정도는 걸린다. 내 첫 차가 생기기 전까지 양평동은 내게 35분 걸리는 곳이었다.

게다가 나는 어릴 때부터 디젤 엔진으로 움직이는 대중교통의 냄새를 싫어했다. 금천구 시흥동에서 종로구 신영동의 할머니 댁까지 제사를 지내러 가던 기억 때문이었다. 할머니 댁에 가려면 그때는 끝없이 멀고 길게 느껴지는 어딘가로 버스를 갈아타고 가야 했다. 시흥4동도 신영동도 지금까지 지하철이 닿지 않는다. 막히는 버스를 타고 남영동까지 가기만 해도 지쳤는데 마포에서 버스를 갈아타는 건 더 고역이었다. 지하철 5호선 마포역이 만들어지던 때라 거리가 늘 시끄럽고 더럽고 위태로워 보이는 철판으로 덮여 있었다. 남영동이

나 마포에서 또 한참 버스를 타고 지금은 없어진 세검정 옆 신영아파트 앞에서 내리고 나서 또 걸어야 했다. 정말 세상의 끝에서 끝까지 가는 기분이었다. 나는 그 도중에 늘 토하곤 했다. 할아버지는 내가 기진맥진해 있으면 "서울 촌놈 멀미했나"라면서 재미있어했지만 난 정말 죽을 맛이었다.

거기 더해 군대에 가 있는 동안 서울시의 버스 번호가 통째로 바뀌고 중앙차로가 신설됐다. 제대를 하고 보니 내가 아는 버스 번호가 모두 사라져 있었다. 그때의 기억 때문인지 지금도 디젤승용차는 타지 않는다. 이런저런 생각을 하는 동안 대문 앞에 도착했다.

대문은 여전히 크고 낡았다. 며칠 전에 본 그 대문, 내가 살지도 모를 집의 대문이었다. 부동산 사장님은 나와 있지 않은 대신 전화번호만 알려주었다. "도착해 전화하면 주인이 나오셔서 방을 보여줄 겁니다." 그 말대로 대문 앞에서 전화를 걸자 주인이 나왔다. 키가 160센티미터쯤 되어 보이려나, 살집이 있는 건 아닌데 체구가 당당하고 자세가 곧은 할머니였다. 건강하고 씩씩하고 기운이 넘쳐 보였다. 그 할머니를 따라 집으로 올라갔다.

옛날 단독주택 중에는 대문을 열면 마당이 아니라 계단이 보이는 집이 많다. 처음엔 경사지에 있는 집이라 그런가 싶었는데 평지에 있는 단독주택도 대문에서 바로 마당이 보이지 않는 경우가 많았다. 차고를 만들 높이를 확보하기 위해서였을까, 그냥 마당이라는 개인용 녹지를 보여주고 싶지 않아서였을까, 잘 모르겠다. 아무튼 그 집도 대문을 열자 마당이 아니라 계단이 있었다. 내 입장에서는 큰 상관 없었다. 난 세입자니까. 훗날 이 생각은 조금 잘못됐다는 걸 알게 됐지만.

내가 볼 집은 2층짜리 단독주택의 2층이었다. 정리되지 않은 잔디가 깔린 마당을 지나 2층으로 가는 계단을 올랐다. 튼튼해 보이지만 별로 미적인 고려를 하지는 않은 듯한 철제 계단이었다. 그 집을 지을 때부터 있던 것 같지는 않고, 나중에 따로 붙인 모양새였고, 무엇보다 보자마자 '좀 높은데' 싶은 생각이 들 만큼 꽤 높았다(이 높이 때문에 나중에 육체적 고생을 하게 된다). 계단 스무 개를 올라가니 미닫이문이 나왔다. 그 문을 왼쪽으로 열고 집으로 들어갔다.

내가 아는 한 보통의 집은 현관과 연결된 거실이 있고 그 거실이 집의 각 방으로 움직이는 허브 역할을 했다. 그 집은 그렇지 않았다. 첫 방으로 들어가자 직진 방향으로 문이 하나 더 있었다. 그 문을 열고 들어가자 폭은 같은데 더 길어서 결과적으로 더 넓은 방이 또 나왔다. 우측으로는 밖을 면한 창가가 있고 좌측엔 알 수 없는 창문이 보였다. 밖을 면한 창가 쪽에는 낡은 에어컨과 큰 가죽 소파가 하나 있었다. 그 앞에 문이 하나 또 있었다. 방 앞에 방이 있고 또 다른 방이 있다라…. 우선 또 다른 방으로 들어가 보았다.

세 번째 방은 더욱 인상적이었다. 4면 중 2면이 창문이었다. 우측 면은 완전히 창, 문을 열었을 때 보이는 전방은 2/3 정도가 창이었다. 방 왼쪽에는 수도까지 있는 싱크대가 하나 놓여 있었다. 이번 방에는 왼쪽에 낡은 나무 문이 하나 있었다. 그리고 지금까지 본 모든 것이 낡고 먼지가 쌓여 있었다. 그때는 그런 것쯤이야 눈에 들어오지도 않았지만. 그때 내게는 이 집이 내가 계약할 수도 있는 주거 공간이라기보다는 그냥 무슨 '세상에 뭐 이런 집이 다 있나' 싶은 신기한 집에 들어온 기분이었다. 다음 궁금한 건 왼쪽의 저 문 뒤에 무엇이 있는지뿐이었다. 왼쪽에 있는 나무 문을 열고 들어갔다.

그 문으로 들어간 후 나는 이 집의 시세가 왜 그렇게 저렴했는지 한 번에 알 수 있었다. 거기가 부엌과 화장실이었다. 문을 열자마자 오른쪽에 화장실이 있고 눈앞에 부엌이 있었다. 화장실은 설명하고 싶지 않을 정도로 곤란했다. 세면대는 없었다. 대신 쭈그려 앉아야 쓸 수 있는 낮은 높이에 샤워기가 붙어 있는 수도꼭지가 놓여 있었다. 왼쪽에 있던 변기도 눈을 돌리고 싶을 정도로 낡고 더러웠다. 그 광경을 보자마자 '만약 이 집에 산다면 여기는 고쳐야 할지도 모르겠구나'라고 생각했다(이건 나중에 현실이 되었다).

부엌 사정도 크게 다르지 않았다. 화장실 옆 작은 복도를 지나면 부엌이었다. 왼쪽에는 가스레인지가, 오른쪽에는 싱크대가 있었다. 인테리어 노하우를 알려주는 책에서 '편리한 부엌은 냉장고-싱크-도마-불 순서로 구성되어 있다'고 쓰인 구절을 본 적이 있다. 그 부엌은 정확히 시계 반대 방향으로 움직여야 하는 동선이었다. 왼손잡이를 위해 만들어진 공간이 아니고서야 요리하기 불편할 게 확실했다. MDF 싱크대에는 물이 많이 튀었을 테고, 아무도 열심히 관리하지 않은 것 같았다. MDF 판은 부어오른 것처럼 부풀어 있었고 쇠로 만든 경첩은 빨갛게 녹이 슬어 있었다. 이 부엌 때문에 훗날 내 일상의 어떤 부분이 크게 변했지만 그때 그런 사실까지는 알 수 없었다.

부엌과 화장실이 있는 공간 좌측에 문이 하나 더 있었다.

그 문을 열었더니 큰 방이 하나 나왔다. 그 방도 마찬가지로 낡았다. 오래되었지만 고급품은 아닌 나무 옷장이 있고, 벽마다 도배된 벽지가 달랐다. 이 방은 좌측에 창문이 있고 전방에 문이 하나 더 있었다. 좌측 창문이 아까 지나쳤던 에어컨 있던 방으로 연결되는 창문이었다. 앞의 문은 폐쇄된 계단실로 연결되었다. 폐쇄된 계단실로 통하는 문을 열자 문이 하나 더 나왔다. 그 뒤로 방이 하나 더 있었다. 할머니는 그 방은 계약에 포함되어 있지는 않지만 그냥 쓰라고 했다.

한 바퀴 돌아보고 나니 그 집의 사연이 얼추 짐작이 갔다. 이 집은 원래 한 세대만을 위해 만들어진 집이었다. 입구는 1층 현관 하나면 충분했다. 그러다 2층을 쓰지 않게 되어 셋집이 된 듯했다. 한 세대만 살던 주택이 옛날 드라마 제목과 비슷하게 한 지붕 두 가족이 된 셈이니, 2층 세대가 1층 현관을 공유할 수는 없다. 별도의 입구가 필요해졌기 때문에 2층으로 올라가는 가파른 외부 계단을 만든 것 같았다. 할머니도 그렇게 설명했다. 자제분들이 2층을 썼는데 모두 출가했기 때문에 혼자 살기 애매해 이렇게 세를 주는 거라고.

할머니가 혼자 살기 애매했지만 나 혼자 살기도 애매한 집이었다. 무척 낡은 데다 공간을 어떻게 짜야 할지도 알 수 없었다. 서울에는 이런저런 옵션이 정해져서 이불과 전기주전자만 사면 문제없이 살 수 있는 집이 아주 많다. 이 집은 그렇게 편리한 집들에 비하면 차원이 다른 준비가 필요할 것 같았다. 시간과 돈 둘 중 하나는 충분해야 이 집을 어떻게든 고쳐가며 살 수 있을 것 같았다. 당시 내 직업이나 일상을 생각하면 시간과 돈, 거기 더해 체력도 충분하지 않았다.

그런데도 나는 그 자리에서 그 집이 바로 마음에 들었다. 왜였는지는 아직도 확실하게 설명하지 못하겠다. 시세가 싸서였을까? 동네 분위기가 좋아서였을까? 마당에 수십 년 된 나무들이 있어서였을까? 내가 쓸 수 있는 차고 때문이었을까? 아니면 어디가 됐든 나가서 혼자 살고 싶어서였을까? 그게 뭐든 일상을 바꿀 요인이 필요했을까? 이 모두가 이유였을 것 같다. 나는 그 모든 막연한 기분을 모아서 한순간 결심을 하고 말았다.

"저 계약할게요."

집을 보여준 할머니께 그렇게 말하고 그 집에서 나왔다. 다시 버스를 타고 근처의 지하철역으로 가서, 신도림역까지 지하철을 타고 갔다. 버스 생활권에서 지하철 생활권으로.

"안녕하세요? 방 보셨죠? 계약할 의향이 있으시다고 집주인에게 연락받았습니다. 계약 쓸 것(계약서를 쓰고 계약 절차를 완료할 것)이 결정되면 문자 주세요." 다음 날인 2월 3일 아침 9시 조금 넘어 문자가 왔다. 이쯤 되자 부동산 사장님의 건조한 문자에도 신뢰가 가기 시작했다(실제로 아주 신뢰할 만한 분이었다). 나는 계약서를 작성하기 위해 그다음 주 화요일인 2월 7일 저녁 7시에 만나기로 했다.

공인중개사의 사무실은 깨끗하고 인적 드문 거리 끄트머리에 있었다. 주변에 편의점 하나와 한가해 보이는 맥줏집 하나만 있는 그 동네 부동산에 앉아 계약서를 작성했다. 할머니는 두 번째 봐도 건강해 보이고 무엇보다 목소리가 굉장히 컸다. 나와 할머니는 서로 후딱후딱 계약서를 작성했다. 할머니야 건물주이니 그렇다 쳐도 나는 조금 더 신중했어야 했나 싶기도 하다.

나와 할머니 사이에서 공인중개사 사장님만 차분하게 설명하려 노력했다. 사장님이 "여기 계약서 잘 읽어보세요"라고 말하거나 말거나 할머니는 제대로 보려 하지도 않았다. "아유, 집세 한두 달 밀려도 괜찮아"라고 할머니가 나 들으란 듯 큰 소리로 중얼거리면 부동산 사장님이 "그러면 안 되죠"라고 말하는 식이었다.

나도 계약서를 읽어보고 바로 도장을 찍었다. 파격적일 것도 가혹할 것도 없는 보통 계약서였다. 차분한 사장님이 내게 물었다. "보통 계약을 하면 보증금의 1/10을 계약금으로 냅니다. 입주를 마치면 나머지 9/10를 내고요. 입주는 언제 하시겠어요?" "그냥 오늘 한번에 다 드릴게요." 나는 말했다. "네?" 사장님이 되물었다. "어차피 들어와서 살 건데요. 그 금액이 아주 큰 돈도 아니고, 그냥 오늘 바로 드릴게요." 사실 500만 원은 내게 큰돈 맞았다. 그랬는데도 이렇게 후딱 결정한 이유는 음… 귀찮았기 때문이었다. 그때나 지금이나 나는 현실 감각이 떨어지고 귀찮은 걸 싫어한다. 1/10을 계약금으로 내고 나머지 9/10를 입주 후에 내고, 그런 절차를 만드는 게 내게는 더 귀찮은 일이었다. 알려준 계좌번호로 보증금을 보냈다. 그렇게 서울에서의 첫 독립 계약을 마쳤다.

피부로 느껴지는 차이는 아무것도 없었다. 보증금이 나갔다고 해도 현금 뭉치를 드린 것도 아니고 스마트폰 스크린에 보이는 숫자가 줄어들었을 뿐이다. 계약서 역시 종이 몇 장이니까 가방에 넣는다 한들 무게감 같은 게 전혀 느껴지지 않았다. 집에 돌아가서 가족에게 이야기했다. 나가 살 집을 계약했다고. 어머니는 아쉬워하는 것 같았고 아버지는 내심 좀 좋아하는 눈치였다. 둘 다 이해가 되는 반응이었다.

내 쪽에서 이렇게 계약을 빨리 끝낸 데에도 이유가 있었다. 명의가 확실했고 거주자도 확실했고 내가 거기 살 것도 확실했다. 월간지의 마감도 돌아오고 있었다. 1월이 지나고 2월호가 나왔으니 또 2월에는 3월호를 만들어야 했다. 그때도 10개 정도의 배당을 받아서 일을 진행하고 있었다. 매달 하던 섹스 칼럼과 여행 칼럼, 시계 칼럼과 연예인 섭외 등을 해야 했다. 그때 내가 〈에스콰이어〉에서 진행한 기획은 이렇다.

방송 PPL에 나가는 시계에 대한 취재 원고
매달 진행하는 섹스 칼럼
여행과 관련된 스마트폰 앱 조사 후 원고 작성
이달의 책 5권 선정 후 원고 작성하고 촬영 진행
가수 아이비 섭외 후 촬영 진행과 인터뷰 원고 작성
서점의 미래라는 주제의 기획과 취재 원고
시계 브랜드 까르띠에의 기술 부문 담당 총괄과 서면 인

터뷰

　시계의 디테일에 대한 화보 촬영 진행

　'더 나은 남자'라는 주제의 특집 중 내가 맡은 원고

　월간지 일은 매번 비슷하면서도 다르고 어느 정도는 늘 예상을 벗어나는 일이 생겼다. 지금 생각하면 일이란 게 다 그렇지만 그때 나는 내 일의 무게에 필요 이상으로 눌려 있었다. 그래서였을까, 집 계약처럼 개인적인 일들은 마감 아닐 때 다 빨리빨리 처리하고 싶었다. 그러나 보증금을 완납해 버리고 나서 얼마 지나지 않아 바로 완납을 후회하게 된 일이 생겼다. 그 일은 문자 메시지와 함께 찾아왔다.

"내가 자기 여자 친구는 아니잖아요?":
특이한 집의 특이한 건물주

———————

집을 계약하고 나서 실감이 나지 않는 날들이 며칠 더 이어졌다. 입주일이 남았기 때문에 내 일상에는 변한 게 없었다. 이사와 관련해 기자회견 같은 게 열려서 나와 집주인 할머니와 부동산 사장님이 사진기자의 카메라 앞에서 악수를 한 것도 아니고 옆에서 트럼페터가 축하의 연주를 해준 것도 아니다. 계약이든 뭐든 월간지 마감은 16일이다. 그때나 지금이나 나는 정해진 날짜까지 마감을 하는 게 가장 중요했다. 마감이 가장 중요하다고 생각하면서도 어딘가 삐걱거리는 날들의 연속이었다. 그 사이에서 내가 계약했다는 실감이 나는 일이 하나 일어났다. 다만 그 실감은 좀 무서웠다.

계약을 마치고 한창 마감을 하던 2017년 2월 14일이었다. 밸런타인데이였지만 나와는 상관없이 그저 마감 기한의 클라이막스였던 그날 문자가 하나 왔다. 내가 '○○○ 건물주님'이라고 저장해 둔 집주인 할머니였다. 건물주에게 메시지가 오는 건 기본적으로 불길하다는 걸 그때 알았다. 문자의 내용은 더 불길했다.

아들 같아서 내가정환경

을애기했고 (중략)

사적인애기는하지 말고일요일 11

시에벨을 눌으고 들어와서대화로

풀어 나가세요

이게 무슨 말이지? 나는 깜짝 놀랐다. 맞춤법과 띄어쓰기가 군데군데 틀려서 더 무서웠다. 내가 뭔가 이야기를 잘못했나? 아들? 가정환경? 사적인 이야기? 우선 기본적으로 무슨 말인지 전혀 알 수 없었다. 그래도 나와 같은 집에 사는 건물주이니 잘 지내야 했다. 바로 사과 메시지를 보냈다. 금방 답이 왔다.

오후3시에 와서 이사올 준비하고

서로 존대하고 반말쓰지마세요

아들들도 결혼하기전에는 반말

했는데 주의 주았고 난 여자친구가

아니잖아요. 여자 친구도 아주친해야

쓰는용어 잖아요?

　존대? 반말? 여자 친구? 나는 더 혼란스러워졌다. 무슨 일이지? 내가 무슨 이야기를 했더라? 처음 건물주를 뵙고 여쭌 것들을 떠올려보았다. '가정 환경과 사적인 이야기'가 잘못의 첫 단추 같았다. 내가 그런 이야기를 한 건 사실이었다. 다만 그 이야기를 꺼냈던 이유는 단순히 집주인과 더 친해지기 위해서였다. 한 마당 안에 살아야 하니 어떻게든 가깝게 지내는 게 좋을 거고, 원래 나이 드시고 성공하신 분들은 자기 옛날 이야기나 가족 이야기를 좋아할 거라 지레짐작했다. 이렇게 큰 집에 사니까 으레 성공하신 분일 거라고 생각했고. 그래서 친해져 보겠다고 왜 혼자 계시는지, 다른 가족들은 어디 계신지, 이런 것들을 여쭈었다. 마당과 주차장이 있는 2층짜리 단독주택에 할머니가 혼자 사니까 좀 궁금하기도 했다. 그래서 건넨 이야기가 건물주를 화나게 만든 듯했다. 그나저나 반말은 전혀 하지 않았는데 어떤 말에서 그렇게 생각하신 걸까? 그리고 여자 친구. 여자 친구… 이런 단어 선택을 어떻게 받아들여야 할까?

건물주가 화가 났고 나는 그를 화나게 할 의도가 없었으니 내 뜻을 전하고 내 쪽에서도 궁금한 걸 풀기 위해서라도 나는 가서 이야기를 해야 했다. 무서운 문자까지 와서 부담스러웠지만 그래도 직접 만나서 이야기를 나누는 게 더 나을 것 같았다. 마음 같아서는 연락을 받은 그날 바로 가고 싶었지만 14일은 한창 마감하는 날이다. 마감이 끝난 주 일요일에 다시 만나기로 했다.

약속한 그날 다시 그 집 앞으로 찾아갔다. 산 밑에 있어서 2월 말이었는데도 내가 살던 동네보다 추웠다. 나는 약속한 오후 3시에 찾아가 벨을 눌렀다. 역시 변함없이 낡은 대문이 사람 얼굴 폭만큼 열리고 할머니의 얼굴이 나왔다.

할머니는 나를 집이나 마당 안에 들이지도 않았다. 처음 대면한 상태인 얼굴 폭만큼만 대문을 열고 이야기를 계속했다. 이유는 알 수 없지만 그만큼 화가 났던 거겠지. 내게 보낸 문자 메시지 내용처럼, 내 쪽에서는 친해져 보겠다고 했던 이야기들이 할머니의 마음 어딘가를 상하게 한 듯했다. 나는 재차 그런 의도가 아니었다고 말했지만 내 의도가 잘 받아들여졌는지는 알 수 없었다. 나이 들다 보면 으레 그렇듯 사람들은 자기 할 말이 너무 많아서 남을 보지 못하기 시작한다. 나도 이미 어느 정도는 그럴 거고, 그 할머니도 예외는 아니었다.

할머니는 여전히 얼굴 폭만큼만 대문을 열고 예의 그 큰 목소리로 자신의 이야기를 해주었다. 정확한 내용은 기억나지 않지만 요약하면 대충 이렇다. '나의 신원은 확실하다. 그런데 그걸 네가 꼬치꼬치 캐묻다니 괘씸하구나.' 말을 듣고 나니 그렇게 생각할 수도 있겠다 싶었다. 둘 중 한 명은 상대방을 이해해야 했다. 내가 할머니의 어느 부분을 건드린 건 확실한지, 할머니는 본인 부모님 세대의 직업과 자신의 출신 학교처럼 내가 별로 궁금해하지 않은 것까지 말해주었다. 할머니가 워낙 사생활 공개에 예민한 분이라(본인이 본인 입으로 "나는 프라이버시가 중요해"라고 이야기했다) 다 말할 수는 없지만 그때 그 조금만 열려 있는 대문 앞에서 나는 황당한 마음을 누르고 경청하고 있다는 사실을 보여드리기 위해 고개를 계속 끄덕였다.

건물주 할머니와의 이야기는 약 5분이나 걸렸을까? 나는 스스로를 변호하는 할머니의 일방적인 이야기 속에서도 할 수 있는 한 내 입장을 전하려 했다. '저는 할머니의 신원을 의심한 적이 없습니다. 같이 사는 사이에 친해지려 했던 것 뿐이니 오해하지 말아주세요.' 하지만 내 마음이 전해졌는지는 알 수 없는 일이었다. 할머니는 본인의 이야기가 끝나자마자 대문을 닫고 자신의 집으로 돌아갔다. 철제 대문이 쾅 하고 닫히는 소리가 옆집까지 들릴 만큼 컸다.

나는 그 문 앞을 떠나지 못한 채 잠깐 멈춰 있었다. 황당하기도 하고 신기하기도 했다. 내가 이분을 그렇게까지 자극한 걸까? 내 어떤 이야기가 이분을 자극했을까? 함께 살게 된 건물주에게 세입자 입장에서 궁금한 것들을 물었을 뿐인데. 그래도 상대가 기분이 나빴으면 어쩔 수 없다. 게다가 저 사람이 내가 살 집의 건물주다. 나는 계약금을 다 내버렸다. 선택의 여지가 없었다. 내가 할 수 있는 일은 이분과 감정의 앙금을 만들지 않는 것뿐이었다. 그날따라 그 대문이 더 낡고 무거워 보였다.

호젓한 골목길에 혼자 남은 나는 이런저런 생각을 했다. '이래서 보증금은 처음에 10퍼센트만 주는 건가. 이제 어쩌지? 저 할머니는 혹시 이상한 사람일까? 이상한 사람과 어떻게 살아야 하지? 막상 살았는데 또 이렇게 무서운 메시지를 보내면 어쩌지? 그래서 집이 이렇게 쌌나? 나 정말 괜찮을까?' 같은 생각을.

매일같이 그 대문을 오가며 사는 지금도 그때가 종종 떠오른다. 지나고 나니 이 일 역시 에피소드 중 하나일 뿐이었다. 누구에게나 예민한 부분이 있다. 그때 나는 나도 모르게 집주인의 예민한 부분을 건드렸다. 이런저런 시간이 지나고 보니 집주인 할머니에게 남다른 구석이 있긴 했지만 그만큼 좋은 점도 있는 사람이었다. 남다른 구석 없이 그저 그런 사람보다는 이쪽이 더 재미있다고 생각한다. 다만 그 후로도 계속 이 할머니 때문에 계속 놀라곤 했다.

"이 집이 처음 독립하기 쉬운 집은 아닌데…": 낭만의 맨얼굴

———

그때의 기억이 에피소드구나 싶었던 건 몇 년 시간이 지난 덕분이다. 할머니가 큰 소리를 내며 대문을 닫아버린 날 나는 집 앞 비탈길에서 찬 바람을 맞으며 별생각을 다 했다. 부모님께 이야기도 다 했고 계약금도 다 내버렸다. 이런 할머니와 살자니 너무 불안해서 계약을 파기하자니 또 돈이 문제였다. 내 예산으로 갈 수 있는 집에는 한계가 명확했다. 그리고 나는 이 집의 장점을 눈으로 봐버렸다. 집이 낡아서 그렇지 입지 조건, 위치, 면적 등은 여전히 매력적이었다. 인터넷에 쓰여 있지 않던 이색 불안 요소를 하나 더 확인하게 됐을 뿐이었다. 집주인 할머니.

이런 상황에서는 누구에게 조언을 구해야 할지도 알 수 없었다. 부모님과 이런 이야기를 할 수는 없었다. 그렇지 않아도 상의 없이 독립했기 때문에 어머니는 나에게 기분이 좀 상한 상태였다. 아버지는 좀 남다른 구석이 있는 사람이라 나의 이런저런 일에 원체 큰 관심이 없었다. 독립한 친구들에게 묻기도 애매했다. 이런 종류의-넓고 낡고 주인이 아주 남다른-집에 살아본 친구들은 많지 않을 것 같았다. 누군가에게 묻는다 한들 어떻게 질문을 해야 할지도 알 수 없었다. "새로 이사 가게 된 집의 주인 할머니가 나보고 '나는 네 여자친구가 아니야'라고 하는데 어떻게 하지?" 같은 질문에 누가 무슨 답을 하겠나. 실제로 당시 같은 회사에 다니던 친한 동료들에게 이런 이야기를 해본 적도 있었다. 돌아온 건 이문세의 노래 제목처럼 그녀의 웃음소리뿐이었다. 남이 곤란해지는 이야기는 원래 재미있는 법이다. 이 일을 시작으로 나는 이 집에 들어가 사는 이야기를 통해 여러 사람에게 웃음을 주었다.

이때 내가 도움을 구할 수 있는 사람은 딱 한 명뿐이었다. 부동산 사장님. 부동산 사장님은 두 번 봤을 뿐이지만 알고 봤더니 괜찮은 사람이었다. 부동산 사장님 캐릭터도 여러 종류가 있다. 이분은 직장 생활을 오래 하다 공인중개사 자격증을 취득하고 부동산을 운영한다고 했다. 이번 집 계약 이후 깨달은 게 있어서 이런저런 부동산 사장님을 접해봤는데, 내가 처음 만났던 이 사장님이 가장 담백한 편이었다. 엄청나게 친절한 편은 아니었지만 그만큼 쓸데없는 이야기를 하지도 않았다. 나와 주인집 할머니 사이에서 자신의 역할도 잘 해주었다. 나도 주인집 할머니도, 보통 세입자와 건물주와는 조금 달랐을지도 모른다. 사장님은 그 사이에서 무뚝뚝했지만 서로의 사정을 잘 봐주려 노력했다. 지금 생각해 보니 건물주 성격이 이상하다고 계약 종료된 건에 부동산에 가서 조언을 얻겠다는 세입자도 별로 없을 것 같다. 하지만 당시의 내게는 기댈 사람이 하나도 없었다. 박카스를 한 상자 사서 부동산에 찾아갔다.

"이 집이 처음 독립하기 쉬운 집은 아닌데…" 무뚝뚝한 부동산 사장님은 나를 이해한다면서도 별로 대수롭지 않다는 듯 말했다. "그 할머니가 성악과를 나와서 목소리가 엄청 커요. 그래도 사람은 착해. 좀 있어봐요." 나는 그 와중에도 속으로 웃음이 났다. 할머니는 성악과가 아니라 서양화과를

졸업했다. 그 낡은 집에는 의외로 2층 공용 공간에 유화가
몇 점 걸려 있었다. 할머니가 학생 시절 그렸다는 유화였다.
동시에 서양화과를 성악과로 착각해서 들을 만큼 할머니의
목소리가 컸던 것도 사실이었다. 그렇게 목소리가 큰 할머니
는 나도 처음 봤다. 여러모로 세간의 고정관념 속 할머니와
는 전혀 다른 사람이었다.

안녕하세요. 할머니가 목소리가 크고 말을 막 하는 경향은
있어도 마음이 여리고 착해요. 그래서 심한 말을 들어도 일단
대꾸하지 마시고 시간이 조금 흐른 다음 기분이 좋을 때 그때
그 말은 기분이 안 좋았다는 식으로 말씀드리면 잘 해주실 거
예요.

돌아오는 길에 부동산 사장님에게 메시지가 왔다. 신경
써주셔서 감사하면서도 원론적인 답이었다. 원론적인 답은
즉각적인 효력이 없다. 역시 그런 건가… 싶었다. 그리고 진
짜 결론은 뒤이어 온 문자에 있었다.

즉 결론은 할머니 성격을 완전히 아실 때까지 할머니와 자

주 안 만나는 것이 제일 상책입니다.

그 말 그대로였다. 나도 그렇게 생각했다.

그렇다고 이사 가기로 한 집 1층에 사는 할머니를 안 볼 수는 없었다. 계약금을 냈고 이사 날짜도 잡았으니 집 열쇠도 있었다. 집 열쇠를 받은 날에는 '나도 이제는 혼자 살 집이 생기는구나'라고 감격했지만 지금은 문제가 조금 더 복잡해져 있었다. 그래도 뭐, 이사를 준비해야 하니까 그 집에 자주 가서 어떻게 살아야 할지를 봐야 했다. 부동산 사장님을 만나고 며칠 지난 후의 대체휴가 날 낮에 그 집에 찾아가 보았다. 대문을 열자 할머니가 키우는 개 두 마리가 시끄럽게 짖었다. 할머니는 보이지 않았다. 곧바로 2층으로 올라갔다.

그 집은 처음 봤을 때와 좀 달라 보였다. 집 자체에는 변한 게 없었고 바뀐 건 상황과 내 마음이었다. 낮에 그 집을 본 건 그때가 처음이었고, 건물주 할머니의 심상치 않은 성격을 깨닫고 그 집을 찾은 것도 그날이 처음이었다. '이런 집이 있구나' 싶어서 집을 봤을 때의 마음과, '이제 한번 진짜 살아볼까'라고 생각한 후 집을 봤을 때의 마음도 달라졌을 것이다. 아무튼 집은 생각보다 훨씬 낡고 지저분했다. 인터넷으로 사진만 보고 중고품을 거래해 택배로 물건을 받았는데 상자를 열자 이런 물건이 나왔다면 한숨을 20분쯤 내쉬었을 것 같았다. 지저분한 건 청소하면 되지만 밝을 때 보니 이 집은 청소를 한다고 나아질 집이 아니었다. 바닥부터 벽지까지, 문부터 작은 귀퉁이까지 문제없는 곳을 찾기가 더 어려울 정도였다.

가장 먼저 눈에 띈 건 곰팡이였다. 벽 곳곳에 곰팡이가 타이다이 염색 티셔츠 무늬처럼 피어올라 있었다. 이 집의 가장 큰 장점 중 하나는 월세 대비 면적이 넓다는 것이었는데, 그 넓은 방의 벽 구석구석마다 곰팡이가 보였다. 싱크대가 있는 정체불명의 방에도, 부엌 귀퉁이에도, 특히 안방으로 쓰게 될 듯한 방은 네 면에 모두 곰팡이 자국이 진하게 나 있었다. 집주인 할머니는 내가 없는 새 나름 배려하는 의미였는지 곰팡이가 피어오른 벽지 위에 본인의 손으로 벽돌 무늬 벽지를 붙여두었다. 나는 이제 이 할머니를 좋아하고 여러 후의에 감사하지만 그날의 벽돌 무늬 벽지는 정말 무서웠다. 곰팡이 핀 기존 벽지 위에 풀을 너무 많이 발라서, 벽돌 무늬 벽지는 쭈글쭈글하게 젖어 있었다. 한 벽 가득 전부 그랬다. 할머니의 정성이 아무리 고맙다고 해도 무서운 건 무서운 거였다.

밝은 곳에서 보니 부엌과 싱크대도 곰팡이 못지않게 곤란했다. 싱크대에는 먼지와 찌든 때가 너무 많이 묻어 있어서 별로 손을 대고 싶지 않았다. 용기를 내 손을 대보았더니 기름과 먼지와 시간이 섞여서 굳어진 끈적한 감촉이 올라왔다. 손가락 끝에서부터 타고 올라와 나도 모르게 인상을 찌푸리게 만드는 그런 끈적함이었다. 난처할 정도로 끈적이는 건 부엌 싱크대뿐 아니라 별도의 방에 있는 싱크대도 마찬가지였다. 두 싱크대 모두 MDF로 만든 흔한 싱크대였다. 쓰는 동안 물이 계속 튀었을 테니 경첩에 새빨간 녹이 슬고 합판 표면 곳곳이 혹처럼 부어올라 있었다. 다시 와보니 방에 싱크대가 있다는 사실도 마음에 들지 않았다. 이 집에 살게 됐으니 저 싱크대를 없애지 않으면 안 되겠다고 생각했다.

부엌과 싱크대가 곤란하다면 화장실 상태는 주저앉고 싶을 정도였다. 화장실은 왼편에 변기, 오른편에 수도꼭지가 하나 있고 창문이 없는 작은 방이었다. 역시 끈적한 먼지가 가득 묻어 있는 스위치를 올리면 구도심 식당의 열악한 화장실 천장에 걸려 있었을 법한 전깃줄에 대롱대롱 붙어 있는 소켓 속 백열등이 켜졌다. 낡은 걸 넘어서 샤워 잘못 하다가 감전당하지 않으려나 싶을 정도였다. 왼편의 변기와 오른편의 수도꼭지도 모두 얼마나 낡았는지 가늠하기 힘들 정도로 두꺼운 때가 끼어 있었다. 나는 내 일상에 괜찮은 변화를 주기 위해서 나와 살기로 결심했다. 기껏 나와 살면서 그 변기와 그 수도꼭지를 쓴다면 기분이 별로 좋아질 것 같지 않았다.

읽고 계시는 분들은 '그렇게 집이 낡았다면 그런 집 계약을 왜 한 거야'라고 생각하실 수도 있겠다. 내가 부주의해서였을 수도, 아니면 내가 현실 감각이 떨어져서일 수도 있다. 하나 더 이유를 붙인다면 나는 이 집을 처음 봤을 때부터 이 집을 고쳐서 살아야겠다고 어렴풋이 생각했던 것 같다. 보자마자 '이 집을 고칠 거야'라고 생각한 건 아니다. 나는 집수리의 세부 사항에 대해 전혀 아는 바가 없었고 그때의 내가 그렇게 여유롭지만도 않았다. '이 집은 마음에 들지만 이 상태로 살 수는 없을 것 같아'라고 생각했을 뿐이다. 그렇다면 '이 집과 계약하고 고쳐서 산다'는 결론이 나올 수밖에 없었다.

한 번 더 살펴보니 이 집의 장단점이 더욱 명확해졌다. 장점은 좋은 입지, 주변의 풍부한 녹지, 저렴한 월세, 월세 대비 넓은 면적, 무료로 사용할 수 있는 주차장. 단점은 낡았다는 것, 집의 구조가 보통 집과는 조금 다르다는 것, 엘리베이터 등이 없다는 것, 그리고 건물주의 성격이 남다르다는 것 정도였다. 다만 이 집의 남다른 구조는 내게는 장단점의 영역이 아니라 그저 특징일 뿐이었다. 구조적 환경은 내가 어떻게 적응하고 사용하느냐에 따라 장점이 될 수도 있고 단점이 될 수도 있었다. 기왕 이 집에 살기로 했다면 그 집의 구조에서 장점을 찾아내야 했다.

그러는 동안 내가 그 집에 이사를 하고 입주해서 살 날이 다가오고 있었다. 내가 계약서에 적어둔 입주일은 2017년 2월 25일이었다. 내가 아는 한 보통 한국 라이프스타일 월간지 마감은 15일이나 16일 전후로 끝난다. 처음 계약서를 쓸 때만 해도 마감 끝나고 이사 들어갈 집 적당히 치우고 내 물건 좀 챙겨 나오면 옮겨 살 수 있을 것 같았다. 터무니없었다. 나는 낮에 그 집에 몇 번 가보고 결론을 내렸다. 나는 2월 25일에 이사를 갈 수 없다. 이 상태의 이 집에서는 살지 않겠다. 지금 이 집은 이사를 들어갈 수 있는 상황이 아니다.

나는 집을 고쳐 살기로 결심했다. 집수리의 예산과 절차에 대해 하나도 모르는 채로.

2부

고치기

공사를 할 수 있다면:
인테리어 시장의 미아

─────────

부모님과 함께 살 때는 이사를 거의 가지 않았다. 서울에 처음 왔던 1987년, 시흥4동의 어느 다세대주택에 살다가 계약이 만료되어 1988년 근처에 다른 집으로 이사를 갔다. 그 집에서 약 10년을 살았다. 그 후 영등포구의 아파트가 분양되어 신도림역 근처로 갔다. 거기서 약 20년을 살았다. 내 삶에서 빈집, 뭔가 새 집은 영등포구의 그 아파트뿐이었다.

집수리라는 걸 해본 기억도 거의 없었다. 어릴 때 살았던 집은 셋집이니까 뭔가를 고칠 권한 자체가 없었다. 인테리어 같은 걸 생각할 만큼의 여유도 없었다. 부모님께서 정착한 영등포구의 아파트도 마찬가지였다. 처음 들어갔을 때는 새 집이니까 고칠 필요가 없었다. 20년 전에 새 집이었던 그 집은 이제 완연한 헌 집이 되었다. 하지만 부모님은 지금도 굳이 인테리어나 집수리를 생각하지 않는 것 같았다.

낡아가는 집에 대한 내 불만 역시 서서히 쌓이고 있었다. 몸으로 느끼는 불편이 좀 있었다. 우선 방바닥이 불편했다. 1990년대 후반 그 집에 들어갈 때는 아파트의 기본 방바닥은 기름을 바른 종이 장판이었다. 지금 생각하면 나름의 낭만이 있지만 그때의 나는 그 나름의 낭만을 몰랐으니 불편할 뿐이었다. 당시 나는 바퀴 달린 성인용 사무 의자를 썼다. 종이 위에서 바퀴가 굴렀으니까 자연스럽게 장판이 금방 찢어졌다. 장판이 찢어져서 회색 시멘트 바닥이 보이는 채로 10년을 넘게 보냈다. 몇 년 전 엄마가 큰맘 먹고 바닥을 새로 깔아서 그런 불편도 옛날 일이 되었지만 20년이 넘는 동안 고쳐진 건 바닥 하나뿐이었다. 부모님과 함께 살 때는 그런 것도 소소한 불만이었다. 철없는 시절이지.

몰랐으니까 할 수 있던 일들이 있다. 잡지 에디터라는 일을 택한 것도 그랬고 2017년 2월 말에 집을 고쳐야겠다고 결심했던 것도 그랬다. 집수리가 어떤 일인지 조금이라도 알았다면 '집을 고친다'는 선택지를 고르지 않았거나, 고치기로 했다 해도 그때처럼 하지는 않았을 것이다. 그때의 나는 경험과 돈이 모두 부족했다. 시간을 쪼개서 야무지게 일을 할 만큼의 의지도 부족했다. 별수 없이 시간을 끌어가며 조금씩 공사를 진행할 수밖에 없었다. 부탁하거나 맡길 사람 없이 혼자서 집수리를 시작한다는 게 어떤 의미인지, 게다가 직장 생활과 집수리를 병행하는 초심자가 얼마나 우스운 실수를 많이 할 수 있을지 그때는 잘 몰랐다.

당시 내게 중요한 건 둘뿐이었다. 첫째는 예산. 수리비가 얼마나 들려나. 그런데 그건 의외로 어렵지 않았다. 보증금이 내 예상보다 워낙 적었기 때문이었다. 내 쪽에서는 집수리 예산이 자연스럽게 생긴 셈이었다. 돈이 얼마나 들지 정확히 계산하지는 않았지만(미리 계산했으면 더 좋았을 텐데) 공사 규모가 크지도 않을 테니 보증금을 지불하고 남은 돈 안에서 얼추 가능할 거라 생각했다.

돈보다 더 큰 고민은 주인집 할머니의 허락이었다. 주인 할머니가 어떤 사람인지 정확히는 몰라도 문자 메시지와 화내는 모양새를 보니 보통 사람이 아닌 건 알 수 있었다. 세들어 사는 집이니까 그래도 이분의 허락을 받아야 집을 고칠 수 있다. 하지만 내가 어떻게 말해도 화를 낼 것 같은 건물주분을 어떻게 설득하지? 집을 고친다고 하면 내가 집을 고치겠다고 선언했다는 사실에 또 자존심이 상해서 화를 내는 건 아닐까? 나는 이 집을 고쳐야 들어가서 살 수 있을 것 같은데 어쩌지? 혹시 계약이 날아가는 건 아닐까? 지금 생각하면 그때 차라리 계약이고 뭐고 다 접어버리고 집을 안 고치고 본가에 살았어도 그만이었다 싶기도 하다. 하지만 그때의 내게 다른 선택 항목은 없었다. 그만큼 더 절실했다. 절실한 만큼 내가 원하는 결과도 꼭 얻어야 했다.

처음 말한 이사 날짜인 2월 25일이 하루하루 다가오고 있었다. 그날 이사를 갈 거라고 말했으니 내가 그날 이런저런 사정 때문에 이사를 못 갈 거라는 사실도 알려야 했다. 2월 25일이 되기 전 주말 어느 날, 나는 노심초사하며 1층 현관으로 갔다. 할머니가 또 화를 낼 거라는 사실을 각오하며 문을 두드렸다.

할머니가 사는 집에는 작고 흰 강아지 두 마리가 있다. 내가 현관 가까이로 가면 그 강아지들이 크게 짖는다. 강아지들의 성대가 걱정될 정도로 짖는 걸 보다 보면 "아이고 무슨 일이야" 같은 혼잣말을 하시며 할머니가 나오는 게 순서다. 그날도 강아지들이 짖고 할머니가 나왔다. 나는 나름대로의 사정을 이야기했다.

"지금 일이 많아서 한 번에 이사를 들어오기 힘들 것 같습니다(이렇게 낡은 집에는 도저히 못 산다고 말할 수는 없었다). 월세는 지불하겠지만 제가 2월 25일에 바로 입주를 하지는 못할 것 같아요."

나이 든 분들과 하는 대화의 묘미는 끊임없이 이야기가 끊긴다는 데에 있다. 이날도 그랬다. 내 메시지는 간단했다. 사정이 이러니 이사는 한 번에 못 들어가겠다. 월세는 낸다. 저 간단한 주제를 전하는 데 15분쯤 걸렸다. 할머니가 중간중간 계속 끊고 본인의 이야기를 하셨기 때문이었다. 옆집 할머니 이야기도 하시고, 나의 어떤 부분이 마음에 안 들고 어디가 문제인지도 이야기하시고, 그러면 안 된다고도 이야기하시고, 이 동네가 얼마나 조용하면서도 편리해서 좋은 곳인지도 말씀하시느라 내 간단한 이야기는 도무지 전하기가 쉽지 않았다. 나는 덤불 사이로 손을 뻗어 쪽지를 전달하는 기분으로 할머니의 이야기 사이사이에 내 뜻을 전하려 애썼다.

이제는 나도 나이 든 분들이 왜 그렇게 이야기하는지 알수 있을 것 같다. 상대방의 말을 듣고 있으면 바로 생각나는게 있는데, 그 말을 지금 하지 않으면 왠지 잊어버릴 것 같고, 그래서 나도 모르게 내 이야기를 시작하고 나니 또 골목길 옆 샛길처럼 다른 화제가 생각나는 것이다. 집주인 할머니와의 대화 패턴도 그런 식이었다. 내 이야기를 전하려면시간이 걸리긴 했지만 할머니는 본인의 수다 사이로 전해져오는 내 이야기를 다 확인은 하고 있었다. 대신 내 뜻을 전하려면 나도 할머니와의 대화라는 게임의 규칙을 알아야 했다. 할머니의 이야기를 열심히 들어주기도, 한 번씩 맞장구도 쳐주기도 해야 했다. 그렇게 다른 사람과 의사소통하는 방식을배우고 있다는 걸, 조금 후에 알게 됐다.

아무튼 그때 내게는 이 이야기에 확실한 목적이 있었다. 할머니를 불쾌하지 않게 하면서 내 입장과 상황을 말씀드리고 내가 원하는 바를 이뤄야 했다. 처음 약속한 날짜에 못 들어가고, 이런 사정이 있다고. 할머니의 수다 사이로 겨우 내입장과 상황을 다 말했다. 그다음은 내가 원하는 걸 전할 차례였다. "그래서 말인데요, 혹시 제가 원하는 대로 조금 방을수리해도 될까요…?" 나는 어깨를 움찔거리며 할머니의 말을 계속 듣다가 마지막에 살짝 물었다.

"응. 그렇게 해." 할머니는 간단히 대답했다. 지난번에 내게 그렇게 화를 낸 사람이란 걸 믿을 수 없을 정도였다. 그 승낙을 듣고 내가 얼마나 기뻤는지 할머니는 아직도 모를 것이다.

건물주만 좋은 건데:
vs. 36으로 나누면 얼마 안 돼

———

이사를 준비하면서 집이나 살림 이야기가 생각보다 좋은 화제인 걸 알게 됐다. 집 이야기는 날씨 이야기와 비슷했다. 많은 사람이 자기 살림을 하니까 누구에게나 할 말이 있었다. 조금만 신경 쓰면 남의 기분을 상하지 않게 하면서 이야기를 계속 이어나갈 수 있었다. 스포츠 이야기는 알아야 재미있고 특정한 신념 이야기는 서로 같은 신념을 가져야 재미있다. 반면 무슨 청소기를 고르는지, 어떤 세제를 쓰는지, 이런 이야기들은 알아도 재미있고 몰라도 재미있게 들을 수 있었다.

나도 집을 구해 살기 시작하면서 이 이야기를 여기저기

하고 다녔다. 우선은 내게 화제라고는 그 정도밖에 없었다. 내 주변 사람들은 주로 TV 프로그램이나 요즘 영화에 대해 이야기했다. 나는 주로 종이 책을 보았기 때문에 그 둘 모두 내게 익숙한 화제가 아니었다. 그러다 보니 다 같이 모인 식사 자리에서 내 차례가 돌아온다 싶으면 자연스럽게 혼자 살게 된 집 이야기를 하기 시작했다.

'곧 혼자 살 건데, 보증금 500에 월세가 35인 집을 구했는데, 그 집은 정원과 차고가 있는 단독주택인데, 주인 할머니와 함께 살아야 하는데, 할머니는 어느 날 '내가 자기 여자친구는 아니잖아요?'라면서 문자를 보냈는데, 아무튼 잘 화해하고 나서 그 집에서 공사를 하고 살 거예요'라고 말하면 놀라는 사람이 많았다. 남을 놀래려고 꺼낸 이야기가 아니었기 때문에 사람들이 놀라면 나도 놀랐다. 잡지 일을 하다 보면 꽤 많은 사람을 만나고 다니게 된다. 그런 자리에서도 화제가 떨어졌다 싶으면 혼자 사는 이야기를 꺼냈다. 상대방의 반응은 큰 상관 없었다. 나는 원래 남의 반응에 크게 신경을 쓰지 않는다.

그때 함께 일했고 지금도 잘 지내는 〈에스콰이어〉 동료들은 조금 더 적극적으로 의견을 내주었다. 그때 만난 선후배 동료들은 모두 특징이 다른 사람들이었지만 각자의 특징을 긍정적으로 받아들이며 다들 최선을 다해 일하고 있었다. 그런데 어느 날 내가 혼자 살 집에 대해 내린 결정을 말했을 때는 조금 달랐다. 좋게 봐주는 사람이 한 명도 없었다. "이거 완전 건물주 좋은 일 해주는 건데"라고 이야기한 모 선배의 말이 대표적이었다. 그 말을 회사 밖에서도 아주 많이 들었다.

일리가 있었다. 공사를 다 하고 들어갔더니 2년 만에 내쫓길 수도 있으니까. 인터넷 게시판이나 TV 프로그램을 보면 인간 본성에 회의를 느끼게 하는 여러 사람과 사례들이 나온다. 어떤 사람들은 그런 관점으로 세상을 보기도 한다. 내 결정에 부정적인 반응을 보인 사람들은 나 역시 그렇지 않으리라는 법이 없다고 생각했던 것 같다. 할머니와 마주친 나야 속으로는 '그럴 리 없다'고 여겼지만.

그렇지 않아도 집을 구해 독립을 하는 내내 인간에 대한 불신 혹은 예민하고 비판적인 세계관을 많이 접했다. 세상은 녹록하지 않고 인간은 언젠가 다 누군가를 후려치기 때문에 늘 정신 바짝 차리고 있어야 한다는 생각. 나도 실제 세상의 혹독한 면을 어느 정도 알고 있다. 중고품을 인터넷으로 거래했는데 잘못된 물건이 온다거나 하는 일은 나 자신에게는 쓰라리지만 아주 자주 일어나는 일이다.

나도 중고품을 많이 산다. 앞으로 자세히 이야기하겠지만 나는 이 집에서 지금 쓰고 있는 가구 상당수를 중고품으로 샀다. 가구 말고도 중고품을 많이 산다. 내 전화번호부에 '중고나라＋아무개'로 저장되어 있는 전화번호만 50개다(앞으로 더 늘어날 것이다). 하지만 내 선택이 실수였던 적은 있어도 물건에 문제가 있던 적은 거의 없었다.

진심을 믿었다거나, 알고 보니 세상은 역시 좋은 곳이라거나 하는 그런 이유 때문이 아니다. 처음부터 많이 찾아보고 수요가 적을 물건을 샀기 때문이다. 수요가 적은 물건에는 사기가 들어갈 확률도 낮다. 대신 이 물건의 리스크는 다른 데 있다. 구매 실패 확률이 줄어드는 만큼 내가 일단 이 물건을 사고 나면 다시 판매할 확률도 줄어든다. 판매할 확률이 아예 없어 보이는 물건도 많다. 그것만 감수하면 나는 적당히 즐겁게 중고품을 사서 즐겁게 쓰고 있다.

이 집도 마찬가지였다. 넓고(1인 가구 수요에 맞지 않는다) 낡고(한국인의 선호와 맞지 않는다) 인적 드문 곳(이런 곳을 좋아하는 사람은 많지 않은 것 같다)에 있는 주택(아파트도 오피스텔도 아니다)이니 수요가 적은 물건이라고 볼 수 있었다. 유지

비용과 난이도 면에서 보면 오래된 단독주택은 중고 대형차와 비슷한 면이 있다. 중고 대형차는 감가상각이 크기 때문에 구입 비용이 높지 않다. 대신 오래된 차니까 고장 날 확률이 높고, 그때마다 비용이 든다. 나는 그 확률을 받아들였을 뿐이었다.

마침 그때 오랜만에 만난 친구가 내 결정을 지지해 주었다. 그 친구도 오래된 아파트에 살고 있었다. 자기 돈으로 자기 시간을 들여 수리를 했다고 했다. "나도 이 집에 살고 싶었으니까 어쩔 수 없었어. 이 집에 살기 전에는 집수리를 해본 적도 없었지. 막상 해보니까 너무 힘들어서 울면서 했어. 그래도 수리하니까 좋아. 수리비가 든다고 해도 그걸 계약 기간으로 나눠서 생각하면 돼. 월세에 얼마 더 붙는다고 생각하면 되잖아."

나는 이 논리에 완전히 빠져버렸다. 나는 이 집을 보증금 500만 원, 월세 35만 원에 빌렸다. 수리비가 500만 원쯤 나온다 해도 24개월 거주한다면 한 달에 20만 원쯤 더 붙는다고 볼 수 있다. 그렇게 생각하면 월세가 55만 원쯤 되는 것이다. 나는 이런 집의 월세가 55만 원인데 이 위치의 이 집이 한층 쾌적하게 고쳐져 있다면 아주 만족스러울 것 같았다(이 생각은 반만 맞고 반은 틀렸다는 게 나중에 드러났다). 게다가 내가 만약 이 집에서 24개월 이상 산다면?

바로 그거였다. 이 집에 오래 살수록 내가 들인 수리비의 월별 부담률도 낮아진다. 수리비 500만 원을 쓰고 24개월이 아니라 48개월을 산다면 내가 결과적으로 쓴 돈은 한 달에 10만 원 정도다. 어째 좀 이상한 논리지만 나는 '길게 보면 돈을 쓰는 게 아니라 아끼는 거다'라는 생각을 머릿속에서 굳혀버렸다. 생각을 굳히고 나자 다른 사람의 참견에서도 자유로워졌다. 나는 마음을 완전히 정했다. 공사 잘해서 오래 살아야겠다고. 적어도 36개월은 이 집에 있어야겠다고(막상 계약 연장권을 갖고 있는 할머니 마음은 묻지도 않았지만, 할머니는 오며 가며 계속 "오래 살아!"라고 말했다).

그 친구를 만났던 때는 3월호 마감을 준비하던 2월 말의 어느 새벽이었다. 지금은 어떨지 모르겠지만 3년 전만 해도 불규칙한 근무 패턴이 월간지 에디터의 일상이었다. 그 일상은 우리의 관절 건강과 정신 건강을 좀먹었지만 때로 그때만할 수 있는 이야기와 추억을 주기도 했다. 그날도 그런 날이었다. 새벽까지 일을 하다 보면 당연히 만날 사람이 얼마 없다. 내일 일정에 조금은 여유가 있는데 아직은 잠이 오지 않는 화요일 새벽 2시 같은 시간이 가장 외로운 시간이다. 그때 남아 있는 친구들끼리 종종 만나 이야기를 나누게 된다. 낮의 세계에 사는 직장인들은 새벽 2시면 다 잠에 들었고, 그때 깨어 있는 친구들은 뭔가 다른 일들을 하고 있다. 그 친구를 만난 날도 그랬다. 다른 일을 하는 친구였고, 평일 겨울 새벽은 조용하고 춥고 사람이 없었다. 그 분위기 속에서 집수리 이야기를 하던 그때 결심했다. 공사를 한다.

마루만은:
도저히 포기할 수 없던 것

공사를 해도 된다는 허락을 받고 결심도 했으니 이제 진짜 문제들이 시작된 셈이었다. 가장 중요한 문제는 돈이었다. 인테리어를 해본 분이라면 이해할 텐데 내 예산으로는 '평당 얼마'식의 인테리어는 전혀 할 수 없었다. 예산도 예산이지만 내 스스로도 '월세방에 뭐 대단한 공사를 하겠다고' 정도로 생각했다. 이때까지만 해도 이성을 놓치지 않고 있었다. 적어도 이때까지는.

뭔가 해야 하는데 예산이 넉넉지 않을 때 어떻게 해야 할까? 나는 두 가지 경우의 수를 생각해 보았다. 하나는 평균 맞추기였다. 모든 세부 요소에 평균 수준의 예산을 넣는 것이다. 예산이 500만 원이라 치면 바닥도 도배도 그 액수에 맞춰서. 나는 처음부터 그 방식은 내키지 않았다. 그런 마음으로 집을 꾸리면 새것이라는 사실 말고는 아무것도 남지 않는 싸구려 소재로 집이 채워질 것이었다. 나는 그걸 원치 않았다.

영원한 새것은 없다. 나는 무엇인가의 가치는 새것이 헌것이 되었을 때에 드러난다고 생각한다. 그 면에서 '새것이면 된다'라는 생각으로 집 공사에 임하고 싶지 않았다. 그러면 H&M 같은 걸 여러 번 빨아 입었을 때의 느낌과 비슷할 것 같았다. 옷의 디자인 유행은 세상의 여러 상황에 따라 언제든 변한다. 소재는 다르다. 질 낮고 저렴한 소재는 출시 직후를 빼면 금방 쓰레기고 계속 쓰레기다. 나는 돈이 없다는 이유 때문에 패스트 패션 브랜드 느낌의 인테리어를 하고 싶지 않았다.

다른 하나는 몰아주기였다. 싼 것과 비싼 것의 격차가 엄청나게 커지는 것. 나는 차라리 이쪽 세계관이 더 마음에 들었다. '돈이 없으니까 모두 적당히 예산을 맞추자'가 아니라 '돈이 없으니까 다른 건 다 엄청나게 싼 걸로 채우더라도 이것 하나만큼은 돈을 좀 들이자'고 생각했다.

내가 생각한 '여기만은 돈을 들여야겠다' 포인트는 마루였다. 좋은 마루에는 돈을 좀 쓰고 싶었다.

일 때문에 스위스에 출장을 간 적이 있다. 시계 담당 에디터였던 때 제네바와 바젤에 다 합쳐서 10번쯤 갔던 것 같다. 시계 박람회 기간의 바젤은 모든 호텔이 꽉 차거나 너무 비싼 호텔만 남는다. 때문에 에어비앤비가 대중화된 이후에는 보통 집을 빌려서 잤을 때가 더 많았다. 회사 숙소 예산에 맞추어야 하니까 그중에서도 적당한 집들을 찾아야 했다. 너무 비싼 집 말고.

그런데 스위스는 너무 비싸지 않은 보통 집들의 마루가 하나같이 멋졌다. 낡고 오래되어 삐걱거려도 나무 특유의 촉감과 냄새 덕분에 편안한 기분이 들었다. 거기 더해 내가 본 스위스의 보통 집들은 밝은색 나무를 바닥으로 썼다. 밝은색 바닥을 쓰고 벽을 희게 칠하거나 노출된 콘크리트를 그대로 두니 무척 멋있었다. 돈을 많이 들이지 않았고 비싸 보이지도 않지만 소박하고 솔직한 느낌이 들었다. 셋방이니까 노출 콘크리트 벽은 못 구현해도 좋은 마루라는 걸 깔아보고 싶었다.

인터넷을 통해 나무 마루에 대해 찾아보기 시작했다. 정식 자료를 찾지 못해 블로그를 운영하는 마루 업자들의 게시

물을 참고했다. 그에 따르면 한국에서 팔리는 나무 마루는
네 종류였다. 강화마루, 강마루, 온돌마루, 원목마루. 이름
만 봐서는 어느 마루가 어떻게 다른지 알 수 없었다. 새로 공
부를 하는 마음으로 찾아보기 시작했다. 강화마루는 MDF에
합성 필름을 붙인 마루였다. 가격도 별로 비싸지 않았다. 탈
락. 강마루, 온돌마루, 원목마루는 합판에 뭔가를 붙인 마루
인데 무엇을 붙였느냐에 따라 가격이 달라졌다. 강마루는 합
판에 합성 필름지를 붙였다. 온돌마루는 합판에 0.3밀리미
터 이하의 얇은 무늬목을 붙였다. 원목마루는 합판에 1-3밀
리미터의 무늬목을 붙였다. 가격 역시 강화마루 → 강마루 →
온돌마루 → 원목마루 순서였다.

　네 가지 나무 마루의 차이점을 깨닫는 데에도 한참 시간
이 걸렸는데 마루의 종류도 너무 많았다. 생산국과 브랜드에
따라 색을 다루는 방식이나 도색 방식, 나뭇결의 느낌까지
다른 것 같았다. 인도네시아, 중국, 한국, 이탈리아의 나무
마루는 모두 우열을 벗어난 각자의 특징이 있었다. 지금 뭘
하는 건가 싶은 마음 반, 새로운 걸 알아가는 재미 반으로 각
나무 마루의 차이를 익혔다.

　보면 볼수록 초심과 달리 과연 마루를 해야 할까라는 고

민을 하지 않을 수 없었다. 마루는 생각보다 돈이 많이 들었다. 이탈리아산 원목 티크 마루는 1평에 40만 원 정도 했다. 이런 마루를 한다면 공사비를 제한 마루 재료비만 보증금을 초과할 지경이었다. 머리가 점점 복잡해졌다.

한국 인테리어 업계의 용어를 보면서도 이런저런 딴생각을 멈출 수가 없었다. 온돌마루나 강마루가 대표적이었다. 왜 온돌마루라는 이름이 붙었을까? 온돌마루와 원목마루는 구조가 같고 원목의 두께가 다르다. 그래서 '온돌의 열을 잘 보내준다'는 의미로 온돌마루가 된 걸까? 강마루의 '강'은 무슨 강 자일까? 아래는 합판인데 위가 필름이니까 충격에 더 강해서 강마루가 된 걸까? 트집을 잡을 생각은 없지만 아래가 합판이고 위가 필름인 마루라는 게 꼭 있어야 할까? 도매를 전문으로 하는 시장 골목에 들어가 쓸데없는 질문만 해가면서 겨우겨우 하나씩 배우는 기분이 들었다. 실제로 어느 정도 그런 면도 있었고.

뭔가에 홀린 것처럼 독립할 집을 계약한 걸 빼면 내 일상은 거의 비슷했다. 나는 매월 16일 즈음의 월간지 마감을 시간의 말뚝처럼 박아둔 삶을 살고 있었다. 틈틈이 계약을 하고 마루를 알아보는 동안 2월 말에 나올 3월호 제작이 끝났다. 그러면 또 3월 말에 나올 4월호를 만들기 위해 2월 말부터 이런저런 준비를 해야 했다. 기획안을 만들고, 기획회의를 하고, 통과된 기획을 받고, 그다음에는 섭외나 기획 가능성을 확인하면서 조금 여유로운 시간을 보낸다. 그러던 2017년 2월 말쯤에 마루를 집중적으로 찾아보았다.

원목마루를 볼 때는 인터넷 검색에 의존했다. 정보를 찾는 건 내 직업의 일부이기 때문에 인터넷에 올라온 정보를 다 믿을 수 없다는 사실은 잘 알았다. 하지만 그때의 나는 별다른 방법이 없었다. 몸과 정신이 좀 지친 상태였다. 일은 늘 내 깜냥보다 많았다. 내 능력을 넘어선 일이 내 몸과 정신에 얹혀 있었으니 나는 만성 근육통에 시달리는 육체 노동자처럼 정신적으로 부하가 걸려 있었다. 삶을 바꾸고 싶어서 이사를 나가려 했지만 기본적인 체력과 정신력이 떨어져 있기 때문에 필요한 만큼의 에너지를 내지 못했다. 월간지의 마감이라는 허울 좋은 핑계도 있었다. '나는 마감을 해야 하니까 바쁘잖아', '마감도 하고 다른 원고도 쓰는데 힘들잖아'라는 생각으로 스스로를 달랬다. 지금 생각하면 그렇게까지 지칠 일은 아니었던 것 같아 좀 부끄럽다.

지금 생각하면 마루는 어느 정도는 비합리적 판단의 결

과였고 어느 정도는 내 일상의 숨구멍이었다. 월세방에 나무 마루를 깐다는 판단이 맞냐 틀리냐는 둘째 치고 내 마루를 내가 고르는 일이 무척 즐거웠다. 하루에도 몇 번씩 납품하고 남은 재고 마루를 싸게 판다는 네이버 블로그 '마루나라'에 들어가서 마루를 구경하는 게 당시 내 일상의 낙이었다. 그 블로그에 있는 나무의 스펙을 정리해 엑셀 표를 만들었다. 다양한 블로그 중에서도 마루나라만의 장점이 있었다. 모르는 사람이 봐도 이해가 될 만큼 자세한 정보를 적어두었고, 다양한 마루 가격을 공개한 채 팔고 있다는 점에서 나에게 잘 맞았다. 마루의 평당 가격과 평당 시공비를 넣으면 내 방의 면적에 따른 마루 가격이 나오도록 함수를 짰다. 그런 일을 하다 보면 당시 내가 고되다고 생각했던 일들에서 조금은 벗어날 수 있었다.

그래서 어떤 마루를 해야 할까? 밝은 게 좋을까, 어두운 게 좋을까? 깔아보기 전에는 확실히 알 수 없었다. 색은 한참 고민하다가 월넛으로 하기로 했다. 마루 재고를 처리하는 곳인 만큼 특이한 색이 많았고 그런 색 마루가 할인 폭도 더 컸지만 자연 상태의 나무에 가까운 색으로 고르는 게 가장 좋다고 생각했다. 여기까지 마음을 정하고 마루나라 블로그에 있는 전화번호로 전화를 걸었다. 사무적인 목소리로 말하는 젊은 남자가 전화를 받았다. 날짜를 잡고 그 사람이 현장, 즉 내가 세 들어 살 집으로 오기로 했다. 마감이 끝난 2월 22일쯤으로 날을 잡았다. 괜히 두근거렸던 게 지금도 기억난다.

"여기는 못 깔아요." 전화 목소리처럼 냉정하게 생겼던 마루나라의 실장님은 생각도 못 한 말을 꺼냈다. 집이 오래돼서 바닥이 평평하지 않기 때문이라고 했다. 장판을 살짝 벗겨 보니 시멘트 바닥이 깨져서 울퉁불퉁해져 있었다. 장판 곳곳에 드러난 굴곡이 사실은 바닥이 깨진 자국이었다. 실장님은 야속할 만큼 냉정하게 말했다. "이런 곳에 온돌마루나 원목마루를 설치하려면 아예 바닥 미장을 새로 하셔야 해요."

바닥 미장이라는 대목 앞에서 깊은 한숨이 나왔다. 할 수 있는 한 무리해서 비싼 돈 쓰기로 마음먹고 마루를 깔아보려 한 건데 그러려면 미장까지 따로 해야 하나. 내가 원한 A 설비를 위해선 A 설비를 가능하게 하는 B 공사 금액을 내야 하는 건가. 이래서 인테리어 예산이라는 게 늘 초과되는 건가. 이러면서 인테리어를 하다가 사람들이 싸우고 인간관계에 위기가 오는 건가. 시멘트가 깨진 방바닥을 보며 순간 별생각이 다 들었다.

"본드를 붙이실 수도 있어요." 인테리어의 세계에는 절충도 많았다. 마루나라 실장님은 나의 망연자실함을 느꼈는지 (본인이 봤을 때도 이렇게 헌 집에 바닥 미장을 하는 게 말이 안 되는 것 같았을지도 모른다) 본드 붙이기라는 절충적 대안을 알려주었다. 울퉁불퉁한 바닥이라도 본드를 채워 넣어서 어느 정도 때울 수 있다는 이야기였다. 하지만 마루나라 실장님은 전문가다운 냉정함으로 내게 "너무 심한 건 안 됩니다"라고 단언했다. 실장님이 시공과 인테리어 과정에서 겪었을 수많은 다툼과 고통을 잠깐 상상하게 하는 말투였다.

결론적으로 나는 온돌마루를 택하기로 했다. 강마루보다는 비싸지만 원목마루보다는 싸다. 무늬목의 두께는 얇지만 그래도 나무는 나무다. 원목마루가 두꺼운 면 티셔츠라면 온돌마루는 얇은 면 티셔츠 같은 차이가 있을 뿐이다. 원목마루의 얇은 버전이라는 점, 이름부터 온돌마루라는 점에서 설명할 수는 없어도 약간 자존심이 상하기도 했지만 그래도 공사비에 자재비까지 다하면 100만 원은 훌쩍 든다. 보증금 500만 원에 마루가 100만 원이라면 내 현실은 온돌마루도 사치였다. 원목마루를 쓰면 마루 비용만 300만 원 정도로 치솟는다. 보증금 500만 원짜리 월세방에 바닥 재료만 300만 원 이상 쓰는 건 아무리 내가 비합리적인 사람이라 해도 받아들이기 어려운 결정이었다. 언젠가 집을 갖거나 돈이 더 많아지면 꼭 원목마루를 하겠다고 결심했다. 참나 그 원목이 뭐라고.

마루를 결정하고 사장님과 이야기를 나누고 계좌번호를 받아 마루 대금을 계좌로 보냈다. 45만 원. 그 돈을 보내고 나니 이제 정말 조금씩 혼자 나가 산다는 실감이 나기 시작했다. 이야, 내가 정말 이 집에 살 수 있구나. 내가 원하는 집에서 내가 원하는 마루를 깔아둘 수 있구나. 나는 무척 기뻤다.

돌이켜 봤을 때 이건 더없이 멍청한 결정이었다는 걸 나중에 알았다. 나는 이 집을 고치면서 몇 가지 결정적인 실수를 했다. 실수와 잘못된 판단이 잊고 있던 숙제처럼 나중에 하나씩 드러났다. 나는 맨 마지막에 했어야 할 일을 기분 따라 처음부터 고르고 있었다. 그런 실수는 앞으로도 계속되다가 한 번씩 내게 큰 깨달음을 주었다. 크고 작은 고통도 함께 오긴 했지만.

실크 벽지는 실크가 아니다:
한국 인테리어 시장 체험기-벽지 편

———————

원래 잘 모르는 사람들은 눈에 보이는 만큼만 생각한다. 내가 집수리를 할 때도 그랬다. 돌아보면 한심할 정도로 나는 철저히 집수리를 눈에 보이는 대로만 여겼다. 한 번 가보고 바닥이 별로니까 바닥을 바꿔야겠다고, 벽지의 곰팡이를 보고 벽지를 바꿔야겠다고 생각하는 식이었다. 간 기능이 떨어지는 것 같다고 순댓집에서 간을 시켜 먹는 수준의 생각이었다.

처음에 가장 눈에 거슬렸던 게 바닥과 벽지였다. 바닥을 알아봤으니 벽지를 알아볼 차례였다.

벽지도 인터넷으로 정보를 얻는 데 한계가 있었다. 벽지 사장님들께서 이 말을 들으신다면 반론할 수도 있겠다. 정보가 없지는 않으니까. 지금도 검색창에 벽지를 치면 벽지에 대해 말하는 여러 가지 게시물을 볼 수 있다. 그런데 그 게시물들을 보다 보면 어떤 게시물이든 결론은 하나라는 걸 알게된다. '전화주세요.' 몇 번 말했지만 나는 정보를 보고 선별하는 게 직업이라고 생각하면서 살고 있다. 그 눈으로 봤을 때인터넷의 벽지 게시물에서 정보라고 할 수 있는 건 특정 업체의 전화번호뿐이었다. 초심자 입장에서 봐도 '이렇고 저런이유로 이 물건이나 서비스의 시세가 만들어져 있구나' 싶은구체적인 정보가 없었다.

길게 말했는데 요약하면 가격 이야기다. 정확한 가격이나표준 시세가 인터넷에 공개되어 있지 않아 대략의 벽지 가격과 그 가격의 근거를 찾기가 쉽지 않았다. 이렇게 된 데에도내가 가늠할 수 없는 이유가 있었을 것이다. 다만 집수리 경험이 전혀 없는 사람이 인터넷으로 투명하다 싶은 벽지 정보를 얻기란 쉽지 않았다. 정보처럼 보이는 건 많았는데 정말쓸모 있는 정보는 없었다.

벽지로 검색하면 늘 비슷한 패턴의 게시물이 나왔다. '이렇고 저렇고 해서 좋습니다. 이번 현장은 이렇고 저렇고 해서 어렵네요. 저는 이렇고 저런 현장에서도 잘했습니다. 언제든 문의해 주세요~~^^' 그리고 네이버 라인 이모티콘 몇 개. 끝. 집수리를 게시물에서 가장 많이 본 건 정보가 아니라 웃거나 울고 있는 이모티콘이었다. 가격을 알고 싶은데 라인프렌즈 이모티콘만 봤으니 예산을 짤 수가 없었다. 예산을 짤 수 없다면 아무 계산도 할 수 없다. 어디가 됐든 찾아가서 문의를 해볼 수밖에 없었다.

내 불편을 떠나 가격이 투명하지 않다는 건 흥미로운 주제였다. 어느 물건이나 서비스는 가격을 공개한 채 최저가를 내세우며 경쟁하는데 왜 집수리와 관련해서는 가장 중요한 소비 정보 중 하나일 가격을 알려주지 않을까? 가격을 서로 알 수 있다면 모두에게 편할 텐데? 나는 몇 가지 가설을 생각해 보았다. 첫째, 상담 전화 유도였다. 가격을 모르고 물건을 살 수는 없으니까 가격을 알아보기 위해서라도 상담 전화를 할 수밖에 없다. 상담 전화를 하게 된다면 전화를 건 그 업체와 거래할 확률이 더 높아질 것이었다. 두 번째 가설은 좀 더 슬펐다. '가격에 유동성이 있을지도 모른다'였다. 공개

된 가격이 없다면 시장 정보가 모자란 사람들이 조금이라도 더 비싼 값을 치를 수도 있다. 현실은 둘 다 섞여 있을 것이고 무슨 가설이든 근본적인 이유는 같을 것이다. 공급자에게 유리하게. 소규모 업체들이 인터넷 환경에 적응한 결과라고 생각했다.

팔자 좋게 가격이 왜 안 나오는지 생각하고 있을 수만은 없었다. 가격과 세부 사항을 알아야 했다. 나는 예산이 한정되어 있었고 궁금한 것도 많은 편이었으니 누구에게든 물어보는 게 가장 좋을 것 같았다. 그래서 아무 정보도 없이 을지로4가역 근처의 벽지 골목으로 가보기로 했다. 을지로에서는 전국 단위로 사업과 판매가 이루어진다. 그만큼의 대형업체들은 조금이라도 덜 치사하지 않을까 싶었다. 업체가 많이 있었으니 복수 견적을 받아볼 수 있기도 했다.

마감이 끝난 어느 주말 을지로4가역에 갔다. 4월호 마감이 끝난 3월 말이었을 것이다. 을지로4가에 몇 번 스치듯 가본 적은 있었다. 잡지 촬영을 진행하다 보면 소품을 사러 종종 시장에 갈 때가 있다. 그때 을지로4가 방산시장에 벽지가게들이 있는 걸 보았다. 막연한 기억으로 갔는데 실제로 벽지 가게가 많았다. 세 군데쯤 돌아봤는데 다들 생각보다 굉장히 친절하게 대해주셨다. 문외한의 바보 같은 질문에도 (적어도 겉으로는) 놀라지 않고 이것저것 설명해 주신 덕에 여러 가지를 알 수 있었다. 결과적으로 인터넷으로 며칠을 찾아본 것보다 벽지 가게 사장님들을 만나서 한 시간쯤 상담을 한 게 훨씬 효과적이었다. 인터넷 강의와 1:1 과외의 차이 같은 걸까. 다만 나중에 들은 의견 중 "당신이 성인 남자이기 때문에 매너 있는 대우를 받은 것이다"도 있었다. 이 말을 반영한다면 나는 성인 남성인 덕분에 친절하게 여러 설명을 들을 수 있었다.

지불은 결국 가격이라는 특정 숫자로 정리되어 그 액수를 보내면 끝나는 일이다. 하지만 그 안에는 여러 가지 변수가 있다. 나는 이 집을 수리하면서 그 여러 가지 변수에 대해 조금씩 배웠다. 내가 파악한 집수리 가격 변수는 크게 두 가지였다. 하나는 재료비, 하나는 인건비다. 지금까지의 나는 이런 식으로 물건을 사본 적이 많지 않았기 때문에 모든 게 신기했다.

'비용 = 재료비 + 인건비'라는 함수를 벽지 시공에 대입하면 '벽지 값 + 재료비 + 인건비'라는 세부 항목이 나뉠 수 있었다. 재료비는 본드 등의 벽지를 제외한 부자재다. 나 같은 개인이 혼자 살 집이라면 재료비의 양은 비슷비슷한 것 같았다. 접착제 값에 큰 차이가 날 리는 없을 테니. 결국 벽지 값과 인건비가 가격의 주요 요소였다.

벽지 값에서 가장 놀란 부분은 합지 벽지와 실크 벽지의 개념이었다. 합지 벽지는 말 그대로 종이 벽지다. 실크 벽지에 비해 저렴하다. 실크 벽지는 합지 벽지에 비해 조금 더 튼튼하고 물걸레로도 닦을 수 있다. 응? 나는 벽지를 물걸레로도 닦는다는 부분에서 궁금해졌다. 어떻게 실크를 물걸레로 닦지? 나는 처음에 실크 벽지라고 해서 정말 실크로 만든 줄 알았다. 실크 셔츠는 엄청나게 비싼 반면 실크 벽지와 합지 벽지의 가격 차이는 별로 크지 않았다. 왜일까. 나는 설명해주시는 벽지 사장님 앞에서 혼자 궁금해했다.

들어보니 실크 벽지가 합지 벽지보다 조금만 비싼 이유는 간단했다. 실크가 아니기 때문이다. 종이에 비닐 코팅을 했는데 그 감촉이나 모양이 실크와 비슷해서 실크 벽지라고 부른다는 것이었다. 그럴 거면 비닐 코팅 벽지라고 해야지 왜 그걸 실크 벽지라고 해. 나는 평소에는 온화하지만 이런 말장난에는 좀 화가 난다. 물론 내 맞은편에 앉은 벽지가게 사장님이 '실크 벽지'라는 이름의 창시자는 아니었으니 속으로만 분노했다. 비닐 코팅이 뭐 어때서 실크라는 이름을 붙이나. 왜 이렇게 중요치 않은 부분에서 기만적인 행동을 할까. 비닐 코팅을 실크라고 하는 건 어쨌든 엄밀히 말하면 사칭인데. 처음엔 화가 났다가 나중에는 조금 슬펐다. 그렇게라도 고급스러워 보이고 싶은 건가 해서.

실크 벽지에도 장점은 있었다. 비닐 코팅이 되었으니까 합지 벽지에 비해 곰팡이에도 더 강하고 물걸레로 닦을 수도 있다고 했다. 하지만 실크 벽지의 정확한 개념을 듣자마자 내 마음은 정해져 버렸다. 실크가 아닌 실크 벽지를 내 방에 두르고 싶은 생각은 전혀 없었다. 나는 이름과 정의가 걸려 있는 부분에서는 불필요할 만큼 엄격한 편이다. 거기 더해 나는 원체 혼방을 좋아하지 않는다. 특히 화학 소재 혼방은 더 좋아하지 않는다. 실크 벽지는 말하자면 면:폴리 비율이 50:50인 티셔츠 같은 것 아닌가. 나는 그런 옷을 고르지 않는다. 그래서 합지 벽지로 골랐다.

합지 벽지는 상대적으로 가격이 낮기 때문에 저가 벽지로 분류되었다. 저가 벽지이기 때문에 수요가 적고, 수요가 적기 때문에 내가 고를 수 있는 벽지의 종류도 실크 벽지보다는 덜했다. 상관없었다. 오히려 실크 벽지 중에는 보면 볼수록 내 기호와 맞지 않아서 흠칫하게 되는 물건이 많았다. 예를 들어 노출 콘크리트 무늬 벽지라든지. 수요가 있으니 공급이 있겠지만 꼭 그런 것까지 만들어야 했나 싶은 무늬들이 좀 있었다. 나는 집에 쓸데없는 무늬를 채우고 싶지 않았다.

저렴하고 낡았다는 사실을 가리려 할수록 무리수를 쓰게 된다. 그러고 싶지 않았다. 나는 저렴한 것도 낡은 것도 멋과는 큰 상관 없다고 생각했다. 저렴한 게 멋없는 게 아니라 숨기고 쭈뼛쭈뼛한 게 멋없다. 비싼 게 멋있는 게 아니라 당당한 게 멋있다. 나는 그런 생각으로 새하얀 합지 벽지를 골랐다. 합지 벽지 중에서도 가장 기본적이고 무늬 없는 것이었다.

합지 벽지를 고른 게 끝이 아니었다. 추가 비용과 절차가 또 필요했다. 상담을 해주시는 사장님의 논리는 이랬다. '옛날 집들은 벽이 울퉁불퉁한 곳이 많으니까 별도의 종이나 얇은 판을 대고 벽지를 붙여야 한다'고. 그러지 않으면 벽지를 새로 바른다 해도 울퉁불퉁한 벽이 그대로 보일 거라고. 집 수리에는 뭐 그렇게 눈속임이 많은 것인가. 이런 생각도 잠깐 들었지만 나는 아마추어고 상담사 사장님이 프로였다. 프

로의 의견을 따르는 게 나을 거라 생각했다. 나는 알겠다고
했다. 판을 대자고.

　나중에 듣고 보니 판을 대고 합지 벽지를 바르는 것도 흔
한 결정은 아니었다. 보통 합지 벽지는 가격이 싸서 고른다.
기껏 합지를 골랐는데 뒤에 판을 대면 합지의 가격 경쟁력이
떨어진다. 나 역시 한 푼 두 푼 따져가며 해보겠다고 을지로4
가 방산시장까지 간 거지만 왠지 여기서는 가격을 아끼지 말
아야 할 것 같았다. 그랬기 때문에 실제로 나의 시공비는 실
크 벽지를 댄 것과 큰 차이가 나지 않았다. 가격 차이만 놓고
보면 나는 비합리적인 선택을 내린 편이었다.
　이 이후로도 나는 시중의 인테리어 업자나 시공 사장님들
의 생각과는 조금 다른 결정들을 내렸다. 대세를 따르지 않
는 결정이란 늘 조금 더(아니면 많이 더) 돈을 써야 한다는 의
미였다. 하지만 가격이 최우선순위였다면 이런 집을 고르지
도, 공사를 하겠다고 나서지도 않았겠지. 나는 이렇게 생각
하며 집을 꾸려나갔기 때문에 돈이 계속 새어 나갔다. 그렇
지 않아도 잡지사 마감을 하다 보면 스트레스를 푼다는 명목
으로 이상한 소비를 할 때가 있다. 나도 그런 생각으로 아베

신조의 스캔들이 된 '벚꽃을 보러 가는 모임' 후디를 산 적이 있다. 그때의 내가 집에 썼던 돈이 그때 나의 이상한 소비였는지도 모른다.

돈을 쓰는 것만 빼면 벽지를 비롯한 모든 공사 과정이 즐거웠다. 솔직히 말하면 돈을 쓴 보람이 있었다. 이 집에 올 때마다 뭔가 낡고 헐고 찐득하고 끈적한 기운이 가득했다. 비유가 아니라 정말 촉각으로 느껴졌다. 곰팡이가 끼거나 어딘가 축축한 벽도 많았으니까. 벽지 공사를 하려면 우선 그런 것들을 벗겨내야 했다.

상담을 완료한 다음 주 일요일에 벽지 공사 사장님들이 오셨다. 3인 1조가 되어 숙련된 동작으로 낡은 벽지를 착착 벗겨내기 시작했다. 그걸 지켜보는 것부터가 아주 상쾌했다. 계속 어딘지 모를 축축한 곳에서 제자리걸음만 하던 내 삶의 어딘가가 바뀌는 기분까지 들었다. 코웃음이 날 정도로 심한 비약이지만 어느 정도는 사실이었다. 이 집의 인테리어 공사가 끝날 때의 나는 조금 다른 사람이 되어 있었다.

벽지 작업을 지켜보니 이건 아마추어가 할 수 있는 일이 아니었다. 큰 벽지를 구겨지지 않게 착착 붙이는 건 기본적으로 숙련된 팀플레이였다. 거기 더해 벽지를 붙일 때 쓰는 별도의 풀 붙이는 공구도 필요한 모양이었다(처음 보는 공구를 갖고 오셨다). 프로의 일은 일견 간단해 보여도 막상 해보면 따라 하기 쉽지 않다. 나는 에디터 일을 하며 사진가나 스타일리스트 등의 프로 창작자를 보았기 때문에 이 사실을 잘 알고 있었다. 아울러 훌륭한 프로가 능숙하게 일하는 모습은 그 자체로 보는 사람의 기분을 좋게 만든다. 프로의 일에는 순서와 리듬이 있고 군더더기가 없다. 그 모습 자체가 하나의 퍼포먼스처럼 보이기도 한다.

벽지 시공 사장님들의 일을 지켜보면서도 그런 생각이 들었다. 시공 사장님들의 솜씨는 방산시장까지 가서 벽지 상담을 받은 가치가 있구나 싶을 정도로 훌륭했다. 많은 사람들이 손으로 하는 일의 시세를 깎고 싶어 한다. 나도 내 일을 공임 받고 하는 일이라 여기고, 깎아달라는 이야기도 많이 들어봤다. 손님의 사정은 사정대로 이해하지만 내가 누군가의 기술을 구입할 때는 값을 깎고 싶지 않았다. 결과적으로 내가 지불한 그분들의 일당 역시 전혀 아깝지 않았다. 결과물의 품질뿐 아니라 만들어지는 과정 역시 그랬다. 그 광경을 지켜보기만 해도 뭔가를 배우고 있는 듯한 기분이 들었다. 벽지 시공 사장님들은 아침부터 저녁까지 묵묵히 본인의 일들을 하고는 해가 질 때쯤 장비를 정리하고 일을 끝내고 요정처럼 사라졌다. 남은 건 흰 벽뿐이었다.

벽지 공사를 그때 진행한 게 실수였다는 걸 그때쯤 깨달 았다. 벽지 시공 사장님의 말씀에 따르면 벽지는 인테리어의 가장 마지막에 하는 일이었다. 생각해 보면 당연했다. 공사 를 하다 보면 먼지가 쌓일 수도, 벽에 지저분한 게 묻을 수도 있다. 집이 포장된 선물이라 치면 벽지는 마지막 포장지를 싸는 작업 같은 건데 나는 이걸 맨 처음에 해버린 것이었다. 논리적으로 생각했다면, 아니면 공사를 시작하기 전에 '인테 리어 공사 순서'만 검색했어도 알 수 있는 일이었는데. 나는 그런 식으로 인테리어 내내 크고 작은 실수를 반복했다. 중 요한 걸 알아보지 않는 대신 나는 다른 온갖 것들을 신나게 찾고 있었다. 이를테면 이탈리아 타일 같은 것들을.

이탈리아 타일을 위하여:
한국 인테리어 시장 체험기-화장실 편

나무 마루를 깔고 싶어도 모든 바닥에 마루를 깔 수는 없다. 나무는 물에 약하고 상대적으로 손도 많이 가니까. 나무 마루의 단점 때문에 바닥 전체를 타일로 깐 집도 적지 않았다. 나도 그런 집에 가본 기억이 있다. 그때의 기억은 발에 닿는 바닥의 차가운 감촉이다. 어우, 나는 발이 차가운 게 싫었다. 지금 생각하면 어디서부터 나온 결론인지 모르겠지만 이미 그때 내게는 바닥에 대해 확고한 결론이 있었다. 마른 곳은 마루, 젖는 곳은 타일. 화장실은 젖는 곳이다. 그러니 화장실에 타일을 깔아야 했다.

나는 화장실을 보고 이 집을 수리하기로 결심했다. 이 집에서 살겠다고 계약을 하고 열쇠를 받아 혼자 다시 찾아올 때마다 화장실을 보고 한숨을 쉬었다. 그 지저분한 모습은 몇 번을 봐도 익숙해지지 않았다. 그 모습은 내가 어렴풋이 상상하던 내 독립의 거처와는 조금 차이가 있었다.

우선 그 화장실에는 창문이 없었다. 불을 켜야 실내가 보였다. 불을 켜면 벽에 마지막 잎새처럼 매달린 백열등이 노란빛을 냈다. 면적은 작은 편이었다. 2평 아래일 것이다. 노란빛 아래로 보이는 타일은 파란색과 연분홍색. 파란색 타일에는 스페인풍 무늬가 새겨졌고 연분홍색 타일에는 화선지를 구긴 듯한 무늬가 그려져 있었다. 두 타일이 전혀 어울리지 않는 건 둘째 치고 오랫동안 청소를 하지 않았음을 증명하듯 진한 때가 교정시력 0.7에 불과한 내 눈에도 보였다. 화장실의 맨 안쪽 귀퉁이가 변기 자리였다. 타일의 때가 그 정도였으니 변기의 때는 묘사하지 않는 게 독자 여러분과 나의 정신 건강에 좋을 것 같다. 변기 위에는 역시 빛이 바랠 대로 바랜 연파란색 수납장이 기울어진 채로 벽에 매달려 있었다. 변기 오른쪽으로 쇠파이프 배관이 그대로 노출되어 있었고, 노출된 배관 위로 나무 위의 오두막처럼 샤워기가 매달려 있었다. 배관과 샤워기 모두 곳곳에 녹이 슬어 있었다. 그 아래

황갈색 고무 대야가 놓였다. 세면대처럼 쓰인 것 같다. 모두 별로 만져보고 싶지 않을 만큼 낡아 있었다.

이 낡은 화장실의 풍경은 내 뇌 속 어딘가를 확실히 자극했다. 나는 호화로운 집에서 혼자 살 생각으로 이 집을 결정한 게 아니었다. 분수에 안 맞는 집에서 무리하며 살고 싶지도 않았다. 하지만 그 화장실에서 몸을 씻거나 일을 본다면 아무리 생각해도 유쾌하지 않을 것 같았다. 이 집에서 살지 않는다면 모를까, 살기로 했다면 화장실을 꼭 고쳐야 했다. 나는 이미 계약을 해버렸으니 고치지 않을 수 없었다. 이 역시 알고 보니 경제적으로 합리적인 선택은 아니었다. 인테리어 경험자들에게 들어보니 인테리어에서 가장 돈이 많이 드는 부분이 화장실이었다. 해보니 실제로 그랬다. 그때는 그런 사실을 몰랐지만.

고칠 게 생겼다고 생각하니 조금 신나기도 했다. 내가 원하는 걸 할 수 있으니까. 그래도 대단한 구조를 바꿀 수는 없었으니 내가 할 수 있는 건 타일과 변기 등을 고르는 정도였다. 그거면 충분했다. 어차피 나는 그 화장실에 타일과 변기와 수도꼭지를 제외한 아무것도 둘 생각이 없었다. 창문이 없었으니 환기와 제습이 어려울 것이고, 그렇다면 수납 자체의 의미가 없다고 생각했다. 그렇기 때문에 타일이 중요했다. 타일의 이미지가 화장실 이미지의 대부분이 될 테니까.

마루 아저씨 때를 떠올리며 이번에도 수입 악성 재고 타일을 찾아보기로 했다. 마루와는 달리 수입 타일은 인터넷으로 재고를 찾기 쉽지 않았다. 검색할 수 있을 만한 쇼핑몰이나 중고 카페에 모두 검색해 봐도 파는 곳을 찾을 수 없었다. 이거 어떻게 해야 하나 싶었다. 보통 악성 재고가 인터넷에 등재되어 있는 경우는 많지 않았다. 타일처럼 개인 소비자의 수요가 적은 물건은 더 그랬다.

이를 알면서도 나는 인터넷에 기댈 수밖에 없었다. 마감은 시계처럼 계속 돌아가고 매체가 사라지지 않는 한 멈추지 않았다. 타일을 찾던 2017년의 4월의 나는 〈에스콰이어〉에디터로서 이런 일을 하고 있었다.

이달의 책 – 두꺼운 책 5권을 찾아서 책을 받아 촬영을 하고 짧은 서평을 적었다.

섹스 칼럼 – 섹스를 잘한다는 것이 무엇인지에 대해 사람들의 의견을 물어 원고로 꾸렸다.

스포츠 원고 – 스포츠 전문 칼럼니스트께 원고를 의뢰하고 받았다.

대선 주자 특집 원고 – 당시 대선 후보 3인에 대한 원고 3개를 만들었다.

시계 별책 – 시계에 대한 별책부록 '빅 워치 북'의 제작 전반을 진행했다.

일은 적지 않았고 나는 그 사실이 싫지 않았다. 몸이 좀 지치고 정신적으로 고될 때는 있었어도 그 사실보다 중요한 일들이 많았다. 만들고 싶던 페이지가 지면에서 구현되는 것도, 해야 하는 회사의 일들을 해야 하는 것도, 그때의 나에게는 똑같이 중요했다. 야근도 많았고 일하다 힘이 빠져 모니터만 멍하니 바라볼 때도 적지 않았지만 그때의 시간은 매우 즐거운 기억으로 남아 있다. 다만 컬트적인 악성 재고 타일을 보러 갈 만큼의 여력은 없었다. 시간은 나는 게 아니라 내는 거니까 내가 더 훌륭한 사람이었다면 시간을 쪼개 쓰며 내가 해야 할 일들을 다 할 수도 있었을 것이다. 하지만 그때의 나는 그만큼 힘을 쓰기엔 좀 부족했다. 대신 업무 틈틈이 검색을 했다. 어차피 내 일의 일부는 온갖 검색이었다. '두꺼운 책' 신간이 나온 출판사 연락처부터 주요 대선 후보의 코멘트가 들어 있는 온갖 기사까지를 다 찾아야 했다. 그런 검색을 하는 틈틈이 수입 타일을 찾았다. 그 결과 뭔가 걸렸다.

수입 타일 전문 매장 중 오래된 재고를 인터넷으로 파는 업체가 있었다. 생각보다 많은 종류의 타일을 생각보다 싼 가격에 파는 곳이었다. 그 사이트를 찾자 춤이라도 추고 싶은 기분이었다. 재고 전문 매장답게 요즘 유행하는 타일은 전혀 없었다. 그게 더 좋았다. 온오프라인 기성 타일 매장을 둘러본 후 '나는 지금 유행하는 타일에는 전혀 관심이 없다'고 결론지었기 때문이었다.

타일계의 흐름을 보니 요즘은 대리석 무늬의 큰 타일이 유행인 것 같았다. 지상파 TV 일일드라마 실장님 집에 나올 것 같은 타일이었다. 나는 타일의 대리석 무늬나 크기에는 전혀 관심이 없었다. 내 관심은 대리석 같은 자연의 무늬가 아니라 그 타일을 만든 나라와 그 경향에 쏠려 있었다.

구체적으로 어느 나라의 어느 회사에서 만들었는지, 제작 방식은 풀 보디인지, 이런 것들이 나에게는 중요한 요소였다. 모든 소재는 제조국에 따라 색감이나 광택감이 다르다. 영국의 울과 이탈리아의 울은 같은 빨강이라도 함께 놓고 보면 미묘하게 톤이 다르다. 우열의 문제가 아니라 어느 색과 어느 정도 광택감을 좋아하는지에 대한 기호의 문제다. 요즘 많이 파는 중국이나 스페인산 타일은 내 기호와는 조금 차이가 있었다. 명도와 채도가 높아서 왠지 오래 보면 질릴 것 같았다. 이것도 스페인의 타일이 보다 보면 질린다는 이야기가 아니다. 지역마다 햇빛 느낌이 조금씩 다르니 거기서 보면 자연스러운 색이 여기서 보면 덜 자연스러울 수 있다.

한국에서 파는 유럽산 수입 타일은 지중해와 남유럽풍으로 장식성 강하고 화려한 것들이 많았다. 비즈가 박혀 있거나 불규칙한 손자국이 나 있거나. 매력과 인기가 있으니 그런 걸 수입하셨겠지만 역시 내 기호와는 맞지 않았다. 나는 무늬 없는 태국산, 일본산, 이탈리아산 타일이 마음에 들었다. 요즘 타일 시장에서는 그런 걸 찾기 쉽지 않았다.

풀 보디는 타일의 색에 대한 문제였다. '풀 보디'라고 하면 콩글리시 같지만 외국에서도 'full-bodied'라는 표현을 쓴다. 말 그대로 겉과 속이 모두 같은 색의 타일이 풀 보디다. 반대 개념은 타일 위에 색을 칠한 것. 긁히면 색이 벗겨진다. 가정집 타일이 속이 보일 정도로 긁힐 일은 없을 것이다. 하지만 나는 그런 것, 도금처럼 겉만 발라둔 것들이 싫었다. 할 수 있다면 풀 보디 타일을 구하고 싶었다.

외국의 오래된 건물에 그런 타일이 설치된 곳이 많았다. 그런 타일들을 가만히 보고 있으면 잘 만들어진 타일이 오랫동안 열심히 닦였을 때 나는 특유의 광택이 있는 것 같았다. 적당히 때가 묻었다가 비누에 씻겨 나가는 과정이 반복되면 잘 길들인 나무 바닥처럼 오래된 타일 특유의 반질반질한 느낌이 생긴다. 쓸수록 멋있어지는 광택감이랄까. 그 색이 나오려면 품질이 좋은 풀 보디 타일이 있어야 했다. 그런 타일을 구하려면 크기가 크지 않은 태국, 일본, 이탈리아산 타일을 찾아야 했다. 몇 달을 보면서 모국에서는 그런 물건이 없는 건가 싶었는데 그때 구원처럼 수입 재고 타일 아울렛을 알게 된 것이었다.

무슨 물건이든 할인된 재고는 장단점이 명확하다. 가격이 싸지고 선택권이 줄어든다. 내가 봤던 타일 아울렛도 그랬다. 색이 무난해서 마음에 든다 싶은 건 이미 다 품절이었다. 아무렴 사람 마음이 다 비슷할 테니까. 그래도 찾다 보니 마음에 드는 게 있었다. 이탈리아 피안드레의 바닥 타일이었다. 이탈리아 특유의 어느 한 색이라고 짚어 말할 수 없는, 핑크색과 갈색 사이 어딘가에 있을 듯한 절묘한 색의 풀보디였다. 최고는 아니어도 당시 내 상황에서 구할 수 있는 선택권 중에는 최상이었다. 나는 그 타일을 사기로 마음먹었다. 마음먹었으니 실물을 봐야지. 마침 그 타일을 취급하던 회사가 당시 다니던 회사 근처에 있었다. 실제 색을 보려고 점심시간에 잠시 택시를 탔다. 회사에서 10분쯤 걸릴 정도로 가까운 곳이었지만 위치를 가늠하기가 힘들어 기사님께 주소를 불러드렸다.

도착한 타일 회사는 꽤 컸다. 건물 한 채 전부를 회사 건물로 쓰고 있었다. 타일을 보여주는 쇼룸만 3층 규모쯤 되고, 층마다 상주하는 직원만 열댓 명쯤은 되어 보였다. 요컨대 나처럼 인테리어 경험이 없는 초보 소비자가 갈 확률이 높지 않은 회사였다. 나를 응대해 주신 젊은 여성분도 나 같은 손님이 별로 없는지 조금 머뭇거렸다. 나는 옛날 악성 재고를 찾으러 오는 사람이 적을지 혹은 인테리어 사업자가 아닌 개인이 찾아오는 경우가 적을지 잠깐 생각해 봤지만 나로는 알 수 없는 일이었다. 아마 둘 다일지도 모르지만 그건 상관없었다. 내가 죄를 지은 것도 아니고. 나는 친절함 사이에 머뭇거림을 숨기지 못하는 직원에게 이탈리아 타일을 보여달라고 부탁했다. 오래된 재고라서인지 열람용 샘플을 찾아오는 데도 시간이 걸렸다.

실물은 마음에 들었다. 사진보다 실물이 훨씬 나았다. 타일 색 이름이 '핑크'라서 너무 부드럽고 귀여운 분홍빛인가 싶었는데 실제로는 그렇지 않았다. 톤이 조금 더 어두웠고 자기 특유의 미세한 무늬가 있어서 인상이 중후하고 자세히 보아도 밋밋하지 않았다. 바닥에 두면 아주 좋을 것 같았다. 나는 그 자리에서 타일을 사기로 결정했다.

살 때는 좋았지만 이 타일로 인해 여러 귀찮은 일들이 시작되었다. 우선 내가 타일을 직접 샀다는 이유로 동네마다 있는 '욕실 시공' 업체를 전혀 쓸 수 없게 됐다. 나 역시 타일을 사자마자 집 근처의 욕실 시공 업체를 찾아갔다. 찾아가서 '내 타일을 제외하고 사장님이 갖고 있는 제품을 활용할 수 있느냐'고 여쭈었더니 안 된다는 대답이 돌아왔다.

이 대답은 욕실 시공 업체의 비즈니스 모델과 연결되어 있었다. 동네의 오프라인 욕실 시공 사장님들은 각종 재료 소매 판매자에 더해 타일 기술자 등의 에이전트 기능까지 함께하는 모양이었다. 이분들은 자체적으로 변기, 수도꼭지,

타일 등의 재고와 유통망을 보유하고, 이분들과 으레 함께하는 전문 인력도 따로 있다. 시공 업체 사장님들이 손님을 응대하며 상담을 하고 형편에 맞게 재료를 짜고 일정을 맞추면 실무 시공 기술자 사장님들이 현장에서 공사를 하는 것이었다. 편리한 서비스다. 사장님들이 나름의 수수료를 받아갈 자격도 있다. 다만 이 서비스를 이용하려면 본인들이 가진 재료만 써야 했다.

여기서 나와 시공 업체 사장님 사이에 메꿀 수 없는 입장의 골짜기가 생겼다. 나는 타일을 사버렸기 때문에 사장님들이 소개해 주는 인력을 전혀 쓸 수 없게 되었다. 바닥 타일을 샀다는 이유로 벽 타일과 변기와 샤워기와 휴지걸이까지 내가 찾아서 사야 했고, 동시에 실무 시공 기술자까지 내가 찾아서 섭외해야 했다. 하지만 타일을 사버린 이상 물릴 수는 없었다. 만에 하나 타일을 물릴 수 있다고 해도 내 돈 내고 욕실 시공 사장님들이 갖고 있는 타일을 깔고 싶지도 않았다. 그 타일 중에선 예쁜 게 없었다. 다행히 나는 부모님 댁에 얹혀산 덕분에 돈 대신 시간이 있었다.

내가 일반 고객과 거래할 일 없는 대형 업체로부터 물건을 샀기 때문에 해야 할 일들도 더 생겼다. 그 회사는 일반 택배를 아예 안 쓰고 화물택배만 제공했다. 작은 회사가 아니었으니 나 같은 개인 고객을 배려한 서비스를 준비하지 않았던 것이었다. 나도 이사 때문에 알았는데, 화물택배는 내가 제품을 받는 주소까지 물건을 보내주지 않았다. 해당 택배사가 구별로 마련한 화물택배 영업소라는 곳에서만 수령할 수 있었다. 번거로웠지만 회사의 영업 방침이 그렇다는데 불평할 수도 없었다. 타일이 배송되었다는 연락을 듣고 지도를 찾아서 어디 있는지도 몰랐던 경동택배 화물 영업소까지 찾아갔다. 차를 몰고 가서 뒷자리를 접고 타일을 실어 왔다.

이러는 중에도 나는 철없이 신나 있었다. 변기와 샤워기도 다 내가 원하는 걸 고를 수 있는 건가? 성수동 어느 카페에서 봤던 일제 토토 자기 변기를 찾아볼까? 역시 철물은 유럽산이 좋은데 독일이나 이탈리아의 샤워기를 써볼까? 조금 궁금해서 찾아보면 변기와 샤워기의 세계에도 엄청나게 오묘한 역사와 순서와 세부 요소들이 있었다. 카테고리 하나마다 새로운 세계가 펼쳐지는 기분이었다.

예를 들어 양변기는 투피스로 시작해 원피스로 발전했다.

투피스는 변기와 물통으로 이루어져 있고, 물통은 밖에 따로 붙어 있다. 원피스는 물통과 변기가 일체형이다. 투피스는 구조가 간단하고 수압이 세고 물 사용량이 많다. 원피스는 물 사용량이 적고 부피가 적어지고 디자인이 조금 더 간소해지는 대신 상대적으로 구조가 복잡하다. 원피스 변기 중에서는 처음부터 비데와 함께 설계되어 멀리서 보면 무슨 인테리어 소품처럼 보이는 것도 있다. 그런 변기는 가까이 다가가기만 해도 변좌가 열린다. 이거야말로 하이테크 환대 아닌가. 대신 가격은 500만 원. 이런 식이었다.

500만 원은 당연히 적은 돈이 아니다. 하지만 그때의 내 직업은 세상의 온갖 비싼 물건을 소개하는 라이프스타일 잡지 에디터였다. 가격 개념에서는 조금 제정신이 아니었다. '500만 원이면 오메가 시계보다 싼데 지금 저 토토 비데 일체형 원피스는 현대 변기 기술의 기념비 같은 것 아닌가', '그로헤 샤워기는 100만 원쯤 하는 것 같은데 요즘은 투미 가방도 그 정도는 하잖아'처럼 생각하는 식이었다. 주변 사람들의 경악에 가까운 만류에 힘입어 여러 어리석은 결정을 멈출 수 있었다.

그리고 나는 기본적으로 온갖 걸 구경하고 나서 분수에

맞는 걸 사면서 살아왔다. 변기는 아메리칸 스탠다드의 투피스 변기 중에서 가장 폭이 좁은 걸 골랐다. 화장실이 별로 넓지 않았기 때문에, 미국 호텔 화장실에 있는 것처럼 폭이 넓은 걸 사면 내가 씻을 공간도 잘 확보되지 않을 판이었다. 아메리칸 스탠다드보다 더 저렴한 변기도 많았지만 왠지 새하얀 자기 위에 아메리칸 스탠다드의 필기체 로고가 적힌 걸 내 공간에 넣고 싶었다. 그 허세는 버리지 못했다. 샤워기는 욕실에 별도 수납 공간을 두지 않겠다는 생각으로 선반형을 골랐다. 이 선반형 샤워기는 이 집에서 사는 내내 골칫거리였지만 그때 그런 것까지 알 수는 없었다.

욕실의 부품들을 사는 것만큼이나 중요한 일이 있었다. 이 제품들을 설치하고 조립해 줄 사람을 찾아야 했다. 물건 이야기만 해도 너무 길어졌기 때문에, 사람 찾는 일은 다음 편에서 이어 설명하려 한다.

화장실을 위하여:
생각보다 더 길어진 화장실 인테리어 시장 체험기

───────

재료만 있다고 될 일이 아니었다. 이 재료로 공사를 해줄 사람이 필요했다. 타일을 대형 업체에서 사버린 바람에 인력을 수급받을 수 없게 됐으니 내가 찾는 수밖에 없었다. 이런 변수를 모두 계산할 수 있었다면 공사를 할 엄두도 못 냈을 것이다. 하지만 어떡해. 계약도 해버렸고 벽지 공사도 해버렸고 타일까지 사버렸다. 돈 주고 벌칙을 산 기분으로 방법을 찾기 시작했다.

마침 당시 직장에서 종종 이런 이야기를 나누는 동료가 있었다. 연차는 나보다 선배인데 나이가 같다고 편하게 대해주서서 종종 차를 마시곤 했다. 그때의 내 화제는 거의 다 고민이었다. 일 고민 아니면 인테리어 고민, 그 둘 중에서도 단연 인테리어 고민. 나도 모르게 스트레스를 받았는지, 누구를 만나도 내가 처한 인테리어 상황 이야기를 하곤 했다(그 덕에 나는 점점 '이상한 짓 하는 우스운 양반'이 되고 있었다). 그날도 똑같이 내 인테리어 고민을 토로했다. 그분께서 답을 주셨다. "셀인이랑 인기통 모르세요?"

모르는데요. 알 리가 있나요. '셀인'은 '셀프 인테리어', '인기통'은 '인테리어 기술자 통합'의 약자였다. 둘 다 네이버 카페. 나는 또 감탄했다. 역시 한국인의 정보는 인터넷 카페에 다 있는 것인가. 그래서 한국의 잡지가 다 망한 것인가. 바로 가입했다. 이런 세상이 있다니. 그날 이후로 셀인과 인기통을 보는 것도 내 일과의 일부가 되었다.

둘 다 가입해서 지켜보다 '인기통'을 더 많이 보게 되었다. '셀인'은 유저 중심의 리뷰 사이트 느낌, '인기통'은 기술자 중심의 플랫폼 같은 느낌이었다. 내 입장에서 '셀인'은 절차가 많았다. 답글도 몇 개 이상 달아야 하고 인테리어 이미지도 몇 개 올려야 하고. 그런 방식으로 유대를 강화하고 카페 안의 정보 총량을 늘리고 긍정적으로 북적대는 느낌이 들게 한다는 걸 깨달을 수 있었다. 좋은 전략이라고 생각했으나 그때의 나는 인사를 하고 사진을 올릴 여유가 없었다.

무엇보다 '셀인'을 보다 보면 겁이 나서 인테리어를 못 할 것 같았다. 인테리어가 잘된 사례보다 실패한 사례들이 더 눈에 많이 띄었다. 어떤 부분이 덜 됐다든지, 공사해 주시는 분이 공사를 하다 말고 잔금을 안 받고 잠적했다든지. 부정적인 이야기가 더 빠르고 넓게 퍼지며 진한 냄새를 풍기는 건 세상 어디나 비슷한 모양이었다.

반면 인기통은 정보가 부족했다. 레퍼런스가 없는 링크드인 같은 느낌이 들었다. 작업이 가능하다는 분들은 많았는데 내 입장에서 이 기술자 여러 분들을 판단할 방법은 하나도 없었다. 기술자 중에서는 '○○경력 20년' 같은 식으로 경력을 말씀하시는 분도 계셨고 '외국 어디서 배워왔다'는 식의 선진국 커리어를 말씀하시는 분도 계셨다. 그 선언들이 진짜인지 가짜인지, 그리고 내가 기준을 모르니까 무엇이 가치 있는 데이터인지도 알 수 없었다. 세상엔 숫자 이상도 이하도 아닌 경력도 많고, 선진국 경험이 아무 도움도 안 되는 직무도 많다. 인기통의 난해하고 신비로운 정보 사이에서, 이렇기 때문에 인테리어 업체 사장님들이 필요한 거라는 생각을 정말 많이 했다.

인기통의 기술자를 몇 분 정해서 만나 뵙고 이야기라도 나누었다면 더 잘 알 수 있을지도 모른다. 하지만 그때의 나는 마감 때문에 다른 걸 생각할 여유를 잘 내지 못했다. 지금 생각하면 그때의 나는 내 수준을 넘어서는 일들 때문에 일종의 터널 시야에 갇혀 있었다. '○○일까지 마감을 해야 한다'는 압박에 눌려, 시간을 더 잘 쓸 수 있었는데 그러지 못했다. 그때 했던 건 일에서든 인테리어에서든 내 최선이었지만 냉정히 보았을 때 내가 가장 잘했고 가장 바빴다고는 못 하겠다. 내 역량이 그 정도, 내가 램이라고 치면 내 용량이 그 정도였겠지.

내 주변에는 나보다 더 바쁘게 살면서도 공사 잘하고 잘 사시는 분들이 많았다. 나보다 집 공사를 늦게 시작했는데 끝낸 시점은 더 빨라서 이미 이사를 들어간 분들이 "찬용 씨 아직 안 끝났다고요?"라고 물어본 적도 몇 번 있었다. 그러게 말입니다. 나는 가장 바쁘지는 않았고 가장 바보 같았다.

복수 견적을 받긴 했다. 인기통을 며칠씩 살펴보다 각 대표님께서 밝히신 공사 가능 지역을 보고 세 분쯤 추렸다. 문의 방법은 네이버 쪽지나 전화. 한 분은 경력이 길다는데 자기소개 글이 극단적으로 짧았다. 어떤 분은 선진국 어딘가에서 타일 시공 경력을 쌓고 카페에 자기 결과물도 많이 올려두신 분이었다.

내가 두 사장님께 요청한 건 똑같았다. 자기가 가진 기술의 가격과 그 기준. '나는 무슨 일을 얼마 받고 하는 게 원칙이다. 이 일을 하려면 이런 가격 구조로 얼마를 받고 일하마'라는 스스로의 가격표가 있었으면 했다. 나도 말하자면 공임 받고 원고 작성과 기획, 페이지 제작 등의 일을 하는 사람이다. 그런 만큼 누군가의 공임과 그 기준이 있다면 남들이 나를 보고 바보 같은 소비라고 하든 말든 그 가격표의 가격을 존중할 의향이 있었다.

안타깝게도 두 분 다 만족할 만한 답을 주지 않았다. 자기소개가 짧았던 분은 자기 가격 테이블이 딱히 없어 보였다. 이해할 수 있었다. 가격 테이블 같은 게 별로 중요하지 않을 수 있다. 자기 일 하기도 바쁜데 가격표나 그 논리 같은 걸 만들 시간 여유가 없었을 수도 있다. 막상 만나서 일을 부탁드리면 열심히 하시고 정감 있고 너그럽고 공임도 잘 깎아주고 헌신적일 수도 있다. 하지만 실제로 만나보지 않은 상황에서 무작정 모든 반응을 긍정적으로만 생각해서도 안 될 일이었다.

선진국 경력이 있다는 분은 자기 가격표를 알려주기엔 너무 바빠 보였다. 우선 전화를 몇 번씩 걸었는데 연락도 잘 안 됐다. 늘 일하고 있다는 의미일 테니 이거야말로 능력의 증거일지도 모른다. 막상 만나서 일해보면 쓸데없는 말 안 하고 일 잘하시는 분일 수도 있다. 하지만 이런 가정 역시 위험했다. 역시 만나보지 않은 상황에서 카페 포스팅만 보고 그분을 믿을 근거를 찾기 쉽지 않았다.

세 번째로 연락드린 사장님은 조금 달랐다. 네이버 쪽지로 본인의 기준 공임이 얼마고, 이 공사를 위해서 필요한 것들이 무엇인데, 그 각각의 요소가 무엇이고 가격이 얼마인지를 상세히 보내왔다. 다른 걸 떠나 될지 안 될지도 모르는 일에 이 정도로 세세한 내역을 보낼 수 있는 사람이라면 믿을 수 있을 거라는 생각이 들었다. 이 사장님과 한번 만나보기로 했다.

사장님은 예전에 서태지가 광고하던 대우자동차 토스카를 타고 왔다. 뒷자리는 짐이 가득해서 서스펜션이 조금 내려앉아 있었다. 차에서 내린 사람은 40대 초반 정도로 보이는 남자였다. 175센티미터 정도의 키에 조금 까무잡잡한 편,

전반적으로 마른 몸 곳곳에 노동의 근육이 붙어 있었다. 강하게 말리는 곱슬머리에 옆머리와 뒷머리는 3일 전에 자른 것처럼 짧았다. 어디선가 이런 비슷한 누군가를 본 것 같은데…라고 생각하다 깨달았다. 〈아기공룡 둘리〉의 마이콜 같은 인상이었다. 경상남도 말을 쓰는 마이콜.

마이콜 사장님이 보내준 견적서를 보고 나는 이미 거의 마음을 정한 상태였다. 더 말해볼 것도 없었다. 생각보다 견적이 조금 더 나온 것도 상관없었다. 사장님께도 직접 이야기했다. "제 직업도 공임 받고 하는 일입니다. 그 입장에서 전문가의 공임을 깎고 싶지 않습니다. 최선을 다해 작업해 주세요." 어차피 깎아봐야 몇십만 원 정도다. 그걸 흥정해 가며 사장님께 뭔가 요구하고 싶지 않았다. 내가 돈이 많아서가 아니었다. 돈이 많았으면 더 쾌적한 선택을 했겠지. 기술료에는 그 사람이 그간 들이고 쌓아온 시간과 노력과 경험과 윤리 등이 포함되어 있다. 그 총체적인 무엇인가에 돈을 아끼고 싶지 않았을 뿐이었다.

"덧방 하시나요, 철방 하시나요?" 이를테면 나는 공사를 진행하며 이런 말들을 배웠다. 시공을 하는 사장님들과 직접 만나 이야기한 덕에 배운 개념이었다. 내가 공사를 하지 않았다면 덧방이나 철방 같은 말을 어디서 배우겠어. 모르니까 물어보았다. "덧방은 지금 있는 타일 위에 덧씌워서 공사를 하는 거예요. 철거를 안 하니까 비용이 조금 저렴합니다. 대신 조금이나마 화장실 면적이 좁아질 수 있겠죠. 철방은 철거를 하고 공사를 하는 겁니다. 철거를 해야 하니까 별도 비용이 추가됩니다. 보통 집을 사신 분들이 철방을 하시죠. 철거를 하면서 배관에 문제가 있으면 고치기도 하고 그러니까요." 나는 잠깐 고민하다 덧방을 하기로 했다. 어차피 세 들어 사는 집인데. 사장님도 은근히 덧방을 추천하는 눈치였다. 지금 생각해 보니 이 집의 공사와 관련된 프로들은 거의 가격이 저렴한 옵션을 추천해 주었다. 세 들어 사는 낡은 집이기 때문이었을 것이다.

마이콜 사장님을 만나고 나니 마음속의 무거운 뭔가가 사라진 듯한 기분이 들었다. 그다음부터는 재미있는 일만 남은 셈이었다. 인터뷰나 화보 촬영이라 치면 날짜 다 잡고 사진가와 스타일리스트와 스태프들과 소품들까지 다 구한 거니까. 이러고 나면 현장에서 예상 밖의 변수가 발생하지 않는 한 재미있는 일들만 계속 생길 뿐이다. 생각하던 것들이 결과물로 만들어지는 거니까. 잡지 일도 그랬고, 이 일도 그랬다.

공사 일에 앞서서 재료도 하나씩 모이고 있었다. 문제의 이탈리아 타일도 화물택배 영업소에서 다 가져왔다. 어느 토요일 오전에 주택가 사이의 화물택배 영업소로 찾아가 SUV 뒷좌석을 접고 한 상자씩 다 손으로 날랐다. 집 앞에 도착해서도 뒷문을 열고 약 3층 높이의 계단을 오르내리며 다 올려두었다. 허리를 쓰지 않고 다리 힘을 쓰려 노력했다. 반복적인 육체노동이었지만 재료를 다 옮기고 나니 다 끝났다는 성취감이 있었다. 손가락을 움직이며 손에 잡히지도 않는 원고 파일을 만들어 보낼 때와는 다른, 훨씬 더 눈에 잘 보이고 몸으로 잘 느껴지는 성취감이었다.

타일 사장님은 내 회심의 이탈리아 타일을 보고 조금 황당해했다. "이런 걸 어디서 구하셨어요?" 나는 조금 우쭐해졌다. 내가 전문가도 놀랄 정도로 좋은 걸 골랐나? "이런 거 파는 데가 있더라고요. 뭔가 다른가요?" "아니요. 얼마나 옛날 거길래 상자가 이렇게 됐죠?"

아닌 게 아니라 제품이 들어 있는 종이 상자는 거의 출토품 수준으로 삭아 있었다. 삭아 있는 골판지 상자에 띄엄띄

엄 제조연도가 보였다. 계산해 보니 20년이 넘은 악성 재고였다. 이쯤 되면 이걸 지금까지 갖고 있다가 이 가격에 팔아준 업체가 고마운 건지, 그 업체가 20년 묵은 중고를 사준 나에게 고마워해야 하는지 알 수 없었다. 첫 미팅에서 바닥 타일을 본 사장님은 "이건 너무 두꺼워서 벽 타일로는 쓰기 어렵겠습니다"라고 하셨다. 어쩔 수 있나요. 말 들어야지. 벽 타일로는 바닥 타일과 폭이 같은 흰색 중국산 타일을 쓰기로 했다.

이제 다 됐나 싶었을 때 사장님이 또 물어보았다. "매지는요?" 매지는 또 뭐지? "타일 사이를 메꾸는 걸 매지라고 해요. 흰색, 회색, 검은색 등 기본 색이 있고, 원하는 색이 있으면 조색도 해드릴 수 있어요." 조색은 무슨 별말씀. 검은색은 무슨. 나는 이런 건 기본적인 게 최고라고 생각한다. "흰색으로 할게요."

타일은 욕실 표면적의 대부분이지만 욕실 공사 진행 전체 공정으로 보면 작은 일부다. 내가 원하는 샤워기를 내가 원하는 위치에 두고 쓰려면 배관 공사도 따로 해야 했다. 시간과 비용이 추가된다는 말씀. 하지만 이미 너무 멀리 왔다. 별수 없이 진행했다. 타일 사장님이 아는 배관 사장님을 추천해 주었다. 날을 잡고 휴가를 내서 배관 공사를 지켜보았다.

배관 공사 자체에는 큰 문제가 없었다. 절차도 간단했다. 기존에 쓰던 배관을 연장한다. 연장하기 위해 타일 일부를 깎아 홈을 낸다. 그 홈 안으로 추가된 배관을 심고 다시 시멘트로 마무리한다. 끝. 배관을 심기 위해 타일을 깎는 과정에서 그라인더 소리가 잠깐씩 날 뿐이었다. 문제는 인간이었다. 배관 공사 사장님은 나보다 어려 보이는 남자분이었다. 말이 많지 않고 성실해 보였다. 배관 사장님의 아버지라는 장년 남성이 공사를 돕겠다며 함께 오셨다. 아버지는 자꾸 현장에서 담배를 피우려 하셨다. 그러지 말아달라고 했더니 그분은 불만을 말풍선으로 표현한 듯한 침묵("……" 같은 기호로 표시할 수 있겠다)과 함께 집 밖으로 나가서 담배를 피우고 오셨다. 조금 신경 쓰였다. 사람을 다루는 건 보통 일이 아니었다.

배관 공사도 끝나고 배관 공사를 하며 쓴 시멘트도 마르고 드디어 타일을 붙이는 날이 왔다. 타일 붙이기는 하루 만에 되는 일이 아닌 것 같았다. 마이콜 사장님 역시 일을 함께하는 직원 한 명을 데리고 왔다. 두 사람이 하루 종일 손으로 하는 일이니 쉽지 않았을 것이다. 사장님은 실제로도 꼼꼼했다. 타일 수평을 레이저로 맞추고 작은 욕실 안에서 꼬박 이틀 내 내 해가 질 때까지 작업했다. 다른 시공자들을 접해본 적이 없으니 정확하게 비교하기는 어렵겠지만 나는 만족했다.

타일을 붙이는 순서는 대충 이런 식이었다. 접착제를 만든다. 벽에 접착제를 바르고 그 위로 타일을 붙여나간다. 타일을 붙이다 보면 나눗셈의 나머지처럼 타일 한 장으로는 안되는 부분들이 생긴다. 그런 부분들은 타일 커터로 타일을 잘라서 붙인다. 다 붙이고 나면 매지를 채운다. 타일에 묻은 매지를 닦아내면 완성이다.

정리하면 간단한 일 중 실제로 하면 어려운 일들이 많다. 타일 붙이기도 그랬다. 우선 설비가 필요했다. 레이저 수평계나 타일 커터 같은 것들이. 거기 더해 사람의 숙련된 노동력도 필요했다. 우선 최소한의 체력을 전제로 하고, 삐뚤어지지 않게 모든 타일을 똑바로 붙이려면 집중력도 좋아야 할 것이었다. 타일 공사를 보다 보니 요즘 큰 타일을 많이 까는 이유도 알 것 같았다. 같은 면적이라면 20센티미터 사이즈의 타일을 까는 것보다 1미터짜리 타일을 까는 게 손이 덜 갈 것이었다. 나의 자랑스러운 이탈리아 타일은 사장님을 힘들게 하는 요소이기도 했다. 요즘 타일에 비해 훨씬 두껍고 단단해서 잘 안 잘린다는 것이었다. 고생하는 사장님께 말은 못 드렸지만 속으로 '잘 산 거 맞구나'라고 생각했다. 느리지만 꾸준한 속도로 헌 타일 위에 새 타일이 붙고 있었다.

타일을 다 바르고 나면 그 사이에는 여전히 틈새가 남아 있다. 그걸 메꾸는 게 매지다. 매지를 넣으며 나는 집수리의 기쁨을 깨달았다. 다 붙인 타일이 마르면 타일의 틈새로 매지를 넣는다. 주사기로 심듯 정밀하게 넣는 게 아니라 그냥 타일 표면에 다 묻든 말든 채워 넣는 방식이다. 어차피 다 마르고 닦아내면 사라지기 때문에 채울 때는 막 넣어도 상관없다. 매지가 다 마르면 타일에 묻은 매지를 닦아내고, 그러고 나면 타일 속에 새하얀 매지만 남으며 공사가 끝난다. 처음 봤을 때는 우울할 정도로 지저분한 화장실이 이탈리아 타일과 새하얀 매지로 정리된 걸 보니 내 뇌의 노후 부품을 교환한 듯한 쾌감이 몰려왔다.

세상의 어떤 일에도 짜릿한 쾌감은 잠깐뿐이다. 예상외의 난관이 더 많았다. 예를 들어 타일 작업을 하는 동안에는 화장실을 쓸 수 없었다. 변기를 부숴버렸으니까. 나 혼자 있거나 화장실을 써야 할 경우에는 조금 곤란했다. 화장실에 가기 위해 근처 식당, 병원, 주유소 등등을 전전했다.

이렇게 하는 동안 결과적으로 화장실 공사에는 생각보다 많은 비용이 들었다. 실제로 진행해 보니 예상했던 것보다 많은 부분에서 비용이 발생했기 때문이었다. 우선 배관 공사 비용을 더 써야 했고, 기타 기억나지 않는 비용들이 있었다. 집을 고치는 과정이 책이 될 줄 알았다면 더 잘 적어두었을 텐데. 그러나 이 책에서 500번쯤 말했던 대로 나는 그때 그럴 만한 정신이 없었다. 그래도 다행히 아깝다 싶었던 비용도 없었다.

내가 기억하는 초과 비용 중에는 공사하시는 분들께 드렸던 주스 한 박스 값도 있었다. 나는 이분들이 하는 타일 공사가 정말 대단해 보였다. 좁은 화장실 안에서 허리도 못 펴고 하루 종일 타일 자르고 붙이는 건 참 고생스러운 일 같았다. 저 고생에 비하면 내가 책상에 앉아 원고 적고 섭외 전화를 돌리고 누군가의 일정을 조율하는 일 같은 건 고생이라고 하기도 좀 그랬다. 이런저런 생각이 들어서 근처 슈퍼에서 주스를 한 박스 사서 드렸다. 마이콜 사장님이 "이런 손님은 처음이네요"라고 했다. 이렇게 바보 같은 손님이 처음이라는 말이었을지도 모른다.

이번 집수리의 단일 부품 중 가장 비싼 건 화장실의 지붕이었다. 요즘은 화장실 지붕 치수를 알려주면 그 치수에 맞추어 한 통짜리 화장실 지붕이 나온다고 한다. 한 통짜리 화장실 지붕은 주변에 테두리가 있는 접시 같은 구조다. 그러니 지붕 위에 올리면 쏙 걸쳐지는 것이다. 그러나 저러나 원래 맞춤은 비싸다. 이 부품 하나에만 100만 원쯤 줬던 것 같다. 공사 마지막 날 마이콜 사장님이 좁은 문틈 사이로 넓고 얇은 화장실 지붕을 가지고 올라왔다. 그걸 뚜껑처럼 얹으면 공사의 끝이었다.

그 비싼 부품이 깔리던 순간 역시 이번 집수리의 하이라이트 중 하나였다. 이 하이라이트의 순간에도 나는 할 줄 아는 게 없으니 옆에서 조마조마하게 지켜볼 수밖에 없었다. 플라스틱 지붕이니까 무게는 가벼워 보였지만 천장을 통으로 덮는 부품이니까 부피가 컸다. 얇고 부피가 큰 플라스틱 부품이니 실수하면 깨질지도 모른다.

그런 긴장감을 그 자리에 있던 우리 모두 느끼고 있었다. 마이콜 사장님과 그의 직원은 천장화를 그리는 화가들처럼 위를 바라본 채 손을 뻗어 방향을 맞추고 지붕을 얹었다. 얹힌 지붕에는 LED 전구 소켓까지 내장되어 있었다. 지붕이 얹히자 그간의 지저분한 화장실은 지난 일들처럼 사라지고 깨끗한 새 화장실이 남았다. 맛으로만 승부하는 시골 토종닭 백숙집의 간이 화장실에 있을 것처럼 낡은 백열전구도 천장에 내장된 LED 전구 두 개가 되었다. 마음에 끼어 있던 곰팡이 같은 걱정이 다 소독된 것 같았다.

이것도 끝이 아니었다. '이제 이 집에 살 수 있으려나'라고 생각하기엔 아직 내 앞에 남은 일들이 많았다. 내가 잘 몰라서 생긴 일도, 이 집의 고유한 구조 때문에 생긴 일도 있었다. 그런 일들을 당장 처리할 수도 없었다. 공사만큼이나 어려운 동시에 재미있는 내 회사 일들이 나를 기다리고 있었다. 출근 준비도 해야 하고 다음 공사도 알아봐야 했다. 화장실 공사가 끝난 걸 보고 본가로 돌아갔다.

전기 협객과의 만남:
한국 인테리어 시장 체험기-전기 편

———————

아직 말하지는 않았는데 오랫동안 신경 쓴 인테리어 요소가 하나 더 있었다. 세면대다. 단독주택이기 때문인지, 집주인의 성격이 반영되어서인지(둘 다겠지) 이 집의 구조는 한국의 집단주택과는 조금 달랐다. 이 집에서 가장 채광이 잘되는 방에는 수도관이 하나 나와 있었다. 주인 할머니는 그 방에 물을 끌어와 싱크대를 놓고 쓴 것 같았다. 처음에는 이 수도관을 없애고 싶었다. 방에 수도관이 있는 것부터가 좀 애매했고 수도관을 없애면 방을 더 깔끔하게 쓸 수 있을 것 같았다. 할머니는 입 밖으로 꺼내는 말 한 마디 없이 고개만 좌우로 흔들어 내 제안을 거부했다. 집주인이 안 된다는데 별수 있나. 수도관을 어떻게 쓸지 생각하기 시작했다.

우선 기존에 놓인 싱크대는 탈락. 나는 이 집에 살기로 마음먹자마자 이 집에서의 요리를 포기했다. 처음에 생각한 집의 입지 조건 중 하나가 수산시장이었던 걸 생각하면 극적인 변화였다. 요리를 포기한 이유는 냄새 때문이었다. 이 집에는 요리를 했을 때 냄새가 빠져나갈 통로가 없었다. 가스레인지가 있는 구역은 집에서 가장 깊숙한 곳에 있었고 그 방에 있는 창문은 그 집에서 가장 작았다. 나의 오랜 판타지였던 '자취방에서 생선 굽기'를 한다면 고등어 한 마리 구웠다가 온 집 안에 동대문 종합시장 뒤편 고등어 골목의 냄새가 날 판이었다.

현대 사회의 아주 많은 문제는 여러 가지 방법으로 해결할 수 있다. 냄새도 마찬가지다. 환풍기를 설치하면 된다. 정 필요하다면 비용이야 쓰면 그만. 그런데 할머니를 설득해야 했다. "사모님 안녕하세요. 드릴 말씀이 있습니다. 제가 뭔가 해 먹는 걸 좋아하는데요, 동시에 냄새에 좀 신경을 쓰는 편이에요. 벽에 구멍을 뚫고 환기 장치를 좀 크게 만들면 어떨…" 같은 이야기를 꺼내는 장면을 잠깐 떠올려보고 바로 상상을 접었다. 이 할머니와 그런 협의를 하는 건 말도 안 되는 이야기였다. 내 기호가 반영된 나만의 부엌은 좀 더 형편이 좋아지면 이사 가서 만들 거라며 이를 악물고 눈물을 머금은 것까지는 아니고, 그냥 그래야겠다고 생각했다.

그러면 무엇을 할까. 소형 분수나 붕어를 둔 소형 폭포 같은 게 아닌 이상 결국 몸을 씻는 장치를 놓을 수밖에 없었다. 미관과 가습 등등의 목적으로 분수도 잠깐 생각했지만 나는 현실적인 사람이다. 처음에는 세면대를 화장실 안에 넣고 방에 샤워 부스를 차릴까 싶기도 했다. 배수만 되고 샤워 커튼만 치면 안 될 것도 없다. 휴양지의 리조트처럼 말이지. 기왕 휴양지 리조트처럼 해둘 거라면 욕조를 설치할까 하는 생각도 잠깐 했다. 한 면 전체가 유리인 창밖을 바라보며 목욕을 하면 그것도 그것대로 좋을 것 같았다.

몇 가지 경우의 수로 견적을 내볼까 하다 고개를 젓고 현실로 돌아왔다. 내 집도 아니고 내가 집으로 예술할 것도 아니고 내가 그리 특이한 사람도 아니다. 뭐 그렇게 특별하게 하고 살 거 있나. 가장 현실적이면서도 괜찮은 방법을 찾아야지. 나는 싱겁게도 세면대와 거울장을 놓기로 했다. 어차피 화장실은 너무 작아서 세면대까지 두면 공간이 모자랄 것 같왔다. 화장실이 작으니까 일본이나 선박에서 쓰는 초소형 세면대도 잠깐 생각했는데 그것도 안 하기로 했다. '샤워는 실내에서, 세면은 실외에서'라는 이 집의 기조가 만들어졌다.

얼떨결에 자취방에 둘 세면대를 사러 가야 하는 상황이 되었다. 주변에 자취를 한다고 세면대를 사러 가는 사람을 본 적이 없었으니 물어볼 곳도 없었다. 그때는 '최대한 빨리 갖출 걸 갖춰서 이사를 가야 한다'는 생각뿐이었다. 내가 공사 기간을 잘못 계산하는 바람에 생기는 사소한 불편도 있었다. 우선 살지도 않는 집에 월세가 계속 나가고 있었다. 본가의 어머니는 "계약했다면서 왜 나가지를 않느냐"라고, 이사갈 집의 집주인 할머니는 "왜 계약을 했으면서 들어오질 않느냐"라고 채근하셨다. 이 두 분께 그만 혼나기 위해서라도 새로 살 집의 설비를 최소한도로 꾸릴 필요가 있었다. 세면대는 꼭 필요한 최소한도의 설비에 포함되었다. 세면대를 빨리 사야 했다.

세면대에도 재미있는 구석이 많았다. 세면대를 포함해 '리빙'이나 '인테리어 자재'라고 하는 생활용품 시장은 그 전에는 몰랐던 쇼핑계의 열대우림이었다. 세상에 재미있는 물건이 얼마나 많고 역사적인 회사가 얼마나 많은지. 세면대 역시 소재와 브랜드와 오리지널 디자인과 역사와 생산국과 생산 시점 따라서 다양한 생태계가 만들어져 있었다.

그 면에서 세면대는 내가 구비한 인테리어 자재 중 가장 아쉬운 품목 중 하나이기도 하다. 내가 조금 더 열심히 찾았다면 분명 좋은 수입산 악성 재고가 있었을 것이기 때문이다. 집수리의 다른 분야에서와 마찬가지로 세면대를 찾으러 다닐 시간과 노하우 역시 없었다. 참고로 세면대를 찾으러 다니던 때의 나는 〈에스콰이어〉에서 이런 페이지를 만들고 있었다.

음악에 대한 책 5권 소개

시계의 대량생산에 대한 원고

섹스를 하고 나서만 잘 수 있는 깊은 잠(친구가 '붕맨꿀'이라는 신조어를 만들어주었다. '붕가붕가 후 맨몸으로 꿀잠'이라는 말이었다. 한때 내 주변 사람들 사이에서 이 말이 유행했다)

당시 개장 직전이었던 서울로7017에 대한 취재 기사

JTBC 아나운서 강지영 인터뷰

건축가 황두진의 집 앞 공원이 없어질 뻔했던 이야기에 대한 취재 기사

이런 페이지를 만들어보겠다고 서울 곳곳을 다니고 친구들에게 얼굴이 화끈거리는 질문을 하고 출판사나 스튜디오에 전화를 해서 자료를 받거나 스케줄을 잡는 틈틈이 세면대를 찾아다녔다.

언젠가 잠깐 갔던 목동의 건축자재 상점에서 듀라비트 세면대를 본 적이 있다. 그 물건이 있을 거라 예상하지 못한 곳에서 꽤 싼 가격으로 팔리고 있었다. 그때 가져왔어야 하나 싶기도 했는데 막상 세면대를 설치하려고 마음먹었을 때는 이미 늦었다. 그 이후로 나는 '지금 여기가 아니라면 못 산다' 싶은 물건에는 망설이지 않게 됐다.

인터넷과 오프라인 매장을 조금 둘러보고 나서 그냥 이케아 세면대를 골랐다. 세면대에 로고가 없어서 마음에 들었다. 디자인 역시 더할 것도 뺄 것도 없는 생김새였다. 누구도 그 세면대를 어디에서 샀는지, 왜 그걸 골랐는지 묻지 않을 법한 모양이었다. 그 점이 마음에 들었다. 세부도 훌륭했다. 저가형 세면대는 물 받는 부분에 각진 곳이 있는 경우가 많았는데 그러면 거기 때가 잘 탈 것 같았다.

내가 산 건 이케아의 싱글 사이즈 자기 세면대 중에서는 조금 비싼 편에 속했다. 이걸 고른 데에도 이유가 있었다. 이케아의 모든 상품은 각 카테고리별로 가장 싼 것과 적당히 비싼 것으로 나눌 수 있다. 싼 건 놀라울 정도로 싸 보이는데 적당히 비싼 것 중에서는 가끔 저 가격이 맞나 싶을 정도로 품질이 좋은 것들이 있다. 내가 산 세면대는 그런 느낌이었다.

세면대와 같은 사이즈의 하부장을 놓을 수 있다는 점도 마음에 들었다. 이케아 카탈로그를 보면 하부장과 세면대를 벽에 붙여서 세면대 유닛 전체를 공중에 띄울 수도 있었다. 보기엔 멋있었지만 왠지 이 집에서 했다가는 어느 날 세면대가 떨어져서 방바닥과 내 마음에 상처를 낼 것 같았다. 나는 얌전히 추가 다리를 장바구니에 넣었다.

세면대는 이케아로 고른 대신 수도꼭지에 신경을 쓰고 싶었다. 수도꼭지 역시 종류와 소재와 브랜드와 생산국에 따라 종류가 엄청나게 많았다. 손목시계든 조명이든 잘 만들어진 철물에는 그 물건만의 깊은 감흥이 있다. 공장에서 나온 예술품이랄까. 나는 개인적으로 '철물은 2차 세계대전의 추축국산이 좋다'는 의견을 갖고 있다. 이탈리아, 독일, 일본의 철물은 기본적으로 수준이 높은 데 더해 잘 만든 건 황홀할 정도로 멋지다. 자동차, 시계, 거기다 수도꼭지까지(반면 가죽 제품은 2차 세계대전 연합국산이 멋있다. 미국, 프랑스, 영국.

왜인지는 모르겠다).

나는 신나게 일본과 이탈리아와 독일의 수도꼭지를 찾아보았다. 역시 추축국산이 멋졌다. 독일의 그로헤나 이탈리아의 제시, 일본 토토 수도꼭지 같은 게 집에 있으면 손을 씻을 때마다 기분이 좋아질 것 같았다. 가격은 비싼 건 100만 원 정도였다. 나는 이때 한창 비싼 걸 많이 보던 〈에스콰이어〉 에디터였으므로 100만 원짜리 수도꼭지가 딱히 비싸게 느껴지지 않았다. 막상 보면 큰 감흥이 없는 스위스 브랜드의 보급형 기계식 시계도 100만 원은 한다. 그에 비하면 최상급 수도꼭지는 거의 인류 금속 문명의 기념비다. 이런 걸 깔아두고 오래 쓰는 거라고 생각하니 싸게 느껴질 정도였다.

"선배. 정신 좀 차려." 내가 단꿈에 젖어 있을 때마다 환기를 시켜주는 주변 분들이 있었다. 어느 날 나의 수도꼭지 계획을 이야기하자 친한 후배 에디터께서 호된 말로 상황을 정리했다. 그래, 그냥 가장 무난하고 얌전하게 생긴 걸 써야지. 그러려면 역시 수도꼭지도 이케아가 가장 나으려나 싶었다. 사람 눈은 다 비슷한 모양인지 마침 내가 마음에 들어 했던 이케아 수도꼭지는 품절됐다.

국산 로얄과 대림 사이에서 잠깐 고민하다 대림 수도꼭지를 골랐다. 로얄은 '로얄 토토'였던 곳이다. 토토는 일본의 세계적인 욕실용품 회사다. 로얄 토토는 ROYAL-TOTO 라는 이름을 쓰다 ROYAL-T로, 그러다가 ROYAL로 이름을 바꾸고 폰트도 바꿨다. 전에 쓰던 폰트는 토토 폰트와 정말 비슷했다. 왠지 그런 회사의 것을 쓰고 싶지는 않았다. 대림 수도꼭지는 5만 원 정도 했으려나. 가장 싼 건 아니었지만 그로헤에 비하면 1/20이었다. 대림의 로고는 곰이다. 수도꼭지에도 곰 그림이 그려져 있다. 수도꼭지에 곰 그림이 그려진 것도 왠지 귀여워서 마음에 들었다.

타일을 시공한 사장님께서 약간의 추가 비용을 받고 세면대를 설치해 주기로 했다. 약속 시간보다 조금 늦게 가보니 고맙게도 이미 하부장을 다 조립하고 설치를 하는 중이었다. 거울장과 하부장은 내가 조립하려 했는데 지금 생각하니 새삼 고맙다. 다만 공사의 디테일에서 마음에 드는 구석이 없었다. 하부장의 서랍 두 개 중 위쪽 서랍은 어딘가에 부딪혀 끝까지 닫히지 않았다. 나는 원래 포기가 빠르고 체념에 능한데 이 집을 공사하면서는 그 성격이 더 강해졌다. 주저 없이 문제 해결을 포기하고 끝까지 닫히지 않는 틈새에는 수건을 끼

위두기로 했다. 아직도 그 틈새를 수건걸이로 쓰고 있다.

이렇게 집이 조금씩 흉가를 지나 생가의 모양을 갖춰갔다. 타일도 깔았고 세면대도 설치했다. 이 과정에서 나는 보통 집에 으레 설치되어 있는 것 중 당연한 건 하나도 없다는 사실을 몸으로 깨닫게 되었다. 타일을 깔고 세면대를 설치하는 과정은 집에서 물이 나오는 게 얼마나 보통 일이 아닌지를 느끼는 여정이었다. 수도꼭지를 설치하지 않으면 물도 나오지 않는다. 변기가 없으면 집에서 일도 볼 수 없다. 이 공사를 하기 전에는 상상도 못 했던 일이다.

나 역시 이런 일을 벌이기 전에는 세면대와 변기는 깨끗하고 멀쩡한 게 당연한 것이고 물이 새는 게 말도 안 되는 것이었다. 하지만 물도 없고 변기도 없는 곳에서 몇 주를 지내보니 더 이상 세면기와 변기는 삶의 당연한 요소가 아니었으며 깨끗한 세면대와 변기는 보통 물건이 아니었다. 수도꼭지를 젖히면 물이 나오고 변기 손잡이를 내리면 물이 내려가는 건 내게 놀라운 일이었다. 그 후로 한참 동안 세면대와 변기를 쓸 때마다 감탄했다.

물 다음에는 빛의 차례였다. 빛이 나오게 하려면 전기가 들어와야 한다. 이것도 내게는 완전히 새로운 세계였다.

내가 한국 방 인테리어에서 가장 마음에 안 들던 게 천장 조명이었다. 집이 수술실도 아니고 천장으로부터 온 방을 채우는 형광등 불빛이 내내 안 내켰다. 방이나 사람이나 숨기고 싶은 것도 있고 그늘 뒤로 넘겨두고 싶은 것도 있다. 형광등 불빛 아래에서는 내 방 안 물건들이 다 초라해 보였다. 이집도 마찬가지였다. 고친다고 고쳤지만 여전히 집의 여러 부분이 낡은 채로 남아 있었다. 형광등 불빛을 쓴다면 낡은 기운들이 눈앞으로 다가올 게 확실했다.

그래서 이미 천장 조명을 다 떼어둔 상태였다. 침실과 다용도실에는 천장등을 설치할 수 있는 선만 남겨두었다. 세면대가 있는 창문 많은 방은 천장이 낮아 천장의 전선 자체를 다 없애버렸다. 공사하는 사장님들도 해가 지면 불이 들어오지 않아서 자체 조명으로 공사를 마무리해야 했다. 전기 문명 시대 이전의 자연 상태를 끝내려면 빨리 전기 공사를 해야 했다.

지금까지 각각의 공사를 할 때 해당 전문가를 모셔서 진행했으니 전기 기사님도 내가 알아서 모시는 수밖에 없었다. 전기 기사님 역시 타일 기사님처럼 적당한 조건을 만족하는 분을 찾았어야 했다. 아… 귀찮았다. 지금 생각하면 몸서리가 쳐질 정도로 귀찮았다. 하지만 별수 있나. 일이 굴러간 이상 끝은 봐야지. 내가 마무리해야 했다. 또 인기통을 찾아서 견적을 여쭈어야 하나 싶은 순간에 거짓말처럼 인재가 떠올랐다. 천만다행히 언젠가 전기 기사님을 만났던 기억이 났다.

예전에 잡지사 말고 잠깐 다른 회사를 다닌 적이 있다. 말하자면 좀 긴 이유로 그때 그 회사의 인테리어 장식을 맡아 했다. 말하자면 좀 긴 사연 끝에 덴마크 현지에 있는 미드 센트리 빈티지 가구 전문 업자인 토르스텐 씨와 연락해서 그 가구를 사고 컨테이너로 받는 그런 일을 했다. 그러고 보니 그때 전기 기사를 모셔서 조명도 설치했고, 그때 알게 된 사장님의 번호가 남아 있었다. 혹시나 하는 마음에 전화를 걸어 보니 그때 그분이 전화를 받으셨다. 전기 기사님은 이야기를 꺼내자마자 공사 가능하니 날을 잡자고 했다. 걱정은 몇 주 동안, 해결은 5분 만에, 해결책은 내 전화번호부 안에. 〈파랑새〉 같은 이야기였다.

집수리를 하면서 뵌 다양한 시공 프로 중 전기 기사 사장님의 차림새가 가장 단출했다. 다른 분들은 다 본인의 자가

용 승용차로 와야 할 만큼 장비가 많았다. 벽지 설치 사장님은 별도의 풀 바르는 기구를 가져오셨는데 그건 승용차에도 안 들어갈 정도로 커 보였다(실제로 그분들은 승합차를 타고 오셨다). 타일 사장님은 세단을 타고 왔지만 트렁크와 뒷자리에 짐이 가득했다. 드릴, 타일 커터, 시멘트 등 공사 관련 재료가 꽉 차 있었다. 반면 전기 기사님은 스쿠터를 타고 집 앞으로 왔다. 허리에 맨 공구 벨트와 뒤에 싣고 온 전선 한 뭉치, 그리고 '쫄대'라 부르는 벽 부착형 플라스틱 케이스가 전부였다. 전기 협객 느낌이었다.

전기 협객, 아니 전기 기사님은 초로의 남자였다. 몇 년 전에 나를 한 번 봤으니 말씀도 친근하게 해주셨다. "전기를 지금 부른 거예요? 보통 전기(공사)를 맨 처음 하지. 전기 공사를 하고 도배를 해야 전선 자국이 안 보이니까. 그런데 도배를 하기 전에 타일 시공을 해야지. 타일을 갈다 보면 먼지나 가루가 끼잖아요. 보통 전기, 타일, 도배, 바닥 순으로 공사를 하는데 여기는 좀 신기하네." 백번 맞는 말씀이었다. 별수 있나 내가 무식한걸. 배우는 마음으로 옆에서 새겨들었다.

전기는 실로 문명의 이기였다. 전기 기사님이 오신 결과는 놀라웠다. 전기 기사님은 미리 사 온 전선을 연결하고 '쫄대'라 부르는 얇은 플라스틱 케이스 안에 집어넣어 보이지 않게 했다. 방문 위 잘 보이지 않는 곳에 차단기도 설치해 주셨다("왜 이 집은 이런 것도 없어요?" "그러게 말이에요…"라는 대사가 오갔다). 전기 기사님께서 미리 사둔 조명을 천장에 설치하자 불이 팡팡 들어왔다. 물에 이어서 빛까지 들어오니 무생물에 피를 통하게 하고 눈을 띄운 기분이 이런 건가 싶을 정도였다. 그간의 고생이 잠시나마 모두 녹아내리는 느낌, 아니 이 즐거움을 느끼기 위해 이 고생을 했구나 싶은 기분이 들었다.

이 집을 수리하고 한참 후에 뉴욕으로 가는 이코노미 클래스의 작은 스크린에서 〈커런트 워〉라는 영화를 봤다. 그 영화에서는 밤에 전구가 켜졌을 때 미국인들이 놀라는 장면이 나온다. 전등이 어디에나 있는 도시인들은 그 모습 자체가 신기할지도 모른다. 나도 이 집에 안 살았다면 '옛날에는 저 정도로도 신기한 일이었구나'라고 생각했을 것이다. 하지만 나는 그 영화를 보며 당시 미국인들의 마음을 그야말로 절실히 이해할 수 있었다.

내가 집에 들어갈 준비는 이게 끝이 아니었다. 덩치가 큰 일 몇 개를 했을 뿐이었다. 앞으로도 많은 일이 남아 있었다.

예를 들어 창문이 많고 세면대가 있는 방에는 천장 조명이 없었으니 어두운 방 안에 전원선만 두 개 벽에 붙어 있었다. 벽지 위에 쫄대를 붙였으니까 아무래도 미관상 별로 좋지 않기도 했다. 부엌, 청소, 실질적 이사 준비 등 내가 처리해야 할 일들 역시 끝난 게 아니었다. 사실은 시작도 하지 않았을 수도 있었다. 언제까지나 이렇게 속 편하게 시간을 끌며 온갖 것을 고르는 데에 시간을 허비할 수도 없었다. 그래도 전기가 들어온 그때는 그러거나 말거나 좋기만 했다.

헌 집의 스위트 스폿:
공사가 끝나고

———————

이제 바닥을 이야기할 차례다. 기억력이 좋으신 분들은 여기까지 읽으면서 궁금했을 수도 있다. 어떻게 보면 바닥 공사가 이 모든 사달의 시작이었는데 결국 그 바닥은 어떻게 되었는지. 괜찮은 바닥을 깔았는지. 바닥에 있던 홈은 어떻게 메꿨는지. 바닥 기술자 사장님만의 특징도 따로 있었는지. 그래서 허세의 상징물과도 같은 월세방의 나무 바닥에 사는 기분이 어떤지. 나는 이 모든 질문에 대한 답을 할 수 없다. 모르기 때문이다. 왜 모르느냐고?

나는 지금 장판 바닥에 살고 있다. 공사가 끝나지 않았던 만큼 나는 그 집에 없을 때가 더 많았다. '이제 슬슬 마루 사장님과 공사 날짜를 잡아야 하나'라고 생각하던 어느 날 집에 가보니 집 전체에 장판이 깔려 있었다. 내가 헌 장판을 버리는 데만 해도 얼마나 힘들었는데, 새로 깔린 장판도 '이것만은 깔지 않고 싶었다'고 생각했던 바로 그 나무 무늬 장판이었다. '이 장판을 깔면 바로 MT촌 민박집 특실 3호실 되는 거'라고 생각했던 바로 그 무늬였다. 내가 원치 않는 방향이라도 나를 배려하는 것만은 확실한 할머니가 나 없는 새에 깔아두신 것이었다.

장판을 보고 어안이 벙벙해서 서 있다가 마당으로 내려오는 길에 할머니와 마주쳤다. 할머니는 비틀스의 '렛잇비'에 나오는 마더 메리처럼 다가와 말씀하셨다. "그냥 살아!"

할머니의 노력을 모른 척할 수도 없는 일이었다. 기술자를 불러 설치해 주신 모양인지 나름 디테일도 있었다. 들썩거리기 쉬운 문 앞 같은 부분은 실리콘으로 붙여서 마감까지 해두었다. 결과적으로 나는 이 장판을 마음대로 떼어낼 수 없었다. 떼어내자니 할머니가 자기 집에 자기 돈 주고 해둔 설비다. 내가 정말 의지가 강했다면 어떻게든 할머니와 부딪히거나 빌거나 해서 이 장판을 떼어내고 당초 하려던 온돌마루 바닥을 어떻게든 했을지도 모른다. 하지만 그러자니 나는 이미 너무 지쳐 있었다. 집에 채워 넣을 것도 너무 많았다. 무엇보다 당장 해야 할 마감들이 있었다. 그새 시간이 조금 더 지났으니 〈에스콰이어〉 에디터로의 나는 그달 이런 일들을 해야 했다.

무라카미 하루키와 연관된 책들 5권에 대한 짧은 소개 원고
섹스할 때 양말을 언제 벗어야 할지 같은 사소한 고민들에
대한 칼럼
당시 DDP에서 열렸던 루이비통의 여행가방 전시 취재 기사
서울의 호텔 빙수에 대한 기사 기획과 감독(취재는 어시스
턴트가 했다)
당구를 주제로 하는 시계 화보 촬영
독립 야구단 연천 미라클에 대한 취재 기사
아티스트 선우 훈 인터뷰

집주인의 선의가 내 기호와 안 맞다고 불만을 가지기도 애매했다. 결국 할머니가 배려해 준 것 아닌가. 논리와 약속을 넘어 할머니가 나를 챙겨주려 하는 것만은 확실했다. 장판에 더해 방문까지 새것으로 설치되어 있었다. 내가 굳이

방문을 수리했다면 다른 방문을 고쳤겠지만 뭐가 됐든 할머니가 마음을 써준 건 맞았다. 이런 과정이 쌓이며 '내 마음 같지 않아도 남의 진심을 이해하고 고마워할 필요가 있다'는 사실을 깨달았다. 당연하면서도 중요한 교훈이었다. 집을 고치고 할머니와 부딪히며 느낀 점들은 집 밖 나의 일터와 생활에서 일어나는 여러 일들을 이해하는 데에도 큰 도움이 되었다.

다만 이렇게 다른 사람을 이해하는 데에는 시간이 걸렸다. 급 장판 설치 사건은 할머니의 배려와 내 삶의 기호가 맞지 않아 생긴 수많은 일들 중 하나였다. 나와 할머니는 서로의 성향과 기호가 달랐기 때문에 몇 번이나 불편한 시간을 보내야 했다. 나는 나니까 내가 불편했던 게 떠오르지만 원고를 적는 지금 되돌아보니 할머니도 이런 세입자가 들어올 거라고는 상상하지 못했을 것 같기도 하다. 어느 날 밤에 와서는 바로 계약하겠다고 하고, (본인 보기에는) 멀쩡한 집을 공사해서 살겠다고 하더니 월세는 꼬박꼬박 주는데 다섯 달 동안 안 들어오고, 뭔가 낡은 외제차를 바꿔가면서 타고 오고. 할머니 입장에서도 '내가 이상한 세입자를 받았다'라고 생각했을지도 모른다.

할머니께서 깔아주신 장판은 몇 가지 효과를 더 불러왔다. 우선 내가 마루 실장님에게 드린 선입금이 날아갔다. 바로 연락해서 환불 조치를 했다면 합리적으로 조치해 주었을 분이라고 생각한다. 그런데 내가 장판 공사의 충격 이후 바로 마감을 하고 이삿짐을 하나둘 나르는 동안에 연락하는 걸 잊고 말았다. 이래서야 내 책임이다.

전무한 경험을 토대로 부족한 역량과 모자란 체력과 금방 사라지는 집중력을 겨우겨우 이리저리 써가면서 입주 준비를 끝냈다. 끝냈다는 말보다는 '이사를 할 최소한의 준비가 됐다'는 말이 더 정확할 것 같다. 준비가 끝날 때까지 이사를 안 하다 보면 몇 년이 걸릴 수도 있을 것 같았다. 공사 때문에 생긴 먼지만 한 번 닦는 수준으로 청소를 끝냈다. 곳곳이 부풀고 녹이 슨 싱크대는 우선 안 쓰는 방으로 옮겨뒀다. 낡긴 했지만 넓긴 엄청나게 넓은 집이었으니 짐 한두 개를 다른 곳에 두기엔 충분했다. 이런 건 확실한 장점이었다.

그때쯤 오래 살던 영등포 본가에서도 짐을 조금씩 정리하기 시작했다. 별로 가져갈 짐이 없었다. 세간은 어차피 모두 새로 마련할 생각이었다. 세면대와 타일에 원칙과 기준이 있었으니 각 세간을 마련하는 데에도 기준을 정하고 그 기준에 따랐다. 그 원칙과 기준 때문에 나는 몇 달 더 빈집 같은 곳에서 살아야 했다.

책을 가장 먼저 뺐다. 책이 가장 중요했다. 내 친구들은 잘 안 믿지만 나는 책 읽는 걸 좋아한다. 십수 년간 사둔 책들이 내 방 곳곳에 종이컵 밖으로 부풀어오른 팝콘처럼 쌓여 있었다. 직업이 뭔가를 읽고 만드는 일이다 보니 나는 내가 보기에도 비합리적이다 싶을 정도로 책을 이고 지고 살고 있었다. 낡은 책장의 모든 칸에 책을 가득 꽂아두었다. 높이가 낮은 책을 꽂아두면 책과 책꽂이의 천장 사이로 약간의 틈이 생긴다. 거기도 책을 가로로 꽂았다. 책장 앞에 공간이 남으면 만화방처럼 책을 2단으로 꽂았다. 그렇게 계속 살았다.

며칠에 걸쳐 그 책을 한번 다 분류해서 포장했다. 버릴 만큼 버리고 가끔씩은 허리가 끊어질 듯한 고통을 느끼며 알라딘 중고서점에 갖다 팔았는데도 책이 SUV 트렁크에 가득 실릴 정도로 많았다. 겨울이 다 지나고 밤에도 서늘하지 않은 어느 날 땀을 흘리면서 책을 정리했다. 마트에 가서 빈 상자를 가져와서 책을 담았다. 그걸로도 모자란 건 줄로 묶었다.

모두 잠이 들었을 것 같은 어느 토요일 새벽 두 시쯤 트렁크에 책을 담아 시동을 걸고 서부간선도로에 올랐다. 서부간선도로는 서해안고속도로와 연결된다. 차선이 좁아서 심야가 아니면 하루 종일 차가 막히는 상습 정체 구간이다. 정체 시간을 피해 신정교 근처의 본가에서 출발해 성산대교를 건너 이사 갈 집에 도착했다. 집 앞 가로등 불빛에 의지한 채 계단을 수십 번 오르내리며 책을 계속 옮겼다. 현관에서 집까지의 거리는 계단으로 치면 약 3층쯤 될 것 같은데 다른 도구가 없었으니 한 손에 책 한 뭉치씩을 들고 오르내릴 수밖에 없었다. 고대 이집트의 피라미드를 만들던 파라오의 노예들도 이렇게 원시적으로 일하지는 않았을 것 같은데. 그때는 빨리 이사를 가야 한다는 생각뿐이라 더 효율적인 방법은 생각해 내지 못했다.

온실처럼 사계절 쾌적한 아파트와는 달리 단독주택은 좋고 나쁠 때의 편차가 크다. 좋을 때는 아주 좋지만 불편할 때는 그만큼 불편하고 고될 때는 꽤 고되다. 이 집에서 사는 동안 나는 이 사실을 몇 번씩이나 느꼈다. 여러 가지 이유로 상황이 안 좋을 때는 베개를 껴안고 흐느끼고 싶을 정도로 고된 기분을 느끼기도 했다(실제로 흐느끼지는 않았다). 하지만 옛날 차나 라디오가 그렇듯, 옛날 물건이나 옛날 집은 이른바 스위트 스폿이 있다. 늘 편하지는 않지만 '바로 지금 여기다' 싶은 최고의 순간이 온다. 그 순간에 들어가면 입이 벌어질 정도로 좋다.

사계절 쾌적한 집과 때로 살기 고된 단독주택이 주는 즐거움의 총점은 같을지도 모른다. 쾌적한 집의 즐거움을 그래프로 그린다면 일직선이 되고, 단독주택의 그래프는 파도처럼 요동치는 것 아닐까. 단독주택의 좋은 순간을 깨닫고 나면 고된 계절의 불편쯤이야 감수할 수 있다고 생각할 수 있다. 사람마다 다르겠으나 나는 고된 계절의 불편은 감수할 수 있는 성향이다. 물론 싫을 때는 다 버려버리고 싶을 때도 있지만 말이지. 가장 좋은 건 온실 같은 집과 야생의 집을 다 가진 채 마음 내킬 때마다 옮겨 사는 거겠지만 삶에서 좋은 두 개를 다 가질 수 있는 순간이 얼마나 있겠나.

그 집에 책을 나르던 초여름 밤이 '단독주택의 스위트 스폿' 같은 기분이었다. 조명이 들어오지 않아 어두운 창밖에는 마당에 심은 감나무의 꼭대기가 보였다. 저 멀리 보이는 도로의 불빛을 받아 어둠 속에서 이파리의 진한 초록빛이 숨길 수 없는 생명력을 반짝이며 드러냈다. 도로의 불빛 쪽으로 눈길을 돌리면 다른 집들의 틈새 사이로 10차선 도로의 일부가 드러났다. 멀리 어둠 속의 자동차들은 헤드라이트 불빛과 함께 시야 속으로 달려왔다 시야 밖으로 사라졌다. 바람이 나뭇잎을 흔드는 소리와 저 멀리 들려오는 자동차 소리가 옆집에서 틀어둔 노래의 드럼과 멜로디 라인처럼 방 안으로 스며들었다. 아래층에는 나의 인기척을 들은 할머니의 강아지 두 마리가 새된 소리로 계속 짖었다. 도시와 떨어진 동시에 얽혀 있는 기분. 그때 나는 이 집에 살기로 한 게 좋은 결정이었다고 확신했다. 내 현실은 보잘것없었지만, 얼마 안 되는 돈으로 낡은 집에 살며 마감 일정에 허덕이는 잡지사 에디터의 일상이었지만, 그래도 운 좋게 이런 집에 살게 됐다고, 그렇게 생각했다.

3부

채우기

이케아 비율:
없으면 안 되는데 많아도 안 된다

공사가 끝났으니 집을 채울 차례였다. 팔자 좋게 집을 꾸
몄지만 몸이 지쳐 있는 것도 사실이었다. 계약부터 공사까지
평생 해본 적 없는 일들을 몇 달 동안 너무 많이 해버렸다.
그래도 사는 게 그런 것. 지쳐도 별수 없었다. 내가 살고 싶
은 곳에 살기 위해서 내가 스스로 시작한 일이다. 그 과정을
거치며 이 집에 정이 들기도 했다. 징징거리면서도 계속 할
수밖에 없었다.

아무것도 없거나 모르는 상태에서 하려면 남 하는 걸 기
웃거리는 게 사람 마음이다. 그런 마음으로 많은 분들이 인
테리어 카페에 가입하거나 검색창에 '인테리어' 같은 걸 쳐

볼 거라 생각한다. 나는 그런 건 전혀 참고하지 않았다. 내가 사는 집에 지금 인기 있거나 가성비 좋기로 유명한 물건 같은 건 넣고 싶지 않았다. 내가 대단한 심미안이나 고집이 있어서가 아니었다. 기본적으로 유행과 가성비라는 말을 믿지 않기 때문이었다. 이 두 가지 개념을 믿지 않게 된 건 라이프스타일 잡지에서 약 10년 동안 일하며 얻은 가장 큰 교훈 중 하나였다.

가격과 성능은 어떻게든 비례할 수밖에 없다. 특히 스스로 가성비를 마케팅 요소로 활용하고 그 사실을 내세우는 제품은 100퍼센트라고 해도 좋을 정도로 배제했다. 마케팅을 하려면 마케팅 비용이 든다. 마케팅 비용은 필연적으로 제품 가격에 반영된다. '가성비 마케팅'을 진행했을 때의 마케팅 비용 역시 가성비 제품에 반영될 것이다. 소비사회에서 가격과 성능이 비례하지 않는 경우의 수는 내가 상상할 수 있는 한 하나뿐이다. 사람의 마음이 변했을 때. 그래서 사람의 마음에서 벗어난 악성 재고 중에선 품질이 좋은 물건이 있을 수 있다.

다행히 나에게는 다른 참고 자료가 있었다. 잡지사니까

외국 잡지나 외국 책들은 언제나 사무실 주변에서 구할 수 있었다. 잡지사는 늘 그런 자료를 참고하게 마련이고 몇 년 지난 것이라면 누구나 볼 수 있을 정도로 방치되어 있기도 했다. 내 참고 자료는 옛날 책이어도 상관없었다. 오히려 옛날 책이 더 좋았다. 나는 최신형 세트장이 아니라 내가 살 집을 꾸미는 중이라는 사실을 잊은 적이 없었다. 최신 인테리어가 아니라 시간이 지나도 질리지 않는 인테리어에 관심이 있었다. 그 면에서 옛날 잡지나 책들은 분명히 도움이 되었다. 그 옛날 자료들을 봐도 '이건 덜 촌스러운데' 싶은 게 있었으니까.

거기 더해 출장을 다닐 때 몇 번 갔던 스위스의 에어비앤비도 살아 있는 교재 같은 곳이었다. 내가 가본 제네바나 바젤의 에어비앤비 주인들은 집이든 가구든 좋은 소재로 된 걸 사두고 오랫동안 다듬며 쓰고 있었다. 소재가 튼튼하고 마감이 성의 있다면 디자인이 촌스러운 것도 둘째 문제였다. 내구성 있는 소재로 만든 물건을 사람이 지속적으로 다듬고 가꾸면 자연스러운 멋이 땅속의 작은 샘물처럼 흘러나온다. 물건의 생김새나 노후도나 가격과는 조금 다른 문제다. 마냥 비싸고 새로 나온 게 덜 중요할 수 있다는 사실을 에어비앤비에서 배웠다.

다만 한국은 스위스가 아니고 나는 부자가 아니다. 눈만 높아지고 예산에 한계가 있던 현실의 내가 가장 많이 갔던 곳은 이케아 매장이었다. 스위스의 에어비앤비에서 보았던 이케아 제품들이 광명시에 똑같이 있는 걸 보며 '글로벌 기업이란 대단한 거구나'라고 몇 번씩 생각했다.

대단한 글로벌 기업 이케아의 카탈로그와 매장을 번갈아 보면서 깨달았다. 사진은 현실과 차이가 있다. 모르긴 몰라도 이케아 카탈로그 작업에 참여한 디자이너와 포토그래퍼와 에디터들은 해당 분야 세계 수준의 인력들일 것이다. 나역시 물건을 소재로 사진이나 페이지를 만드는 게 직업의 일부다. 어떻게 보여주어야 싼 게 덜 싸 보이는지 조금은 안다. 그러니 이케아 카탈로그의 사진을 너무 믿으면 안 된다. 거기 더해 100퍼센트 이케아 가구로 집을 채웠을 때 특유의 기운이 있다. 집에 삐걱거리는 장난감만 채운 느낌과 비슷하다. 그것도 이케아 가구로만 방 전체를 채운 스위스의 에어비앤비에서 깨달은 점이었다. 이케아 가구는 싸고 보기에 멋지고 몸을 기대면 삐걱거린다. 그러니까 이케아 비율을 너무 높이면 안 된다.

질문이 이어졌다. 그러면 어디에 이케아를 쓸까? 나는 집에 들어갈 가구를 두 종류로 나눴다. 떠날 때 버릴 가구와 떠날 때 가져갈 가구. 버리고 떠날 가구는 이케아, 버리지 않을 가구는 이케아 아닌 것으로 하기로 했다. 그래서 집에 설치한(=버리고 갈 수밖에 없는) 가구는 100퍼센트 이케아로 통일했다. 앞서 말한 세면대와 거울장, 다용도실과 침실의 천장 조명, 화장실의 수건걸이와 샤워 커튼과 샤워 커튼걸이까지 모두 이케아로 결정했다. 이케아 싱크 설치도 잠깐 생각했지만 싱크대를 안 쓰기로 했으니 거기까지는 돈을 쓰지 않기로 했다. 집에 붙박이로 설치된 이케아의 세면대와 거울장과 조명은 모두 굉장히 만족스러웠다.

목재는 특성상 저렴한 티를 숨길 수가 없다. 비싼 나무는 색과 결이 고급스럽다. 비싼 인력은 그 나무를 재료로 황홀한 곡률의 가구를 만들어낸다. 튼튼하나 저렴한 나무를 쓴 직선 위주의 이케아 나무 가구는 운명적으로 조금 덜 우아해진다. 반면 이케아의 철제와 플라스틱은 가격 대비 도장 상태나 질감이 굉장히 좋다. 유럽 특유의 세련된 색감이 여기서는 확실히 빛난다. 같은 흰색이나 회색이어도 색의 톤이나 광택의 정도에서 유럽과 아시아는 조금의 차이가 있다. 우열이라기보다는 기호의 영역인데, 나는 가격이 싸도 이케아가 보여주는 유럽풍의 색과 질감이 좋았다. 이런 거야말로 허세지만 어쩔 수 있나. 내 안의 허세가 나를 잡지 에디터라는 직군으로 몰고 갔을 것이다.

설치하지 않고 그냥 쓸 가구 중 나중에 버릴 가구는 무엇일까? 이건 크기로 구분했다. 옷장이나 침대 등의 대형 가구는 처음부터 버릴 생각으로 골랐다. 큰 걸 고급품으로 산다면 너무 비싸서 애초부터 예산 초과였다. 예를 들어 일하면서 구경한 좋은 침대는 도저히 내 집에 놓을 수 없었다. 좋은 매트리스와 좋은 침대의 값은 금세 수백만 원에서 수천만 원대까지 올라간다. 비싸봐야 100만 원 정도인 수도꼭지와는 달리 근처에도 갈 수 없다. 그래서 침대 역시 처음부터 이케아로 결심했다. 이케아 쇼룸에 갈 때마다 가족이나 신혼부부 손님들 사이에서 혼자 침대에 누워보았다. 이케아에서 혼자 가구를 보러 오거나 혼자 침대에 눕는 남자는 나뿐이었지만 다행히 모두 각자의 일행이 있었기 때문에 아무도 나에게 신경을 쓰지 않았다.

결과적으로 이케아는 나에게 좋은 선택지였다. 저렴한데

예쁘니까. 여기서 '예쁘다'는 건 장식을 위한 장식이 없이 비례와 구조만으로 디자인을 완성한다는 뜻이었다. 그렇기 때문에 사진으로 찍으면 예쁘고 실제로 보면 저렴한 티가 나는 것이기도 했다. 사진으로는 저렴한 소재를 가리는 게 가능하기 때문이다. 이케아에는 그런 의미의 멋진 가구가 많았다.

저렴하고 품질 좋은 국산 가구도 많은 걸로 알고 있다. 안타깝게도 저렴하고 품질 좋은 국산 가구는 내 눈에 그리 마음에 들지 않았다. 그 이유 역시 이케아에 있는 장점이 없기 때문이었다. 어딘가 비례가 내키지 않는다거나, 구조적으로 모자라거나 불필요한 부분이 있거나, 장식을 위한 장식이 있거나. 성량은 풍부하나 하지 않아도 되는 고음 바이브레이션을 넣는 바람에 듣는 내가 조금 난처해지는 결혼식 축가 같은 느낌의 가구가 국산 가구에는 좀 보였다. 적어도 이케아에 그런 가구는 없었다. 그런 이유로 옷장과 책꽂이는 처음부터 이케아로 결정했다. 그중에서도 가장 저렴한 걸로.
가구의 비율을 조정할 필요는 있었다. 나의 예산은 한정되었고 무리해서 돈을 쓰고 싶지도 않았지만 집의 모든 가구를 이케아로 채울 생각도 전혀 없었다. 패닉의 〈달팽이〉가

사처럼 '문을 열자마자 잠이 들었다가 깨면 아무도 없을' 때 이케아 저가 가구 특유의 번질번질한 광택만 눈에 띈다면 마음이 좀 안 좋아질 것 같았다. 평소엔 온갖 비싼 물건을 구경하고 행사라도 초대받으면 루이 뢰더러니 하는 그런 샴페인들을 얻어 마시다가 집에 갔는데 1회용품에 가까운 조악한 가구들만 있다면 '내 삶이 겉보기에만 멀쩡하고 가까이 가면 삐걱거리는 MDF 가구와 무슨 차이가 있나' 싶어지며 처량한 기분이 들 것 같았다. 그런 기분을 피하기 위해서라도 이케아 비율을 맞춰야 했다.

그런 생각으로 틈날 때마다 영등포와 광명을 오가며 왜건 뒷자리에 계속 이케아의 뭔가를 실어서 사 왔다. 그 뭔가는 큰 가구일 때도 있었고 나무 옷걸이와 옷걸이 커버일 때도 있었고 똑같이 생긴 수건 20장일 때도 있었다. 그 과정에서 이케아 장바구니만 많아졌다. 아무 생각 없이 갔다가 물건 담을 곳이 없어서 장바구니까지 샀던 때가 여러 번 있었기 때문이었다. 그렇게 바보 같은 경험을 하며 이케아 경험치가 쌓였다.

이케아에 수십 번 다녀본 결과 이케아에서 가장 가치 있는 건 이케아 365의 식기라는 결론을 내렸다. 나는 이케아

365의 기본 식기와 컵들이야말로 디자인의 민주화를 추구하는 북유럽 디자인 그 자체라고 생각한다. 이케아 식당에 있는 메뉴도 다 먹어보고(바닷가재는 빼고) 계산하고 나오면 눈앞에 보이는 카페테리아 메뉴도 다 먹어보았다. 계산대 바로 앞에 있는 세일 상품과 전시 상품 코너도 늘 들렀다. 빠듯했으니까.

혼자 이케아 매장에 하도 자주 가다 보니 이케아에 가는 동선이 따로 생겼다. 이케아 매장에 처음 가면 권장되는 동선이 있다. 쇼룸을 한 바퀴 돌았다가 조명과 소품 매장 코너를 지나 포장된 가구가 있는 곳을 거쳐 카트에 물건을 싣고 계산하고 나가는 구조다. 이 구조로 움직이면 소비자 입장에서 두 가지 원치 않는 효과가 생긴다. 우선 시간과 운동량 낭비다. 이케아는 쇼룸도 엄청 크다. 그냥 걸어가기만 해도 10분쯤은 걸린다. 게다가 쇼룸을 보다 보면 필요 없는 물건을 사게 될 때가 있다. 인생은 화보가 아니고 내 집은 이케아 세트가 아니다. 살 게 확실하다면 쇼룸을 볼 필요가 없다.

그 사실을 깨닫고 나는 매장을 역류하기 시작했다. 내가 살 물건들을 미리 인터넷으로 봐두었다. 계산대 사이를 보면 소비자가 입장 가능한 통로가 있었다. 그리로 들어가서 세일 코너를 가장 먼저 보고 살 것만 사서 나오고 핫도그 세트를 먹었다. 시간이 남으면 이케아 멤버십 회원은 무료로 먹을 수 있는 커피를 한 잔 마시고 시작했다. 커피 한 잔 값 때문만은 아니었다. 원가 절감의 달인 이케아에 내가 할 수 있는 만큼의 원가 절감 노력으로 응수하고 싶었다.

이케아에서 가장 먼저 사 온 대형 기구는 책꽂이와 옷장이었다. 버리고 나올 가구라고 생각했으니 책꽂이와 옷장 중에서도 가장 싼 걸로만 골랐다. 대신 똑같은 걸 여러 개 샀다. 원래 아무리 보잘것없는 것도 똑같은 걸 여러 개 겹치면 그럴듯해 보인다. 냉장고 모양 비닐 옷장인 브레임을 3개 사서 조립하고는 혼자 '이건 서도호풍이로군'이라 생각하며 피식 웃었다. 책꽂이는 한 번에 4개를 샀다. 짐의 대부분이 책이니까 당연했다. 책꽂이 역시 가장 저렴한 예르스뷔를 골랐다. 이케아의 대표 책꽂이인 빌리도 내게는 사치였다. 이탈리아 타일을 고르고 화장실 공사까지 한 주제에 무슨 빌리가 사치냐고 생각하실 분이 계실지도 모르겠다. 하지만 이게 내 우선순위였다.

싼 가구 사이에서도 원칙은 있었다. 색을 하나로 맞추고 싶었다. 뭐든 한 가지 색으로 가구와 색을 통일하면 이케아 특유의 애잔한 느낌이 가시지 않을까 싶었다. 아니, 가시길 바랐다. 그런데 보통 가장 저렴한 옵션을 선택하면 색을 고르기가 힘들다. 예르스뷔만 해도 색깔은 흰색 하나뿐이었다. 그래서 온 방 안의 가구를 예르스뷔에 맞췄다. 옷장도 흰색으로 고르고 연장선도 흰색으로 샀다. 이후에 집 안에 들일 물건들도 늘 방의 주된 색이 흰색임을 생각하면서 골랐다. 흰색이 아닌 건 흰색으로 다 칠했다.

침대는 조금 더 생각해 봐야 했다. 처음엔 침대를 놓고 살 생각이 없었다. 본가에서 평생 요를 깔고 살았기 때문에 혼자 사는 집에서도 요를 깔고 자고 싶었다. 요를 깔면 공간 활용도가 굉장히 높아진다. 나는 최대한 변형 가능성이 높은 공간에서 살고 싶었다. 아울러 요를 깔고 지내며 바닥에 앉아 사는 삶을 살아야겠다고도 생각했다. 그러면 의자를 살 필요도 없어진다. 바닥과 가까이 살 생각이었기 때문에 좋은 바닥에 고집을 부렸던 것이기도 했다. 그런데 좋은 바닥의 꿈이 사라졌으니 요를 고집할 필요도 없었다. 오히려 바닥을 가려줄 가구가 필요했다. 침대를 놓아야 했다.

내가 가구를 고르던 당시의 이케아에는 마음에 드는 흰색 침대가 없었다. 우선 내가 원했던 사이즈는 슈퍼싱글이었다. 내 방은 가로 90센티미터짜리 싱글베드를 놓기엔 꽤 컸다. 그렇다고 가로 150센티미터인 더블베드는 혼자 자는데 너무 넓다 싶었다. 그래서 폭 120센티미터인 슈퍼싱글을 골랐다. 이건 두고두고 후회하는 부분 중 하나다. 슈퍼싱글을 쓰시는 분은 아시겠지만 이 사이즈로는 매트리스와 베개 커버의 종류가 아주 제한된다. 한때 취미가 매트리스 커버 쇼핑이었는데 할인율이 큰 걸 집어도 슈퍼싱글 사이즈에 맞지 않아서 늘 안타까워하며 내려놓아야 했다.

슈퍼싱글 사이즈 침대 중 내가 생각한 가격대에 맞는 건 가장 저렴한 원목 침대였다. 말이 원목이지, 소나무 원목은 물 빠진 듯 옅은 노란빛에 갈색 옹이가 대놓고 보인다. 원목 하면 생각나는 긍정적으로 고급스러운 느낌보다는 싸게 팔려고 도색 안 하고 출고한 가구 느낌이 더 많이 든다. 그걸 사서 흰색으로 칠하기로 했다. 원칙을 지키고 싶은데 내 여유가 부족하니 내 몸을 쓸 수밖에 없었다.

그래서 마감이 끝난 6월의 어느 날 나는 혼자 집에 와서 이케아 침대의 나무 부품들을 칠하기 시작했다. 다 조립하고 칠하면 물감이 묻지 않는 틈새가 생기니까 조립 전의 모든 부품을 흰색으로 칠하고 조립하기로 했다. 페인트는 이케아의 흰색 오일스테인을 썼다. 가격에 비해 좀 비쌌지만 냄새가 없고 품질이 좋은 독일제였다. 두고두고 잘한 결정이었다. 일반 페인트보다는 조금 묽은 질감이라 소나무의 옹색한 색은 가려지고 원목의 결이 남았다. 대신 색을 가리고 결을 남기고 표면을 깨끗하게 만들려면 절차가 좀 필요했다. 사포질하고 나서 한 번 칠하고. 칠한 게 마르면 한 번 더 칠하고. 하루쯤 말렸다가 고운 사포로 한 번 더 표면을 정리해 작은 가루들을 제거하고. 그 과정을 몇 번씩 반복했다. 부품이 마르고 침대를 조립하는 데에 2주쯤 걸렸다.

그 과정들은 종종 고되면서도 묘하게 위로가 되었다. 이렇게 적어놓고 보니 지루해 보이기도 하고 시간과 돈 등 여러 가지를 낭비한 것 같기도 하지만 그때의 나는 그런 걸 생각할 정신이 없었다. 여느 회사 일들이 그렇듯 잡지사 일도 안 되는 것들이 많았다. 여러 가지 이유로 하던 일들이 꼬이고 취소되고 거절당하고 난처한 상황에 놓이는 게 잡지 에디터의 일상이었다.

그때 나도 마찬가지였다. 한창 이케아에 다니고 이삿짐을 옮기고 해본 적 없는 페인트칠을 하던 때 〈에스콰이어〉에디터로의 나는 이런 일을 하고 있었다.

어른을 위한 만화책 소개 원고

섹스할 때 존대를 할지 반말을 할지 욕을 할지에 대한 취재 원고

배우 지성과 함께하는 해외 촬영 화보 진행 및 인터뷰(스위스와 프랑스에서 진행했다. 지성 님은 인품도 프로 의식도 확실한 사람이어서 많이 배웠다)

문헌학자 김시덕 인터뷰

로저 드뷔 CEO 인터뷰(토쿄에서 진행했다)

음식에 손이 간 장면을 주제 삼은 시계 화보(평이 별로 좋지 않았다)

배우 성훈과 사진가 조세현이 함께한 아오모리 여행 기사 및 현지 화보(일본 아오모리에서 진행했다. 성훈 님은 이 출장 이후 〈나 혼자 산다〉에 출연하며 인기가 급상승했다. 아오모리에서도 내내 친절한 분이었어서 볼 때마다 기쁘다)

한국에 외국에, 만나야 하는 사람들과 맞춰야 하는 일정

들이 촘촘히 쌓여 있었다. 내가 만지는 것들은 값비싸고 화려했지만 내 수입과 정신 상태는 화려하지도 부유하지도 않았다. 그러나 적어도 이 집을 꾸밀 때는 고민할 구석이 없었다. 어떻게든 괜찮게 살아보려고 꾸미고 있는 낡은 집이 내 현실이었다. 이 현실 안에서 추상적인 고민은 무의미했다. 옷장과 책꽂이를 조립해 하나씩 방 안에 끼워 넣던 순간들, 전부 흰색으로 칠한 부품을 조립해 마침내 흰색 나무 침대가 만들어진 순간들. 그 침대 위에 매트리스를 펴서 처음으로 누워보던 때, 그런 것들이 나의 확실한 성취였다.

성취하지 못하고 남겨둔 것도 있었다. 예를 들면 나무 침대에 들어가는 피스가 그랬다. 이케아 나무 침대에 들어가서 각 부품을 체결하는 고정 피스는 검은색이다. 흰색 부품에 검은색 피스를 끼우려니까 달마시안의 얼룩무늬처럼 엄청나게 티가 났다. 오일스테인은 금속에 칠할 수 없으니 흰색 피스를 만들려면 별도의 흰색 스프레이를 사서 뿌려야 했다. 한 번만 뿌리면 잘 벗겨질 테니까 사서 뿌리고 또 뿌리는 걸 반복해야 튼튼한 흰색 피스가 될 것이었다.

나는 그렇게까지 집요한 사람은 아니다. 피스를 보며 잠깐 고민하다 '그건 아니야'라고 고개를 절레절레 저으며 검은색 피스를 돌려 감았지만 원고를 적는 지금 돌아보니 새삼 마음에 들지 않는다. 그때 흰 스프레이를 뿌렸어야 했는데.

있어야 할 것과 없어도 되는 것:
상식이 아니라 습관에 따랐다

———

혼자 사는 건 나 자신에 대해 계속 생각하는 것이기도 했다. 집에 들어갈 걸 누군가가 채워주지 않았고 내 예산에는 한계가 명확했다. 그러니 나는 내 삶에 무엇이 필요한지를 열심히 생각해 볼 수밖에 없었다. 질문은 크게 둘이었다. 나는 무엇이 필요한가? 그리고 내가 필요한 것 중 이 집에 있어야 할 것과 없어도 되는 것은 무엇인가?

이 집을 고른 것 자체가 내가 무엇을 원하는지를 보여주는 예일 수 있었다. 나는 주차가 가능하고 입지가 조용하고 가능한 한 저렴한 곳을 원했다. 이 집은 그 조건에는 완벽히 맞았다. 그 조건에 만족했기 때문에 내 수준에서는 큰 규모의 공사와 그럼에도 여전히 곳곳이 낡은 집과 그 집의 특이한 구조와 그보다 더 특이한 집주인을 받아들였다.

내 생활 습관은 어땠을까. 집에서 편도 1시간 거리의 강남권으로 출퇴근하는 직업이었다. 잡지사는 성격상 마감과 돌발 상황이 있어서 출근 시간은 좀 유연한 편이었다. 대신 늦게 퇴근할 때도 많았다. 러시아워를 조금 피해갈 수 있다는 뜻이었다. 아침은 안 먹었다. 주된 여가는 책 읽기와 음악 듣기. TV는 거의 보지 않았다. 전반적으로 무난한 성격이라고 생각하지만 냄새에는 조금 신경이 쓰이는 것 같았다. 이런 전제를 위해서 필요하지 않은 걸 먼저 정했다. 사지 않을 걸 먼저 정해야 그다음이 편할 것 같았다.

나는 우선 음식과 조리에 관련된 건 아무것도 사지 않기로 했다. 앞서 말한 것처럼 이 집은 부엌에서 요리를 하면 반드시 냄새가 한곳에 모이는 구조였다. 요리를 한다면 집의 위생 상태가 나빠질 가능성이 무척 높아 보였다. 집에 시간과 노력을 쓸 일도 많지 않은데 위생 상태가 나빠진다면 내 몸과 마음의 컨디션도 그에 맞추어 나빠질 것 같았다. 그러니 집에서의 취식은 최소화하기로 했다. 프라이팬, 냄비 등의 조리 도구와 수저 등의 취식 도구를 일절 사지 않기로. 특히 침실에서는 물 말고는 아무것도 먹지 않기로 했다.

마찬가지 이유로 냉장고도 사지 않기로 했다. 요리를 하지 않을 거라면 식재료가 필요 없다. 식재료가 필요 없다면 냉장고도 필요 없다. 거기 더해 나는 원체 찬 걸 잘 안 먹는다. 어릴 때부터 찬 걸 먹으면 이가 시렸다. 지금도 차가운 물은 잘 안 마신다. 아이스크림도 내가 먼저 사 먹는 일은 없다. 아이스 아메리카노를 마시는 날도 근 몇 년 동안 1년에 2회를 넘지 않았다. 2019년에 내가 아이스 아메리카노를 먹은 적은 딱 두 번이었다. 한 번은 40도 가까이까지 온도가 올랐던 여름의 절정, 한 번은 남이 잘못 시켜줬을 때였다. 2020년에는 아이스 아메리카노를 한 번 먹었다. 남이 잘못 시켜줬다.

집에 음식이 없을 때 확실한 장점은 집에 음식 냄새가 없다는 것이었다. 음식을 안 둔다는 친구의 이야기를 들은 적도 있다. "호텔 방에 들어가면 묘하게 생활 감각이 없는 느낌이 나지. 왜 그렇게 깔끔한 냄새가 나는지 알아? 음식이 없어서 그래." 그 말을 듣고 난 후 호텔 객실에 들어갈 때마다 코를 킁킁거리게 될 정도로 공감 가는 이야기였다.

음식 냄새에는 생활의 냄새 같은 면이 있었다. 생활의 냄새는 좋다. 하지만 꾸준히 관리된 생활의 냄새여야 좋다. 나는 크고 낡은 집에 살게 된 1인 가구의 유일한 구성원이 될 것이었다. 꾸준히 생활을 관리할 수 있을 것 같지 않았다. 넓은 집에 저렴하게 살게 되었으니 이 집에서 구현할 수 있는 쾌적함을 최대한 끌어올리고 싶었다. 냉장고를 두지 않은 큰 이유이기도 했다. 옷장이 크면 옷을 채우고 싶기 마련이듯 냉장고를 두면 그 안에 뭐라도 채우고 싶어지니까.

내 생활 환경도 집에 음식이 별로 필요 없다는 신호를 보내고 있었다. 어차피 아침은 먹지 않고 점심은 밖에서 먹고 저녁은 야근할 때가 많은 생활이었다. 본가에는 고맙게도 엄마가 해둔 음식이 있었지만 피로와 스트레스가 버무려진 상황에서의 음식은 고칼로리 야식의 재료일 뿐이었다. 맛있게 먹어놓고 후회하면서 잠든 지난 몇 년이 떠올랐다. 그걸 막기 위해서라도 집에 음식을 두지 않고 싶었다.

다만 정 안 되겠다 싶을 때 먹을 수 있는 최소한의 음식은 필요했다. 그래서 집에는 크래커와 물만 두기로 했다. 어차피 아침을 안 먹으니까 아침에는 물만 마시고 점심때부터 밥을 먹으면 된다. 아침에 출출하다면 회사 근처의 카페나 편의점에서 주전부리를 먹으면 된다. 서울은 미안할 정도로 외식 물가가 싼 나라다. 저녁쯤이야 어떻게든 먹을 수 있다. 그 생각에 대용량 크래커를 사고 500밀리리터 생수를 계속 주문했다. 적게는 20개씩, 많게는 100개씩. 40개를 사면 한 달 정도 먹었던 것 같다.

TV도 내 삶에서 필요하지 않았다. 본가에 살 때 가장 신경 쓰이던 것 중 하나도 TV 소리였다. 왜인지는 모르겠는데 나는 TV 소리가 즐거웠던 적이 별로 없었다. 한국 TV 프로그램에 나오는 사람들은 예능이든 드라마든 뭔가 흥분해 있거나 화가 난 상태인 것 같아서 옆에 있는 나까지 불안해졌다. 게다가 TV는 비싼 물건이다. 자취하는 입장에서 보면 적게는 수십만 원, 크게는 100만 원이 넘어갈 수도 있다. 친구들이 혼수로 샀다는 TV 이야기를 들을 때마다 '그렇게 비싸다고?' 싶은 적이 한두 번이 아니었다.

거기 더해 TV는 공간에도 큰 영향을 미친다. 일정한 만큼의 공간을 차지하는 걸 넘어 TV가 공간 배열 자체를 결정한다. TV 맞은편에 소파가 놓이고 TV 밑으로는 TV 장이 놓이고 TV 옆으로는 스피커가 놓인다. 나는 그런 공간 구성을 원하지 않았다. 애초부터 TV를 두기 위해 별도의 장을 사야 한다는 것부터가 내게는 와닿지 않는 이야기였다. 그냥 TV를 안 사면 되는 걸. 요즘 TV는 별도의 브래킷을 연결해 벽에 걸어두는 방식으로도 설치하는데 그런다 해도 'TV용 빈 벽'이 필요하다. 그것도 내가 원하는 인테리어의 그림은 아니었다.

군이 TV를 놓아야 하거나 놓을 수 있다면 나는 TV가 전혀 보이지 않다가 내가 원할 때만 드러나는 공간을 만들고 싶었다. 예를 들어 TV 장을 열었을 때만 TV가 보인다거나, 벽 전체에 설치된 서재 책꽂이 공간의 일부가 TV여서 그 책꽂이의 일부를 걷었을 때만 TV가 나온다거나. 뭐가 됐든 이 집에서 구현할 수 있는 수준의 인테리어는 아니었고, 나는 TV를 어지간히 안 좋아하는 모양이다. 한국은 하드웨어로나 콘텐츠로나 명실상부한 TV 디스플레이의 나라인데, 뭐 그래도 이런 사람 하나쯤 있을 수도 있지. 인테리어 이야기로 돌아가자.

냉장고와 TV를 두지 않기로 마음먹으니 여러 가지가 깔끔해진 기분이 들었다. 냉장고가 없으니까 전자레인지를 살 필요도 없어졌다. 나는 토스터나 전기주전자처럼 소소한 생활가전을 좋아하지만 이 집에 사는 한은 쓰지 않기로 했다. 기계든 전자기기든 모든 물건은 기본적으로 고장 날 확률이 있다. 그런데 이 집은 그렇지 않아도 낡았기 때문에 가만히 있어도 집 곳곳이 고장 날 것이라 생각했다(이 예측은 안타깝게도 몇 달 후에 여러 방면에서 맞았던 것으로 드러났다). 집 안에 있는 모든 물건이 고장 날 총확률을 조금이라도 줄이는 측면에서 전자기기는 사지 않기로 했다.

나는 21세기 러다이트 운동가가 아니다. 불편을 딱히 좋아하지 않는다. 물론 내게도 필요한 전기 제품이 있었다. 대표적으로 진공청소기를 사야 했다. 나는 애초부터 걸레질을 최대한 덜 할 수 있도록 집을 꾸미고 싶었다. 어릴 때의 기억 때문이었을 것이다.

어릴 때부터 엄마를 도와 집안일을 많이 했다. 그중에서도 걸레질이 가장 고되었다. 걸레도 꼭 짜야 하고 먼지를 잘 닦아내려면 걸레로 바닥을 밀어낼 때 바닥을 누르듯 힘도 줘야 한다. 은근한 육체적 노력을 요하는 건 물론이고 머리카락 등을 놓치면 안 되니까 집중력과 관찰력까지 필요했다. 그러니 바닥 청소에 드는 노동력을 최소화하고 싶었다. 걸레질을 최소화하려면 바닥에 끈적거리거나 묻는 것이 떨어질 확률을 줄이면 된다. 그 역시 요리를 하지 않기로 한 이유 중 하나이기도 했다. 바닥을 닦지 않아도 된다면 청소는 먼지만 빨아들여도 충분했다. 먼지를 빨아들이는 진공청소기에 투자하는 건 그런 이유로 나에게 의미가 있었다.

어떤 진공청소기를 살지도 한참 생각했다. 이 집에 나와 살면서 현대 사회에 물건이 얼마나 많은지 알게 됐다. 진공청소기는 또 얼마나 많은지. 먼지봉투 있는 것과 없는 것, 무선과 유선, 저가형과 고가형 등 들여다보기 괴로울 정도로 변수가 많았다. 나는 한참 생각하다가 단종된 다이슨의 유선 진공청소기를 골랐다. 나는 다이슨의 모터 기술과 먼지 봉투 없는 구조와 그런 구조를 생각해 냈다는 용기에 큰 점수를 주고 있었다. 내가 진공청소기를 살 때는 이미 삼성전자와 LG전자가 각자의 기술을 담은 고급 청소기를 출시한 상태였다. 한국은 스펙의 나라, 기능 역시 그쪽이 더 좋았다. 하지만 나는 조금 불편해도 원조를 응원하는 성격이다. 스펙을 찾다 보니 선이 있는 제품이 더 출력이 높았다. 기능도 더 간단할 테니 고장률도 그만큼 떨어질 것이었다. 중고나라에서 계속 찾아보다가 주말 근무를 하는 어느 날 회사 근처에서 직거래로 구입했다.

사회적 인간에게는 헤어드라이어도 없으면 안 되는 물건이었다. 한때는 머리 만지는 게 귀찮아서 삭발을 고수하거나 어깨까지 머리를 기르기도 했다. 그렇게 살아보니 개성을 추구하거나 남 눈치를 안 본다는 이유로 남의 눈에 띄는 것도 피곤한 일이었다. 남과 다르다는 이유만으로 남에 대해 한 마디씩 하는 사람들의 평가라는 게 심오하거나 기분 좋은 이야기일 때는 별로 없다. 잡지 에디터라고 하면 준아티스트처럼 생각하는 사람도 있지만 나 역시 사회의 일원으로 사는 평범한 직장인이다. 별거 아닌 걸 해보겠다고 남다른 헤어스타일을 고집하고 싶지 않았다. 헤어드라이어를 사는 이유에 대해 말이 너무 길어지긴 했는데 어쨌든 헤어드라이어를 찾아야 했다.

헤어드라이어도 진공청소기만큼이나 변수가 많았다. 소비자 입장에서는 무슨 물건을 사려 해도 혼란이 올 것 같았다. 세상에 왜 이렇게 물건이 많지? 내가 생각했던 요소는 색과 디자인 정도였다. 거울장과 세면대와 세면대 하부장이 모두 흰색이었기 때문에 헤어드라이어도 흰색으로 맞추고 싶었다. 한참 찾아보다가 필립스의 흰색 헤어드라이어를 샀다. 항공 모터가 들어 있다는 JMW도 생각했고 헤어드라이어계의 포르쉐 911 같은 다이슨 헤어드라이어도 생각했지만 필립스가 더 쌌다. 나는 이미 여러 군데에 돈을 너무 많이 썼다.

음악 재생 기기는 다행히 신경 쓸 필요가 없었다. 마침 집에서 쓰던 작은 오디오 시스템이 멀쩡했다. 90년대의 앰프와 북쉘프 스피커였다. 한 세트에 20만 원쯤 하는 중고품이었는데 나에게는 넘치지도 모자라지도 않게 딱 적당했다. 본가에 있을 때는 이 앰프에 케이블을 연결해 PC나 스마트폰에 있는 음악을 들었다. 공간을 쩌렁쩌렁 울릴 것도 아니고, 여러모로 충분한 구성이었다.

혼자 나와서 사니까 음악 듣기의 난이도도 조금 높아졌다. 본가에 살 때는 와이파이가 있었으니까 컴퓨터로 음악을 들으면 그만이었다. 혼자 사니까 스마트폰 스트리밍 서비스를 써야 음악을 들을 수 있었다. 마침 내가 나가 살 때쯤 아이폰이 이어폰 단자도 없애서 일반 오디오 케이블에 연결하기 더 불편해졌다. 본가에서는 쓰지 않던 앰프의 튜너 기능을 쓰기로 했다. 튜너 기능을 쓰려 하니 튜너에 붙일 안테나가 필요했다. 세상에 그냥 되는 일이 하나도 없구나. 오픈마켓에서 가장 저렴한 오디오용 안테나를 찾아서 샀다. 오픈마켓은 그 이름처럼 없는 게 없었다.

지금 생각하면 말도 안 될 정도로 유치한데 내가 이 집에서 바랐던 건 특정한 장면이었다. 그 장면이란 그냥 음악을 켜두고 책을 읽는 것이었다. 세상에 그냥 이루어지는 건 하나도 없었다. 그걸 구현하기도 쉽지 않았다. 이를테면 오디오를 올려둘 책상도 하나 없었다. 이사 갈 때 샀던 이케아 종이 상자 위에 앰프를 올려두고 스피커는 그냥 바닥에 두었다. 라디오 안테나가 온 날 그걸 연결해서 천장 근처, 전 입주자가 박아둔 못에 걸어두었다. 치지직 소리만 나던 앰프에 안테나를 연결하자 정제된 물처럼 깨끗한 소리가 스피커에서 흘러나왔다. 아무것도 없던 방에 소리가 채워질 때의 그 느낌을 아직 잊지 못한다. 그렇게 작은 순간들이 혼자 집을 채울 때의 위안과 기쁨이 되었다.

이 시스템은 지금도 잘 쓰고 있다. 앰프는 90년대풍 금색으로 도색된 소니의 디지털 AV용 앰프다. 왼쪽 위에 붙어 있던 SONY의 엠블럼이 이사하는 도중에 떨어져 나간 것만 빼고는 멀쩡하다. 스피커는 독일의 ALR 조단에서 나온 미디움 사이즈 북쉘프 스피커다. 유명한 모델은 아니지만 소리가 좋은 스피커라 전혀 불만이 없다. 나중에는 이 시스템에 알리익 스프레스에서 파는 블루투스 리시버를 붙였다. 그러고 나자 훨씬 편리하게 음악을 즐길 수 있게 됐다. 현대 사회의 대도시에서는 냉장고는 안 쓰고 블루투스 리시버만 쓰며 살 수도 있는 것이다. 그 삶도 나쁘지 않았다.

의자의 모험:
이 월세방의 첫 의자는 제네바에서 왔다

————

정신을 차려보니 나는 어느새 들어와 살고 있었다. 너무 무책임한 말 아닌가 싶지만 정말 그랬다. 침대와 책꽂이를 설치하고, 본가에서 당장 입을 옷들과 책을 좀 가져오고, 이불과 수건을 사고 나자 그 집에 살 준비가 끝나 있었다. 집에 있던 옷과 책은 당시 갖고 있던 내 소형 SUV나 왜건으로 총 서너 번쯤 움직였더니 다 옮길 수 있었다. 책을 옮기던 날이나 라디오에서 소리가 나던 날은 기억나지만 처음 그 집에서 잠든 날은 잘 기억나지 않는다. 한창 더운 여름 정도였던 걸로만 기억난다.

수건까지는 신경을 써서 샀다. 면직물의 세계도 아주 여러 가지 변수가 있지만 수건에까지 공을 들일 수는 없었다. 수건은 소모품이고 소모품에까지 돈을 많이 쓰는 게 진짜 부인데 나에게 진짜 부를 실현할 만큼의 돈은 없었다. 똑같은 색의 수건을 쌓아둘 수 있다면 그게 나에게는 넘치는 사치였다. 이케아에 가서 무늬 없는 흰색 수건을 10장씩 샀다. 몸 사이즈 10장, 얼굴 사이즈 10장. 그걸 사고 나자 내게 필요한 건 다 있었다. 지금까지 내가 왜 이런 난리를 쳤나 싶을 정도였다. 사소한 불편 정도야 있었지만 그건 혼자 살며 익숙해지는 과정 정도로 생각했다.

집에 있을 만한 물건 중에서 묘하게 필요성을 가늠하기 힘든 물건이 의자였다. 어차피 그때는 집에 오래 머무르지 않았다. 의자에 앉아 있을 일 역시 별로 없었다. 집에 누군가를 부르지 않았으니까 손님 맞이용 의자 같은 것도 필요 없었다. 누군가와 같이 살았다면 의자 같은 걸 좀 사라고 면박을 들을 수도 있었겠지만 다행인지 불행인지 그럴 사람도 없었다.

좋은 의자 좋지. 그걸 어느 정도 알고 있어서 오히려 문제였다. 좋은 걸 보고 나면 나쁜 걸 사고 싶은 생각이 잘 안 든다. 의자 역시 선택의 여지가 너무 많았다. 좋은 건 너무 비싸고 싼 건 어딘가 아쉽게 생겼다. 그리고 어른 혼자 사는 집의 의자는 사실 한번 사면 웬만해서는 탈이 안 난다. 아무리 못생긴 의자여도 한번 집에 들어오면 혼란기에 입법된 악법처럼 집 안에 머무르게 된다. 그 사실을 알기 때문에, 혹은 그 사실을 안다는 핑계로 의자 없이 몇 달을 살았다. 집에 오면 씻고 나서 침대에 누워서 자고, 음악은 바닥에 둔 스피커로 듣고.

집에 좋은 의자가 있어서 좋은 의자의 중요성을 더 잘 알게 되었다. 잡지 에디터라는 직업의 우스우면서도 귀여운 점 중 하나는 형편에 비해 터무니없이 좋은 물건을 종종 갖고 있다는 점이다. 내게도 그렇게 터무니없이 좋은 물건들이 몇 개 있고, 그중 하나가 의자였다. 전에 잠깐 다른 일을 하며 사무실을 꾸밀 때의 일이다. 그때의 사장님은 디테일은 모르는 채 예산을 조금만 쓰면서도 좋은 효과를 내길 원했다. 수소문 끝에 덴마크에서 빈티지 가구를 취급하는 사업자와 연결해 그 회사의 가구를 사고 컨테이너 하나를 띄웠다. 그때 사 온 가구들 중 하나를 선물 개념으로 받았다. 자작나무로 만든 마그누스 올레센의 라운지 체어였다.

자작나무는 원목 나무의 소재 중 저렴한 편이다. 그래서 더 좋았다. 별로 비싸 보이지 않으면서도 만듦새가 좋았으니까. 내 형편이나 이런 집에 로즈우드처럼 고급 소재로 만든 가구가 있다면 무리해서 흰색 BMW 320d를 3년 리스로 산 사회 초년생처럼 애달파 보였을 것이다. 이사하면서 이 의자도 집으로 갖고 나왔다.

이 의자를 막상 써보니 보기 멋있는 만큼 쓸모가 있지는 않았다. 그냥 의자로 쓰려니 조금 낮고, 함께 있는 스툴을 앞에 깔고 다리를 펴려니 허리 각도가 불편했다. 고민 끝에 세면대 있는 방에 두고 관상용으로 썼다. 텅 빈 방 안에 의자만 하나 있으니 왠지 갤러리 같기도 하고 분위기가 나쁘지 않았다. 그 예쁜 의자를 매일 보고 살다 보니 눈이 높아졌다. 다른 의자를 놓을 생각이 잘 들지 않았다.

예쁜 의자란 무엇일까. 정답이 없는 이야기다. 다만 개인화된 답 정도는 있을 수 있겠지. 내게 예쁜 의자는 우연히 갖게 되어 방에 덩그러니 혼자 놓인 마그누스 올레센의 자작나무 라운지 체어 같은 것이었다. 꼭 비싼 소재를 쓰거나 유명한 디자이너가 만들지 않아도 된다. 내가 사는 집이 카페나 쇼룸도 아니고, '세계 100대 의자 중 하나' 같은 걸 둘 생각도 없었다. 난 그저 잘 만들어진 걸 갖고 싶었다. 물건이든 글이든 오래 쓰이도록 만들어진 게 있다. 그런 것들은 당장 티는 안 나도, 아니 오히려 당장 티가 나지 않기 때문에 오래 둬도 어색하거나 부담스러운 느낌이 들지 않는다. 그런 의자를 찾고 싶었다. 좋은 걸 구할 수 있다면 형편보다 조금 무리해도 좋다고 생각했다.

조금 돌아다니다 보니 한국에서 지금 가장 찾기 힘든 가구가 바로 그런 물건이라는 걸 알게 되었다. 한국의 어떤 계층에게는 '취향'이라는 말이 엄청나게 퍼져서 이제 사실상 해외 잡지에 나온 건 못 구할 게 없어졌다. 2010년대 중반까지만 해도 미드 센트리 가구 같은 걸 파는 곳은 한국에 한두 곳뿐이었는데 이제는 한 손으로 꼽기 힘들 정도로 많은 미드 센트리 전문점이 생겼다. 카이 크리스텐슨이니 한스 베그너니 하는 유명 북유럽 디자이너의 빈티지 가구도 한국에 많이 들어왔다. 그런 건 내 눈엔 좀 과해 보이기도 했고, 내 눈을 떠나 내 지갑 사정과 도저히 맞지 않았다. 의자 두 개 값과 내 월세방 보증금이 비슷한데 어찌 감히 그런 물건을 노릴 수 있겠나. 이리저리 생각하는 사이에 겨울이 오고 있었다.

그때 나는 〈에스콰이어〉에서 일하며 시계 담당 에디터를 하고 있었다. 시계 담당 에디터를 맡은 덕분에 약 7년 정도는 매년 두 번씩 스위스에서 열리는 시계 박람회 출장에 갔다. 여행으로 스위스에 가는 분들은 청정 자연이나 산 같은 것들을 떠올리시는 것 같은데 나는 일로 가는 바람에 산에 가본 적은 딱 한 번뿐이다(그것도 일로 갔다). 박람회장 안에서 새로 나온 시계만 계속 구경했다.

그런데 그 경험이 나의 기호에 도움이 되었다. 스위스의 흥미로운 점 중 하나는 이 사람들의 사업과 삶 사이의 거리감이었다. 내가 본 스위스 사람들은 뭐랄까, 온갖 비싼 걸 만들어서 전 세계에 갖다 팔면서도 자기들은 튼튼하고 소박한 물건을 오래오래 쓰는 타입이었다. 스위스 사람들이 운영하는 에어비앤비에 묵으며 그 사실을 깨달았다.

시계 박람회 출장을 가는 한국의 에디터나 기자들은 으레 에어비앤비를 쓰곤 한다. 제네바는 박람회 기간이면 비즈니스호텔의 1박 투숙료도 한국의 5성급 호텔 수준으로 올라간다. 바젤은 박람회 기간이면 시내의 모든 호텔 객실 수를 초과하는 사람들이 온다. 회사에서 정해주는 숙박 예산에 맞추려면 에어비앤비에 가는 수밖에 없었다. 에어비앤비라고 부르면 뭔가 다른 시설 같지만 그냥 남의 집이다. 그 집 주인들은 다들 오래되고 튼튼한 물건들을 꾸준히 관리하며 쓰고 있었다. 물가가 비싼 나라여서이기도 했지만 그런 삶의 자세가 밴 것 같았다. 좋은 가구도 유명한 가구도 아니었지만 그냥 잘 만들어진 물건을 오래 쓰는 집들을 몇 번씩 보았다. '이 사람들은 이렇게 사는구나' 싶었고, 그게 좋아 보였다.

2018년 초 제네바에 출장을 갔던 어느 토요일 오전이었다. 서양은 도시마다 토요일 아침부터 벼룩시장이 열린다. 토요일 아침에는 업무 일정이 없을 때가 많으니까 나도 한 번씩 가서 구경했다. 가보면 알겠지만 벼룩시장에서는 여행자가 살 게 별로 없다. 벼룩시장에서는 보통 옷을 산다. 그런데 30대 중반이 넘으면 벼룩시장에서 산 옷이 점점 어울리지 않게 된다. 그렇다고 다른 걸 사자니 유명한 벼룩시장에는 바가지를 씌우는 사람들이 많고, 안 유명한 벼룩시장에서는 정말 자기 집에나 있을 것 같은 허술한 중고품들이 많다. 바젤의 벼룩시장이 후자였다. 벼룩시장에 몇 번 갔지만 자신을 축구 선수 사미 케디라의 아버지라고 주장하는 사람(진짜 아버지였을지도 모른다)에게 스위스군 배낭 세트를 산 것 말고는 뭔가 사본 적이 없었다. 그날도 산책이나 해야지 싶어서 제네바 플랑팔레의 벼룩시장에 갔다. 숙소와 걸어서 15분 정도밖에 안 걸렸다.

비가 오려는 날씨라 벼룩시장은 평소보다 빨리 문을 닫고 있었다. 비어가는 벼룩시장의 부스 사이에서 놀랍게도 붕어빵을 파는 가게(한국식 붕어빵)를 봤다가 붕어빵 가격(스위스 시세)을 보고 놀라다가 그 의자를 보았다. 엉덩이와 등받이 부분은 나무로, 다리와 등받이 지지대는 철로 되어 있는 의자였다. 튼튼하면서도 날렵해 보였다. 앉아보았더니 정말 견고했다. 몸을 좀 움직여 봐도 삐걱대는 소리나 중심이 흐트러지는 느낌이 나지 않았다. 가격을 물었다. 30스위스프랑. 호오, 나쁘지 않았다. 한화 4만 원 남짓이었다.

벼룩시장에서 한 번에 사는 건 별로 추천하고 싶지 않은 일이다. 나는 모든 상품은 흥정할 수 있다는 사실을 벼룩시장에서 배웠다. 벼룩시장에서는 좀 더 흥정할 수도 있다는 사실도. 나는 엉덩이를 떼고 돌아선 후 한 바퀴 더 돌아보면서 생각을 시작했다. '집에 의자가 없었지. 저걸 가져가면 좋을 것 같은데. 소포로 부치면 되려나?' 몇 년 전만 해도 여기서 생각이 끝났겠지만 나는 그때 문명의 이기이자 족쇄인 무제한 데이터 로밍을 쓰고 있었다. 바로 검색을 시작했다.

스위스 우체국 홈페이지에 접속해 일반 소포로 보낼 수

있는 최대 크기를 찾아보았다. 오호? 얼추 될 것 같았다. 우편 발송 비용도 찾았다. 스위스 소포는 종류가 세 가지였다. 가장 빠른 것, 덜 빠른데 EMS 번호는 발급돼서 배송 추적은 가능한 것, EMS 번호가 안 나오는 것. 무게와 부피를 가늠할 수 없지만 대충 의자 하나면 많이 잡아도 10만 원 정도면 한국까지 부칠 수 있을 것 같았다. '다 합쳐서 15만 원 안팎이면 살 만하겠군'이라고 결론을 내렸다.

슬슬 다시 그 판매자에게 돌아가서 물어보았다. 20스위스프랑 가능한지. 유럽의 흐릿한 겨울처럼 우울한 표정을 짓던 아저씨는 체념했다는 듯 고개를 끄덕였다. 그래서 집에 들어갈 첫 의자를 제네바에서 사게 됐다. 신나서 의자를 들고 트램을 타고 숙소로 돌아왔다. 그때까지만 해도 이 의자 때문에 어떤 귀찮은 일이 생길지 짐작하지 못한 채.

휴가를 붙여 이틀인가 더 머무르다가 제네바에서의 마지막 날 의자를 들고 소포를 부치러 나갔다. 의자만 들고 나간 것부터가 문제였다. 나는 세계 최고의 고객 편의 국가 한국에서 왔다는 사실을 잊고 있었다. 숙소 근처 우체국 직원은 프랑스어밖에 못 해서 내 짧은 영어가 전혀 통하지 않았다. 우리는 언어의 장벽 아래에서 '여기는 박스가 없고 박스가 없으면 소포를 못 보낸다'는 메시지를 가까스로 주고받았다. 동네 우체국 직원은 제네바 중앙우체국에 가보라고 했다. 걸어서 20분 정도 걸리는 거리였다. 화분을 들고 다니는 레옹처럼 한 손에 의자를 들고 걸었다. 비가 와서 우산도 써야 했다. 몇 년 전 어느 겨울에 한 손에는 우산, 한 손에는 의자를 들고 제네바 시내를 두리번거리며 걷는 아시아 남자를 보셨다면 그게 나다.

제네바 중앙우체국에도 상자는 없었다. 우체국 직원은 걸어서 10분 거리에 문구점이 하나 있을 거라고 했다. 우산 쓰고 의자 들고 문구점에 갔다. 문구점에도 그만한 상자는 없다고 했다. 혹시 백화점에 가면 포장 코너가 있어서 거기서 포장을 해줄 수도 있지 않을까 싶어졌다. 스위스는 빅맥 세트도 15,000원씩 하는 나라다. 물가 비싼 나라는 인건비가 특히 비싸다. 스위스 백화점 포장 코너에서 그만한 물건을 포장하려면 수십만 원이 나올지도 모른다. 하지만 왼손과 오른손에 우산과 의자를 각각 들고 비바람을 헤쳐나가며 왠지 모를 창피함을 느끼던 내 입장에선 가릴 게 없었다. 우산과 의자를 들고 백화점에 갔다. 기껏 도착한 백화점에는 포장 코너가 아예 없었다.

쉬고 싶은데 앉을 곳도 보이지 않아서 백화점 처마에 내가 산 의자를 놓고 잠깐 앉아서 쉬었다. 손은 시리고 다리는 아픈데 '이게 뭐야' 싶어서 스스로에게 코웃음을 쳤다. 그러다 DHL 사무소를 떠올렸다. 거기는 상자도 있고 한 번에 부쳐줄 수도 있지 않을까? 검색해 봤더니 백화점에서 걸어서 10분쯤 떨어진 곳의 지하상가에 DHL 사무소가 있다고 했다. 또 양손에 의자와 우산을 들고 10분쯤 걸어서 지하상가의 계단을 걸어 내려가 봤더니 DHL 사무소가 없었다. 하.

의자와 우산을 들고 제네바 시내를 돌아다닌 지도 벌써 몇 시간째였다. 처음에는 내 꼴이 웃겼다. 그다음에는 의자를 못 가져가나 싶어 걱정이 되었고 그 후에는 이 상황과 나 자신에 대해 좀 짜증이 났다. 지하상가의 DHL 사무소를 못 찾은 그 순간엔 의자를 체념해야 하나 싶은 상황을 진지하게 생각하기 시작했다. 비가 와서 바깥에서 마냥 쉴 수도 없고, 춥기도 하고 좀 생각을 하고 싶기도 해서 DHL 사무소가 있을 거라 생각했던 곳 근처에 의자를 놓고 잠깐 앉았다. 그때 거짓말 같은 일이 생겼다. 저 멀리 지하상가 통로에서 어떤 사람이 사람 몸만큼 큰 종이 상자를 가득 끌고 오고 있었다.

순간 나는 체면과 부끄러움과 영어의 장벽을 모두 잊었

다. 정신을 차려보니 이미 그 사람과 이야기를 나누고 있었다. 당신이 끌고 오는 이 상자 버리는 거냐고. 남자는 그렇다고 했다. 나는 다짜고짜 그 상자 나 좀 주면 안 되느냐고 물었다. 저 의자 보이지 않느냐고. 저걸 좀 싸야 한다고. 서유럽인들은 친절했다. 그는 대답했다. "오 그러냐, 가져가라." 지금 생각해도 놀라운 우연이었다. 알고 보니 스위스는 깨끗한 나라여서 상자 등의 쓰레기를 버리는 곳이 지하상가 아래층에 따로 있었다. 쓰레기장으로 가려면 별도의 엘리베이터를 타야 했는데 그 엘리베이터로 가는 문은 벽과 일체형으로 생겨서 모르는 사람은 볼 수도 없던 데다가 열쇠로 잠겨 있었다. 스위스여….

이런 곡절 끝에 상자를 구했으니 얼마나 기뻤겠나. 나는 초대형 물고기를 잡은 〈노인과 바다〉의 노인처럼 흡족한 채로 잠깐 숨을 고르며 쉬고 있었다. 그런데 갑자기 조금 취한 듯한 퇴역군인처럼 보이는 할아버지가 나에게 다가와서 말을 걸었다. 이때는 정말 놀랐다. 뭐야. 뭐 하자는 거지? 하지만 할아버지는 싱글싱글 웃을 뿐이었다.

"이거 나 초등학교 때 썼던 건데. 이걸 어디서 샀나?" 알고 보니 추억을 되새기고픈 할아버지였다. 할아버지는 내게 의자에 앉아봐도 되느냐고 물었다. 못 앉으실 거 있나요. 앉아보시라고 했더니 허공에 글씨 쓰는 시늉을 하면서 혼자 즐거워했다. 내 스마트폰을 보더니 자기 사진도 찍으라며 포즈까지 잡아주었다. 암요, 세상에 이런 추억이 있나요. 사진을 찍었다.

나는 상자를 구해서 당당하게 우체국으로 돌아갔다. 이제 나는 드디어 소포를 부칠 수 있었다. 튼튼하게 포장하기만 하면. 의자를 충동구매했으니 포장재도 전혀 없었다. 최소한의 포장 도구인 테이프와 칼을 사야 했다. 우체국에서 파는 테이프와 칼 역시 스위스 물가였다. 각자 찍혀 있는 가격표를 보니 테이프와 칼 값만 약 3만 원쯤 했던 것 같다. 이미 의자 가격과 비슷한 액수를 포장 도구 값에 썼으니 멈출 수는 없었다. 천장이 높고 고풍스러운 제네바 중앙우체국의 한 구석에서 포장을 하고 있자니 테이프를 뜯는 찍찍 소리가 너무 크게 들렸다. 소리가 덜 나도록 테이프를 살살 뜯어 붙여가며 종이 상자를 싸매고 그 안에 의자를 담았다. 다행히 의자는 쏙 들어갔다. 충격이나 긁힘을 흡수할 수 있는 뭔가를 살 여유까지는 없었다. 상자를 얻을 때 같이 얻어온 여분의 종이 상자를 곳곳에 덧대고 안전하길 기도할 수밖에 없었다.

우체국을 비롯한 공무원은 안 된다는 말만 하는 게임 캐릭터 같은 느낌이 들 때가 있다. 냉정한 그도 이제는 내 마음을, 아니 내 우편물을 받아주려는 것 같은데 마지막 난관이 있었다. 스위스 우체국은 내가 갖고 있던 신용카드인 비자카드는 안 받는다고 했다. 현금 아니면 (마스터카드도 아니고) 마에스트로 카드만 받는다고. 한국에서는 여섯 자리 비밀번호만 있으면 집도 차도 살 판인데 이런 미개한 유럽인들이… 이젠 놀랍지도 않아서 가까운 ATM의 위치를 물었다. 우체국이 은행도 겸하니 근처에 ATM이 있긴 한데 우선 우체국을 나가서 별도의 입구로 들어가야 한다고 했다. '예, 예' 싶은 마음으로 밖으로 나가 현금을 인출했다.

한국 주소와 세관 정보를 적고 현금을 냈더니 드디어 소포가 출발했다. 노란색 유니폼을 입은 우체국 직원 뒤로 내 의자가 담긴 종이 상자가 컨베이어 벨트에 실려가는 광경은 잊지 못할 것 같았다. 그 순간을 남겨두려 사진을 찍으려는데 직원은 그것도 찍지 말라고 했다. 엄격한 유럽인들이여. 나는 요령 좋은 아시아인답게 몰래 몇 장 찍어두었다.

보내고 나서도 계속 걱정했다. 과연 잘 올까? 외국의 내가 물건을 사서 한국의 나에게 우편으로 보내보는 건 그때가 처음이었다. 내가 할 수 있는 건 송장 번호를 계속 확인하는 일뿐이었다. 주식을 처음 사보는 사람처럼 하루에도 몇 번씩 송장 번호를 찾아보았다. 다행히 송장 번호를 넣자 내 물건의 자취를 자세히 알 수 있었지만 늦을 거라는 말처럼 우편물은 계속 한곳에 멈춰 있기만 했다. 취리히에만 10일쯤 머물러 있었던 것 같아서 자포자기하던 차에 어느 날 갑자기 홍콩으로 넘어오더니 서울-인천으로 들어왔다고 했다. 저렴한 중고 가구이니 관세를 낼 것도 없었다. 그 소식이 업데이트된 다음 날 바로 소포가 도착했다. 내가 제네바 우체국한편에서 끙끙거리며 싸맨 상자를 회사 로비에서 봤을 때 얼마나 기뻤을지 표현하기엔 내 글재주가 모자란다.

상자가 도착했으니 마지막 관문이 남아 있었다. 이 의자가 부러진 곳 없이 무사할까. 나는 고대 묘지 부장품을 열어보는 기분으로 테이프를 벗기기 시작했다. 상자 한 귀퉁이에 구멍이 뚫렸고 그 사이로 의자의 철제 다리 한 축이 보여서 더 불안했다. 몇 겹씩 붙여서 떼기도 힘든 테이프들을 하나씩 뜯을 때마다 제네바에서 했던 일들이 스포츠 하이라이트처럼 머릿속에서 떠올랐다. 상자를 열어보니 어디 하나 부서

진 곳 없이 의자가 누워 있었다.

나는 이 일련의 일을 혼자 '의자의 모험'이라고 부르고 있었다. 의자의 모험은 해피 엔딩으로 끝났고 모험을 마친 의자는 당시 큰일을 겪은 내 월세방에 무사히 들어왔다. 의자가 들어온 때는 아주 추운 겨울이었다. 추운 빈 방에 하나 달랑 놓인 의자를 보며 생각했다. 소소하고 튼튼한 물건을 한국에서 구하는 일의 난이도에 대해서, 나의 한심스러움과 난처함에 대해서, 마침내 집에 들어온 저 물건에 대해서. 그래도 들어와 놓인 걸 보니 무척 기뻤다. 예뻐서.

스위스에서 온 세간들:
외국에서 온 세간이 생각보다 많아졌다

스위스에서 의자를 사서 보낸 일은 내게 큰 영향을 주었다. 경험만큼의 자신감이 생겼다. 국제우편으로 보냈더니 안전하게 왔으니까. 국제우편이라는 근대 제도에 대한 경외감이 들 정도였다. 주소 쓰고 몇만 원 내면 지구 반대편의 물건이 내 집 앞까지 오다니. 세계화는 정말 대단한 것 아닌가. 그래서 마음먹었다. 외국에서 뭔가 사서 보낼 일이 있다면 또 그렇게 하자. 예정된 출장이 있다면 미리 준비하자.

마침 출장이 예정되어 있었다. 또 스위스였다. 2019년까지는 1월에 제네바에서, 4월에 바젤에서 시계 박람회가 열렸다. 바젤은 시계 박람회 때문에 몇 번 가본 적이 있었으니 조금은 익숙하기도 했다. 그 김에 나는 아예 마음먹고 뭔가를 사 올 준비를 했다.

가방부터 준비했다. 나는 언젠가부터 출장길에는 큰 캐리어를 가져가지 않는다. 환승이 포함된 항공 여행에서 체크인한 수하물이 도착지에서 안 나오는 건 확률적으로 충분히 발생 가능한 일이다. 1주 정도의 출장에서 짐이 안 나오면 곤란하다. 다행히 내 짐은 늘 무사했지만 내 주변에는 그런 경우가 적지 않았다. 짐이 오지 않아서 곤란해진 경우를 몇 번 보다 보니 어떻게든 기내 수하물 안에 모든 짐이 들어가도록 가방을 쌌다. 내가 유명인도 아니고 출장지에서 사람들이 내 옷만 보는 것도 아니니까 옷을 조금 가져가도 큰 상관이 없었다. 반면 그 출장에서는 가장 큰 캐리어를 하나 샀다. 안에는 딱 두 개만 넣었다. 이민 가방과 에어캡 한 롤.

그 출장에서는 일을 제외한 모든 여가 시간을 중고 가구나 중고품 가게에서 보내려 했다. 그 목적을 위해 가게도 미리 알아두고 에어비앤비 숙소도 그 가게 근처로 잡았다. 가게를 찾는 게 은근히 어려웠다. 바젤이면 스위스에서 큰 도시인데도 영어 정보가 있는 경우가 많지 않았고, 바젤은 스위스에서도 독일어 권역이라 뭔가 쓸모 있어 보이는 정보는 대개 독일어로 적혀 있었다. 다행히 영어 정보가 많은 가게가 있었다. 이름부터 '에코체어'였다. 스위스에 살게 된 캐나다 여성이 하는 업사이클 가구 가게였다. 거기에 마침 사고 싶던 의자가 있었다. '그걸 사겠다'고 예약 메일을 보냈다.

사려던 의자가 확실했기 때문에 메일을 미리 보낼 수 있었다. 그 집에 이사를 들어간 지 얼마 안 됐을 때쯤 스위스 출장이 자주 잡혔다. 시계 박람회와 평창 동계올림픽이 겹쳤기 때문이었다. 한번은 평창 동계올림픽을 맞아 스위스 정부가 주관하는 출장에 갔다가 호르겐 글라루스라는 스위스 의자 회사를 알게 되었다. 스위스판 토넷 체어라고 해야 할까. 주로 자작나무를 구부려 만드는 단정하고 튼튼하고 가벼운 의자였다. 서유럽의 전통적인 물건들이 으레 그렇듯 생김새가 수수하고 아주 튼튼한 동시에 꽤 비쌌다. 신품은 하나에 500스위스프랑 정도 했던 것 같은데 제작 공정이나 완성품의 만듦새를 보면 이해를 못 할 것도 아니었다. 호르겐 글라루스의 기본형 의자는 신품과 빈티지의 생김새 차이가 없었다. 없지는 않았을 텐데 내 눈에는 다른 점이 하나도 보이지 않았다.

스위스 전역에서 볼 수 있는 호르겐 글라루스의 중고품은 약 100스위스프랑 전후였다. 500스위스프랑의 1/4 정도다. 그걸 사면 되겠다 싶었다. 내가 인터넷으로 찾아본 에코체어에도 호르겐 글라루스의 의자가 몇 있었다. 스위스에 도착하고 에어비앤비에 짐을 풀고 잠깐 시간을 내 드디어 에코체어에 도착했다. 다음 날부터 일을 해야 했고 가게 문 닫을 시간도 얼마 안 남았기 때문에 내가 가진 시간은 약 20분 정도밖에 없었다.

그때 정신없이 우르르 산 물건들이 내 살림의 대부분이 되었다. 우선 호르겐 글라루스 의자 재고 4개 중 2개를 샀다. 튼튼하게 생긴 플로어 스탠드도 샀다. 그 전에는 플로어 스탠드가 없었다. 조명을 집에 두지 않았던 이유와 의자가 집에 없던 이유는 같았다. 조명 역시 한번 사두면 고장이 안 나는데 애매한 걸 사서 집에 들이고 싶지 않았으니까. 그래서 세면대 있는 방에는 약 6개월 동안 조명이 전혀 없었다. 좋은 가격에 이탈리아산 나무 접이의자를 팔길래 그것도 하나, 책상에 놓을 작은 스탠드도 하나 샀다. '이민 가방은 크니까 그 안에 어떻게든 들어가겠지'라고 생각하면서. 에어비앤비 주인은 내가 사 온 가구를 보더니 '오 유 크레이지'라고 말했다.

그 정도까지는 아니라고 생각했는데.

나는 바젤에 처음 갔던 몇 해 동안은 '바젤에 딱히 볼 건 없는 것 같은데'라고 생각했다. 시계를 담당하지 않으니 업무 출장으로 바젤에 갈 일이 거의 사라진 지금 그 안일했던 생각을 무척 반성한다. 내 집에 뭔가를 놓을 수 있는 상황이 되고서야 전에는 보이지 않던 것들이 눈에 보였다. 바젤은 멋진 건축물과 좋은 중고 상점이 아주 많은 도시였다. 매일의 박람회 일정이 끝나고 숙소로 돌아가는 길에 중고품 상점에 들렀다. 가격보다 좋은 물건은 늘 있었다. 접시나 주전자나 도자기 같은 걸 하나씩 사면 영어를 못 하지만 늘 잘 웃어주는 직원들이 구겨진 신문지로 물건을 싸서 중고 쇼핑백에 물건을 넣어주었다.

그걸 들고 숙소로 돌아가 저녁을 먹었다. 스위스는 물가가 비싸니까 식사 메뉴는 늘 똑같은 소시지와 올리브였다. 스위스에 들어가는 첫날부터 소시지와 올리브를 샀다. 소시지는 늘 세일하는 걸로, 올리브는 유리병 말고 비닐에 들어 있는 것 중 씨를 안 발라낸 걸로. 그게 가장 싸기도 하고 맛있기도 했다. 매일 저녁 소시지를 삶아서 올리브와 먹었다.

살 때만 좋았지. 한가득 산 걸 한국으로 들고 오는 건 스스로가 미워질 만큼 지치는 일이었다. 출장 일정을 치르느라 진이 다 빠져 있는데 마지막 날 저녁 내 눈앞에는 포장할 가구와 소품이 한가득이었다. 캐리어와 이민 가방이 짐을 얼마나 보호해 줄지 알 수 없으니 포장도 열심히 해야 했다. 한국에서 가져온 에어캡으로 의자를 싸고 그 위로는 신문지를 싸고 그 위로 두꺼운 쇼핑백 종이를 한 번 더 둘렀다. 조명은 최대한 분해해서 부품마다 에어캡으로 포장하고 역시 그 위로 신문지를 둘렀다. 도자기류는 특히 신경이 쓰여서 에어캡을 몇 번씩이나 감쌌다. 포장된 짐을 다 집어넣자 이민 가방과 캐리어가 모두 꽉 찼다.

그때 묵은 에어비앤비 숙소는 엘리베이터 없는 옛날 3층 집의 3층이었다. 계단의 폭은 이민 가방이 겨우 빠져나갈 정도로 좁았다. 그걸 세 번씩 오가면서 캐리어와 이민 가방을 내렸다. 기내 수하물로 들고 갈 수 있는 작은 사이즈의 캐리어와 보스턴백도 있었으니까 내 짐은 크고 작은 가방 네 개였다. 우버를 불러서 겨우 공항에 도착해 체크인 카운터에 섰다. 이럴 목적으로 처음부터 짐을 두 개까지 체크인할 수 있는 항공사를 택했는데도 막상 공항 앞에 서자 무게가 걱정이었다. 다행히 무게는 다 괜찮았다. 피로를 잠시 잊고 비행기에서 죽은 듯 잤다. 이코노미 클래스에서 잘 못 잔다는 분들도 계시는데 나는 어디서나 머리만 대면 잘 잔다.

한국에 돌아와 수하물 컨베이어 벨트 앞에서 또 초조하게 기다렸다. 역시 또 다행히 짐 가방 두 개 모두 무사히 돌아왔다. 무사한 것도 잠시, 한국에서 그 짐 네 개를 싸서 공항버스를 타려니 내 몸이 무사하지 못할 지경이었다. 평소에 타던 집 앞까지 가는 공항버스는 그날따라 한참 안 와서 집 근처로 가는 버스를 탔다. 이런, 이 버스는 나를 중앙차로에 내려줬다. 길을 건너 택시를 잡으려고 바퀴 달린 가방 세 개를 밀고 끌면서 횡단보도를 건넜다. 택시를 겨우 잡고 짐을 싣고 집에 와서 그 무거운 가방들을 또 하나씩 올렸다. 시차와 육체 피로가 겹쳐서 반쯤은 제정신이 아니었다.

짐을 열어보기 직전처럼 불안하면서도 스릴 있는 순간이 없었다. 짐을 열 때의 긴장은 지구 반 바퀴를 돌아온 피로를 압도했다. 공항의 직원과 항공사에서 일하시는 분들이 내 짐만 곱게 들어줄 리는 없다. 혹시 나무나 도자기가 깨진 건 아닐까. 조명의 금속 부품 어딘가가 휘지는 않았을까. 천 가방에 구멍이 나서 물건이 흘러가 버렸으면 어쩌지? 조마조마하며 짐을 하나씩 열어보았다. 놀랍게도 모두 안전히 도착했다. 흠 하나 없었다. 접이의자부터 작은 주전자까지도. 원고를 적는 지금 생각해도 안도의 한숨이 나온다.

호르겐 글라루스 의자는 어떻게 됐느냐고? 그 의자는 에코체어 사장님 케이트가 우편으로 보내주었다. 처음 의자를 살 때부터 미리 문의해 두었다. 나는 출장 때문에 왔으니 일정이 있어서 우체국에 갈 수가 없다고. 내가 이 의자를 사면 한국으로 보내줄 수 있겠느냐고. 그게 된다고 해서 마음 편하게 결제하고 사 온 것이었다. 우편료는 나중에 케이트가 보내준 링크를 통해 신용카드로 따로 결제했다. 돈을 쓸 때마다 느끼는 건데 돈 쓰기는 정말 쉬워진 세상이다.

바젤에서의 대규모 쇼핑 이후로 물건을 산다는 것에 대한 개념이 조금 달라졌다. 한국에서 마음에 드는 게 없거나 마음에 드는 물건이 비싸다면 사지 않기로 했다. 내가 모월 모일까지 열어야 하는 가게를 운영하는 것도 아니고, 없으면 없는 대로 살면 그만이었다. 괜히 조악해서 마음에 안 드는 것들을 순간 필요하다는 이유로 사놓고 나중에 볼 때마다 울적해지고 싶지 않았다.

그때는 '내 삶에 이런 일은 다시 없겠다' 싶을 정도로 스위스에 자주 갔다(이 예측도 몇 년 후 맞았음이 드러났다). 2018년 전후로는 이런저런 일이 겹쳐서 두 달에 한 번은 스위스에 갔으니까. 그 김에 이불 커버도 스위스 백화점에서 샀다. 혹시 지금까지의 이야기를 듣고 '나도 스위스에 자주 가는데 어디 한번?'이라고 생각하는 분들이 계시다면 스위스의 백화점 맨 위층의 리빙 섹션에 가보셔도 좋겠다. 스위스 백화점 리빙 층의 물건 중에는 초고가 제품이 아니면서도 잘 만든 물건이 많다. 포근한 감촉의 스위스산 면직 이불보 같은 건 세일 시즌에 가면 50퍼센트 이상 할인할 때도 있다. 내 수준에는 고가였지만 할인 폭도 크고 자취를 처음 한다는 허영심에 덜컥 산 게 몇 개 된다. 나는 이른바 기자 할인 같은 걸 받아본 적이 없지만 비싼 걸 제값 주고 사본 적도 없다. 모두 중고나 악성 재고를 샀다.

꽃병도 하나쯤 있었으면 했다. 내 오랜 자취 생활의 로망 중 하나는 집에 생화 꽂기였다. 생화를 꽂으려면 꽃병이 있어야 했다. 이쯤 되면 짐작하셨겠지만 마음에 드는 꽃병을 찾기도 쉽지 않았다. 늘 그렇듯 소재 좋고 단정하게 생긴 걸 원했는데 모국에서 그런 걸 찾기는 늘 힘들었고 어쩌다 찾아도 가격이 내가 감당할 수 없는 수준이었다. 결국 꽃병도 외국에 나갔을 때 사 왔다. 서양 벼룩시장에서 내게 가장 살 만하고 가격 대비 만족도가 높은 건 도기와 자기류였다. 가져올 때 조금 신경을 쓰기만 하면 좋은 걸 싼값에 많이 구할 수 있다. '이런 건 한국에서는 더 비싼 걸 떠나서 아예 없을 거야'라는 생각으로 꽃병도 몇 개씩 사다 날랐다.

물건들이 한번 눈에 띄고 나니 한두 개만 사서는 멈출 수가 없었다. 어차피 집에 장식품도 전혀 없으니 그럴듯한 도자기를 싸게 사 온다면 좋은 장식품이 될 것 같기도 했다. 뉴욕에서 델프트도 사고 스위스에서 후첸로이터도 사고 후쿠오카에서 타치키치와 코란차도 사 왔다. 가격은 다 한국 돈으로 5만 원 내외였다. 골동품을 좋아하시는 분이나 앤티크에 관심이 있는 분들께는 소꿉장난 같은 이야기처럼 보일 것이다. 하지만 내게는 저 정도 가격과 그 정도 만듦새면 충분했다. 갖고 돌아올 때마다 깨지지는 않을까 걱정한 것만이 유일한 스트레스였다. 매번 신문으로 엄청 싸서 한국으로 가져왔다.

그런 물건들을 사 오다 보니 평소엔 안 겪을 일을 겪기도 했다. 나는 몇 년째 연말에 배를 타고 후쿠오카에 다녀온다.

처음에는 재미로 했는데 몇 년 계속하다 보니 개인적인 의식 같은 게 됐다. 배로 다니면 비행기의 수하물 단위로는 생각하지도 못한 물건들을 가져올 수 있다. 이 집에 처음 이사를 왔던 해에는 아예 고생하기로 마음먹고 온갖 걸 사온 적이 있다. 다리미판과 휴지통과 비누받침 같은 것들을.

그때 이마이즈미의 중고품 가게에서 꽃병과 커피잔도 샀다. 인상 좋은 아주머니가 운영하시던 여성복 위주의 중고품 가게 한편에 꽃병도 있었다. 꽃병 두 개와 커피잔 한 세트를 다 합친 가격은 8만 원 정도였다. 어차피 값비싼 걸 사는 취미도 없으니 그 정도면 충분했다. 그리고 내 눈엔 모두 특징 있는 훌륭한 도자기였다. 지퍼 달린 이케아 장바구니에 그런 짐들을 가득 채워서 배에 싣고 오던 때가 있었다.

부산항에서는 배에서 내리면 터미널 통로에 바로 카트가 있다. 그 카트에 짐을 싣고 입국심사대를 지나 출구까지 한 번에 나갈 수 있는 구조다. 그 사실을 안 이후로 부피가 큰 짐을 가져올 때도 거리낌이 없어졌다. 그해에도 마찬가지였다. 배가 내리자 카트에 물건을 싣고 룰루랄라 빠져나오는 길이었다. 그런데 난생처음 겪는 일이 생겼다. 세관에서 나를 잡은 것이었다. 나는 조금 당황했다. 비싼 물건이 있어서

가 아니었다(뭐가 있겠는가). 내 얼굴과 행색을 보면 알겠지만 나는 비싼 물건과는 아무 상관 없게 생겼다. 해외 출장을 자주 다닐 때도 아무도 안 잡아서 '내가 돈이 없어 보이긴 하는구나'라고 여러 번 생각할 정도였다. 그런데 인천공항도 아닌 부산항에서 나를 붙잡았다. 나는 놀라서 옆에 잠깐 섰다. 무슨 일이지?

"안에 도자기가 있네요." 부산 억양을 쓰는 세관 직원이 말했다. 그때서야 '아차' 싶었다. 그렇지 않아도 부산국제여객터미널 곳곳에는 문화재 밀반출 금지 포스터가 붙어 있다. 엑스레이를 통해 내가 사 온 꽃병의 실루엣만 보고 문화재급고가 도자기일 수도 있다고 생각하신 모양이었다. 꺼내 보여드리는 건 여행자의 의무고 동시에 얼마든지 할 수 있는 일이었지만 그때의 내게는 꽤 귀찮은 일이었다. 도자기를 깨지지 않게 하려고 신문지와 비닐로 몇 겹씩 싸고 그걸 또 완충을 시킨다고 빨랫감 사이에 끼워둔 후에 가방을 닫았으니까. 그 사이에서 꽃병만 빼는 건 다 싼 김밥 가운데 있는 시금치 한 뭉치를 빼는 것처럼 번거로웠다. 나는 비굴한 웃음을 지으며 부탁드렸다. "이거 별거 아니에요." 세관 직원은 자기의 본분을 다했다. "그러니까 열어보세요."

이래서야 나도 열 수밖에. 스스로 '지금 굉장히 구질구질 하다'라고 생각하며 파란색 이케아 장바구니 가운데에 있는 노란 지퍼를 열었다. 빨랫감들을 헤치고 신문지 사이에 싸여 있는 내 꽃병을 손가락만큼 열자마자 세관 공무원이 웃으며 말씀하셨다. "아, 가세요." 이게 뭐야. 내가 지금 이걸 어떻게 열었는데 이렇게 허무하게 가라고 하다니. 나는 기왕 연 거 떳떳하게 다 보여드리고 싶어졌다. "더 보여드릴 수 있어요. 하나 더 있는데." 세관 공무원은 이미 긴장이 완전히 풀리신 것 같았다. "아니에요, 가세요." 태어나서 처음이자 마지막으로 세관 공무원에게 짐 검사를 받은 사연이다.

이런 과정을 거치다 보니 집 안에 온갖 물건이 들어와 있었다. 그 물건 중 그냥 들어온 물건은 없었다. 나는 엄격한 수문 관리인처럼 내 집 안에 들어올 수 있는 물건의 조건과 목록을 정했다. 그 결과 스위스에서 온 책상 조명을 켜고 바젤에서 사 온 호르겐 글라루스 의자에 앉아 뉴욕에서 사 온 머그컵에 물을 따라 마시며 토쿄에서 사 온 꽃병과 영국 톤턴에서 사 온 아일랜드산 대리석 북엔드를 앞에 두고 원고를 만들고 있다.

이렇게만 적어두면 화려한 도시인의 삶처럼 보이려나. 현실은 방열 효율이 좋지 않아서 손이 시리기 때문에 원고를 적는 동안 한 번씩 손을 맞비빈다. 어깨에는 담요를 두르고 발에는 두꺼운 양말을 신은 후 실내화를 신고 있다. 수입산 물건들을 눈 주변에 이리저리 깔아두고 월세방의 추위에 시달리다니 모파상 소설에 나올 듯 분수에 안 맞는 삶이다. 남에게 피해를 주지 않는 한도에서 분수에 안 맞는 삶을 살다 보면 종종 고달프고 남 보기엔 웃기지만 혼자서 흐뭇해지는 때가 가끔 있다. 그 가끔을 즐기며 2017년과 2018년을 보냈다.

중고품 세간들:
조금씩 쌓아 올린 오래된 물건들

외국에서 산 물건들 이야기를 늘어놓았지만 나 역시 한국에 있는 시간이 훨씬 길었다. 오히려 승무원이나 주재원처럼 외국 생활이 일상적이었다면 이렇게까지 필사적으로 외국 물건을 사지는 않았을 것이다. 외국에 가끔 나가니까 면세점에서 화장품 100개 사는 사람의 마음으로 이것저것 샀던 것 같다.

한국에도 좋은 게 많았다. 질 좋은 국산품도 있고 잘 만든 수입 중고품이나 빈티지도 많이 들어와 있었다. 취향이 유행이라는 말은 곰곰 생각해 보면 조금 언어도단 같은 면은 있어도 확실한 경향이다. 앞서 언급한 가구처럼, 몇 년 전과 비교하면 '이런 것도 한국에?' 싶은 물건이 정말 많이 들어와 있다. 이런 물건의 가격이 현지보다 조금 비싼 건 당연하다. 세금과 운송료와 보관료와 각종 부대비용까지 더해 생각하면 대부분의 사업자 분들은 적당히 합리적인 가격을 받고 있다고 생각한다. 나 자신이 조금 싸게 사보겠다고 몇 번 고생하면서 물건을 가져온 후엔 한국 판매자들이 있다는 사실 자체를 감사하게 됐다. 가격은 둘째 치고 결제하면 집 앞까지 용달차로 배달이 오는 건 그야말로 코리안 뷰티, 얼마나 아름다운 서비스인지 모른다.

만에 하나 내가 외국산 물건을 아주 사랑한다 해도 모든 물건을 외국에서 사 올 수도 없었다. 내가 외국에 자주 나갈 수 없는 데 더해 현실적으로는 배송도 문제였다. 경험상 일반 소포 치수 안에 들어가는 가구는 한계가 있다. 식탁 의자나 사이드 테이블 정도가 일반 소포로 가져올 수 있는 크기의 한계치다. 일반 소포의 범위보다 큰 걸 국제운송으로 부치려 하면 꽤 복잡해진다. DHL을 쓰려면 요금이 천정부지로 올라간다. 30만 원짜리 테이블을 받는 운송료가 300만 원이 될 수도 있다. 컨테이너의 남은 부분을 이용하는 해상 운송법이 있다고는 들었지만 그건 회사 다니는 일반인이 하기엔 복잡했다. 무엇보다 내가 그렇게까지 외국산 고급품을 원하지도 않았다.

그래서 이사를 마치고 이 집에 살게 되면서는 중고나라를 보는 게 습관이 되었다. 중고나라에서 온갖 물건을 구경하며 '한국도 선진국 다 되었구나'라는 생각을 여러 번 할 정도였다. 한국에 이렇게 다양한 취향과 기호가 있어서 온갖 좋은 물건을 갖고 있는 사람들이 많구나 싶어서. 검색하며 놀란 적이 많은 건 물론이고 중고나라에서 물건을 사본 적도 많다. 내 전화번호부에 중고나라+아무개로 저장된 연락처만 한때 50개쯤 되었다. '커피 테이블 중고나라' 같은 식으로.

중고나라에서 온갖 걸 산다고 하면 사람들이 으레 하는 질문이 있었다. 자기는 검색해도 못 찾겠던데 마음에 드는 물건을 어떻게 찾는지. 나는 '판매자의 다른 글 보기'를 많이 했다. 보통 개인이 자기 물건을 판다면 그 사람의 물건 전체에 자기의 기호와 개성과 취향이 반영될 확률이 높다. 예를 들어 내가 60년대의 유럽산 티크 가구를 찾다가 어떤 개인의 특정 물건을 더 볼 수 있다. 그런 판매자라면 그 사람이 올린 다른 물건도 유럽산 티크 가구 수준의 좋은 물건일 가능성이 높다. 실제로 A 물건을 사고 싶어서 검색을 하다가 B 판매자가 파는 물건의 페이지로 들어갔는데 그 판매자가 올린 다른 물건인 C를 산 적이 몇 번 있었다.

내가 물건을 고를 때는 유행보다 품질이 더 중요했고 디자인만큼 소재도 중요했다. 나 같은 사람에게 중고나라는 아주 좋은 플랫폼이었다. 이 책 내내 몇 번 말한 것처럼 가격과 가치는 비례하지 않는다. 남에게는 안 팔려서 골치인 물건이 나에게는 좋은 물건일 수도 있다. 실제로 그렇게 내 눈에 좋은 물건들을 몇 개 구했다.

한번은 중고나라에서 1970년대에 나온 덴마크 티크 의자를 산 적이 있었다. 티크는 고급 목재라서 가격대가 더 높다. 반면 그 의자는 가격도 적절하고 디테일에도 신경 써서 만든 흔적이 보였다. 가구든 뭐든 물건 가격은 원재료 가격이 전부가 아니다. 사람이 깎고 둥글리는 인건비 역시 가구 가격에 포함된다. 요즘 나오는 물건들은 원가를 신경 쓰다 보니 이전 물건에 비하면 디테일이 덜한 경우가 많고 디테일이 좋다면 그만큼 가격이 비싸지는 경우가 많다. 물가와 노동자 권익에 따라 인건비가 올라가니 자연스럽지만 나라는 개인 소비자 입장에서 비싼 물건을 마냥 팡팡 살 수도 없다. 그 면에서 봤을 때 중고나라발 덴마크 티크 의자는 정말 훌륭했다. 소재가 좋았고 공들여 만들었고 잘 낡았다. 유명 디자이너의 물건이 아니긴 했지만 나는 무명 장인의 수수함을 더 좋아한다. 디자이너 가구가 아닌 덕분에 가격도 많이 비싸지 않았다. 이케아 의자 중 좀 비싼 것과 큰 차이가 없었다.

가구도 가구인데 '판매자의 다른 글 보기'로 본 이 사람의 다른 매물들도 대단했다. 나는 중고나라에서 이런 물건을 볼 수 있을 거라고는 생각도 못 했다. 한국에 전혀 없을 법한 카이 크리스텐슨의 로즈우드 테이블이나 텔레풍겐의 빈티지 라디오 같은 게 매물로 올라와 있었다. 그 외의 다른 매물도 독일의 빈티지 도자기 등 한국 사람들이 좀체 사지 않을 물건들이었다. 지금은 미드센트리 가구를 전문으로 수입하는 업체가 놀라울 정도로 빠르게 많이 생겼지만 몇 년 전에는 이런 가구들을 찾기가 더 어려웠다. 누구길래 이런 물건을 갖고 계시려나. 가격도 적당해서 사겠다고 연락했더니 자기 집으로 와서 가져가라는 답이 돌아왔다. 궁금하던 차에 잘됐다 싶어서 가보기로 했다. 서울 중심부 어딘가에 있던 오피스텔이었다.

그 집도 내 상상 이상이었다. 시내에 있는 보통 넓이와 보통 구조의 오피스텔에 들어 있던 모든 가구가 1970년대의 빈티지 북유럽산이었다. 어떻게 서울에서 이렇게 해두고 살 수가 있나 싶었다. 궁금해서 이것저것 물어보기 시작했다. 어쩌다 이런 걸 다 구하셨는지. 알고 보니 그분은 어릴 때 이민 간 한국계 독일인이었다. 어릴 때부터 빈티지 가구를 워낙 좋아해서 빈티지 가구와 도자기를 수집하는 게 오랜 취미가 되었다고 했다. 한국에는 몇 년 전 일 때문에 왔는데 좋아하는 가구를 집에 두고 싶어 컨테이너를 띄워서 독일에서 쓰던 가구를 다 가져왔다고 했다. 인구 천만 명의 도시쯤 되면 정말 여러 종류의 사람이 사는구나 싶었다. 그분과는 그 뒤에도 종종 이야기를 나눴다.

개인이 가구를 사고 팔다 보면 아무래도 그 사람이 사는 집이나 집 근처로 가게 된다. 그냥 있으면 어색하니까 이 가구는 어디서 사셨고 왜 파는지 같은 대화도 잠깐이나마 나누게 된다. 중고 물품을 파는 개인이라 해도 누군가의 집에 잠깐 가서 가구를 보고 나오는 건 신기한 경험이었다. 그 사람의 인생 중 '집에 있던 가구를 판다'는 찰나 속으로 순식간에 잠깐 들어갔다 나오는 기분이 들기도 했다.

티크 의자를 사고 나니 나무 색에 맞춰 티크 가구를 하나 더 사고 싶어졌다. 하릴없이 벼룩시장을 돌아다니는 마음으로 중고나라를 매일같이 들여다보던 어느 날 영국산 티크 티테이블을 판다는 게시물을 찾았다. 잘 안 팔렸던 모양인지 가격도 조금씩 떨어지고 있었다. 사겠다고 연락하니 성수동의 오피스텔로 오라고 했다. 역시 회사에서 퇴근한 어느 날 밤 차를 끌고 성수동으로 향했다. 모르는 동네라 내비게이션을 찍었더니 요즘 새로 개발된 성수동 말고 옛날 성수동에 있는 어딘가의 오피스텔로 도착했다. 이번 판매자는 로비에서 기다리라는 답을 남겼다.

엘리베이터 앞에서 기다렸더니 왠지 성수동에 살 법한 젊고 세련된 느낌의 여성이 커피 테이블을 들고 나타났다. 티크 의자를 사다가 종종 연락까지 하게 된 한국계 독일인과는 달리 이분은 '헛소리하지 말고 돈 주고 물건 갖고 사라져라'라는 기운을 내뿜고 있었다. 그 기운에 화답해 나도 딱 하나만 물었다. 왜 파시는지. 대답도 간단했다. "커서요." 그 정도 크기의 커피 테이블이 크다면 왠지 오피스텔의 크기도 가늠할 수 있을 것 같았다.

차 뒷자리에 커피 테이블을 싣고 오는 밤의 강변북로에서

핸들을 대충 잡고 생각에 잠겼다. 도시 생활이란 게 뭘까. 살 때는 좋았다 싶은 물건이 집에 들여놓으니 크고, 그걸 또 팔고, 누군가는 또 그 물건을 좋다고 사고. 취향이니 예쁨이니 이런 게 다 허무한 건가 싶기도 했다. 티크 커피 테이블을 사들고 돌아가는 길에 하기엔 좀 잡스러운 생각이지만 나는 원래 잡스러운 생각을 많이 한다.

이것저것 사서 넣다 보니 나는 내 구매의 패턴을 깨닫게 되었다. 우선 좋은 건 많이 구경해 봤다. 일로도, 개인적으로도. 그래서 좋은 걸 갖고 싶어졌다. 좋은 건 여러모로 좋으니까. 그런데 좋은 걸 사기엔 돈도 시간도 모자란다. 그 결과 어떻게든 돈을 아껴보려고 할 수 있는 방법을 다 찾아본다. 어차피 집에 있는 시간이 길지 않으니 일상이 불편한 건 크게 상관없다. 그렇게 시간을 들여서 하나씩 집을 채워나갔다.

개인적으로 가장 극적이라고 생각하는 물건은 지금 방에서 쓰는 나무 책상이다. 이 물건은 중고나라가 아니라 집 근처의 재활용 가구 판매장에서 샀다. 그 책상은 온갖 저렴한 중고 가구 사이에서 다리와 상판이 해체된 채로 한쪽에 처박혀 있었다. 80-90년대에 한국에서 판매된 육중한 가구와는 달리 그 책상은 칠도 하나 되지 않은 모양새였다. 사장님은 그 가구가 원목이라고 자랑했지만 원목 중 가장 저렴한 소나무였다. 이케아 원목 가구에서 한참 봤던 소나무 특유의 진한 갈색 옹이가 곳곳에 보였다. 디자인이랄 것도 딱히 없었다. 나무판 아래로 다리가 붙을 수 있는 받침대를 만들고, 거기에 다리를 붙이는 구조였다. 다리도 그냥 직사각형 나무 조각 두 개를 붙여서 90도로 만들어두었다. 그래도 이케아보다는 튼튼해 보였다. 이케아보다는 조금 더 많은 양의 나무를 쓴 것 같았다.

처음에 봤을 때는 마음을 정하지 못했다. 돌아오는 길에 살까 말까 계속 생각했다. 외국에서 소포로 의자 부치는 데에는 돈을 안 아꼈으면서 거기에는 왜 그렇게 고민했나 싶은데 이런 게 사대주의인가. 고민 끝에 사기로 마음먹고 집에서 화물용 카트를 가져갔다. 책상 하나에 5만 원이라고 하셨는데 사정사정해서 엄청 혼나가며 4만 원 주고 두 개를 샀다. 아저씨가 단단히 속이 상한 듯했다. "또 올게요"라고 했더니 "오지 마!"라고 하셨다.

이 책상을 그냥 사기엔 책상 상태가 조금 나빴다. 중고품 가게 사장님은 책상을 일러 '사업하던 친구가 사무실 옮기면서 정리한 거'라고 했는데 그 사업이란 게 젊은 사람이 하던 학원인 듯했다. 가공되지 않은 소나무 상판 위로 'OO아 대박나라', 'OO 오빠 파이팅' 같은 낙서가 책상 두 면 가득 쓰여 있었다. 다리 중에는 나무에 안 어울리는 보풀 자국도 나 있었다. 사장님은 "거기 있던 큰 개가 물어서 생긴 상처"라고 이야기해 주었다. 이런 물건을 사서 카트에 매달고 낑낑거리며 집까지 걸어왔다. 집에 가져가서 깨끗하게 다듬고 칠해서 방에 두면 좋을 것 같았다. 제네바에서 온 의자가 있었지만 아직 방에 책상이 없었다. 책상이 없으니 의자가 있어도 소용이 없었다. 원고 등의 작업을 할 때는 종이 상자 위에 컴퓨터를 올려놓고 키보드를 두드렸다.

그 전에도 이 집을 정리하며 페인트칠을 해본 적이 있었다. 주인 할머니가 집에 두었던 싱크대였다. MDF로 만든 문판이 퉁퉁 불어 있고 보이는 곳마다 녹이 슬어 있던 그 물건이었다. 이 집에 산 지 얼마 되지 않았을 때의 추석 연휴에 며칠을 낑낑거리며 싹 보수했다. 한 번 싹 다 닦아서 먼지를 제거했다. 힌지와 나사를 다 풀어서 녹을 닦아냈다. 마음에 안 드는 손잡이를 바꾸고 싶었는데 그러려면 문에 나 있는 구멍을 메꿔야 했다. 실리콘을 사서 구멍을 메꿨다. 실리콘이 튀어나온 부분은 사포질로 평평하게 만들었다. 나무 색깔과 무늬가 있는 부분에 페인트칠을 해서 무늬를 가리고 새로운 손잡이를 달았다. 2017년의 추석 연휴는 그걸 하느라 다 지나갔다. 그걸 한 번 하고 나니까 나름 자신감이 생겼다.

책상에 페인트칠을 하려면 일단 사포질을 해야 했다. 집 근처 철물점에서 굵기에 따라 사포를 세 종류쯤 사 왔다. 가장 거친 사포를 써서 '○○아 대박나라', '○○ 오빠 파이팅' 같은 응원 메시지를 지웠다. 젊은 사람들의 진심 어린 메시지를 지우는 건 좀 짠하고 마음에 걸렸지만 그것도 잠깐, 잘 안 지워져서 엄청 고생했다. 사포가 두 장쯤 다 닳을 때까지 표면을 갈아내고 나서야 나무판 두 개에 있던 메시지들을 다 지울 수 있었다.

책상을 다시 칠하는 과정 자체는 간단했다. 거친 사포로 표면 정리, 고운 사포로 한 번 더 정리. 1차 페인트칠, 마를 때까지 기다렸다가 다시 고운 사포로 표면 정리, 2차 페인트칠. 혼자 가로 2미터에 가까운 판 두 개와 다리 8개를 일일이 다듬고 페인트칠을 하려니 익숙지 않은 입장에서는 시간이 좀 걸렸다. 페인트를 칠하면 바닥이 더러워지니까 뭐라도 깔아둬야 했다. 혼자 사니 집에 깔 게 있나. 당시 다니던 회사의 폐지 코너에 가서 신문지를 가득 가져왔다. 방바닥 가득 신문지를 깔고 책상을 칠하고 다시 사포질을 하고 지쳐서 잠들었다. 그때도 허세를 주체 못해 〈인터내셔널 해럴드 트리뷴〉만 챙겼다.

일련의 과정은 귀찮은 동시에 완전한 단순노동이었기 때문에 역으로 종종 마음에 위로가 되었다. 적어도 한 만큼 되니까. 해도 안 되는 일이 가득한 잡지사의 일상에서 이렇게 확실한 성취는 내 컨디션에도 좋은 영향을 미쳤다. 몸을 쓰다 보면 다른 생각이 안 나는 걸 넘어 상쾌해지기도 했다. 조금 피곤한 것도 나쁘지 않았다. 잠이 오지 않아 뒤척거리는 것보다는 지쳐서 잠드는 게 훨씬 좋았다.

이때도 내 일은 여전했다. 불규칙한 생활과 야근과 마감이 일상이었다. 적어두니 고생처럼 보이기도 하고 쉽지 않은 순간도 있었지만 사실 고생이라는 생각보다는 순간순간의 즐거움이 더 컸다. 재활용센터의 아저씨에게 사정해 가며 책상을 사 왔을 때의 나는 이런 일을 하고 있었다.

오데마 피게 시계 매장 점장님 인터뷰

커피를 내리는 사람들의 손목이라는 주제의 시계 화보 진행

파네라이라는 스위스 시계의 디테일에 대한 원고

섹스와 담배에 대한 취재 원고

기록에 대한 책 원고와 절판본 〈장학퀴즈〉 기출문제집에
대한 원고

동계올림픽 은메달을 획득한 국가대표 여성 컬링팀과 의
성-경북에 대한 취재 원고

고맙게도 일은 이런 것 말고도 많았다. 외부 원고를 하기
도 했고, 마침 그때 첫 책 제안을 받아서 틈틈이 첫 책에 들
어갈 원고나 작업도 진행해야 했다. 그러던 중 하루 이틀을
빼서 겨우겨우 집을 치우다 어느 날 '아, 더 못 하겠다' 싶어
졌다. 칠하던 책상을 방치하고 마감하고 출장을 다녀오다 보
니 작업이 안 끝난 채로 계절이 지나버렸다. 계절이 지났는
데도 칠이 덜 끝난 나무 판들이 그대로 현관 방에 늘어져 있
었다.

어느 날 결심했다. '이렇게는 안 되겠다.' 다시 마음을 끌
어올리고 칠을 하려고 보니 쓰던 이케아 흰색 오일스테인이

굳어 있었다. 다른 흰색 페인트를 쓰면 톤이 안 맞으니까 일산(이사를 간 이후로 이케아 광명보다 이케아 일산이 가까워졌다)까지 가서 똑같은 흰색 오일스테인을 사 왔다. 그걸 또 사서 또 바르고 또 사포질을 하고, 설치하면 전혀 눈에 안 보일 테이블 바닥까지 칠할까 말까 고민하다가 결국 칠하기로 했다. 가끔 와서 2층의 공용 공간을 보는 할머니는 "바닥에 페인트 묻히지 말라"고 또 나를 혼냈다. 그런 과정을 거쳐 테이블 두 개가 완성되었다. 재활용 가구 파는 곳에서 처음 사 오고 나서 8개월쯤 후 방에 책상을 설치할 수 있었다.

책상을 설치하고 조립할 때도 눈에 걸리는 게 있었다. 책상다리와 몸체를 연결하는 볼트와 너트였다. 중고품 가게 사장님께서 아무거나 막 주셔서 각 볼트의 색과 모양이 제멋대로였고 나사 머리가 헐거워진 것도 있었다. 이걸 그냥 쓰자니 마음에 들지 않아 인터넷 오픈마켓을 찾으니 세상에 볼트와 너트의 세계까지도 너무 넓었다. 길이에 따라, 나사 머리 모양에 따라, 색깔에 따라 얼마나 많은 볼트와 너트가 있는지. 구매 직전까지 갔다가 정신을 차렸다. 그냥 원래 있던 헌볼트를 잘 닦아서 조였다.

원고를 적는 지금 책상 아래를 한 번 더 내려다본다. 짝이 안 맞는 보트와 너트들이 맞물려 있다. 집이 쇼룸도 아니고 어쩔 수 없다고 생각하지만 새삼 봐도 똑같이 눈에 거슬린다. 이 집을 떠날 때 이 책상도 버릴 거라고 생각했는데, 지내다 보니 정이 들어 계속 쓸 것 같다. 이 집을 떠나 다른 곳으로 갈 때 볼트와 너트를 바꿔주려 한다.

나에게 책상 2개를 4만 원에 주신 후 "오지 마!"라고 하신 재활용 가구 사장님의 가게는 그새 없어졌다. 그 앞을 지날 때마다 나 때문인가 싶어서 조금 숙연해진다.

하우스 메이트:
건물주에게 배우는 인생과 의사소통의 기술

———

이 모든 집수리와 이사를 해나가는 동안 이 집에 나 혼자 있던 건 아니었다. 내가 이 집의 2층에서 이런저런 고민과 고생을 하는 동안 1층에는 이 집의 주인인 할머니가 살고 있었다. 나는 단독주택에서 혼자 산다는 환상에 빠져서 여러가지를 예측하지 못했다. 내가 놓친 것 중 가장 큰 변수 중하나는 집주인과 함께 산다는 점이었다. 보통 집주인도 아니고 성격이 남다른 집주인이.

성격이 남다르다는 게 꼭 나쁘다는 이야기는 아니다. 이분에 대한 이야기를 자세히 하기 전에 이걸 먼저 짚어두고가야 할 것 같다. 기본적으로 1층에 사는 집주인 할머니에게는 좋은 점이 많이 있었다. 챙겨주는 것도 많고 마음도 따뜻한 편이었다고 생각한다. 다만 마냥 좋다고 하기에는 남다른 부분이 있는 것도 확실했다.

우선 이분은 나에게 궁금한 게 많았다. 내가 처음 집을 보러 갔을 때였다. 나는 그때 내 차였던 오래된 메르세데스 280E 세단을 타고 갔다. 색깔도 메르세데스의 노티컬 블루였으니 지금 생각하면 좀 부담스러울 정도로 눈에 띄고 오래된 차이긴 했다. 그다음에 만났을 때 할머니께서 이야기하셨다. "내가 동네에 다 이야기했어. '벤쓰' 타는 기자가 우리 집 2층에 이사 왔다고." 내 얼굴 모세혈관의 구석구석이 느껴질 정도로 얼굴이 빨개졌다. '벤쓰 타는 기자'라는 말만 보면 어디 알아주는 유력 매체의 그럴싸한 팀에 있는 명문가 자제 같은 느낌이다. 반면 실제의 나는 29년 된 중고차를 타고 다니는 잡지 에디터였다. 온 힘을 다해 정정하고 싶었지만 동네 할머니들을 찾아다니며 아니라고 할 수도 없는 노릇이었다.

차를 바꿀 때마다 한 말씀씩 하시는 것도 계속 이어졌다. 이사를 하러 SUV를 타고 갔을 때 할머니는 "랜드로바 타고 왔어?"라고 물어보셨다. 70대 할머니가 랜드로버를 아시는 게 이 동네 분들의 평균인 건지, 내가 할머니들을 얕잡아본 건지는 모를 일이지만 아무튼 나는 흠칫했다. 이 집은 옛날에 지은 집이라 차고의 높이가 내 SUV와 맞지 않았다. 어쩔수 없이 그 차를 팔고 다른 왜건을 샀다. 할머니는 그 차를 보고도 한 말씀 하셨다. "그렇게 벤쓰니 뭐니 차 바꾸고 다니지 말고 돈 모아." 세입자에게 굳이 할 필요 없는 말이었지만 딱히 틀린 말이 아니기도 했다.

그렇다고 해서 집주인 할머니와 대화를 하지 않을 수도 없었다. 나는 그때까지만 해도 할머니와 잘 지내는 동시에 내가 원하는 걸 얻을 수 있는 의사소통 기술을 갖지 못했다. 할머니는 나이가 들어서 귀가 잘 안 들리시는지 내 말을 잘 듣지 못했고 그래서인지 목소리도 엄청나게 컸다. 밤섬이 폭파되지 않았던 시절의 서울에는 밤섬 꼭대기 아이들과 지금 홍대 기슭인 와우산 꼭대기 아이들이 서로 소리를 지르며 말싸움을 했다고 한다. 이 할머니와 이야기하다 보면 내가 밤섬의 밤산 꼭대기에서 와우산 꼭대기의 목소리를 듣는 기분이 들었다. 내가 할 수 있는 건 할머니의 데시벨 큰 목소리에 "예, 예" 하면서 대화가 끝나길 기다리는 것뿐이었다.

이 할머니는 카톡도 종종 보냈다. 세입자라면 공감할 텐데 기본적으로 '건물주에게 오는 메시지'라는 건 그게 뭐든 사람을 긴장시킨다. 이 집에 이사 온 지 얼마 안 되었을 때 할머니는 종종 새벽 2시에 카톡 메시지를 보냈다. 처음에는 정말 깜짝 놀랐다. 오래된 주택에서는 언제든 문제가 생길 수 있고 이 집은 여러모로 더더욱 그런 요소가 있었다. 다행히 할머니에게 새벽에 온 문자 중 그렇게 심각한 건 없었다. 무슨 이유인지는 몰라도 할머니는 새벽에 유튜브 링크나 할머니가 좋아하는 것들의 사진 모음을 보냈다. 유튜브 링크로는 찬송가나 남미의 전통 민요 같은 것이, 할머니가 좋아하는 사진 모음으로는 새 사진 모음 같은 게 왔다. 나는 한결같이 '감사합니다^^'라고 메시지를 보냈다.

　이런 생활은 당연히 불편했다. 개념상으로는 대화인데 실질적으로는 대화라고 하기 애매한 이야기 자리니까 편하기가 힘들었다. 사실 나 역시 이 할머니의 비논리적인 이야기를 계속 들어줄 의무는 없었다. 다만 현실의 나는 세입자의 이상적인 권리를 바득바득 지키기가 애매했다. 첫째로 이 집이 면적이나 위치에 비해 너무 쌌던 건 사실이었다. 할머니는 본인이 이 집을 싸게 줬다는 사실을 너무 잘 알고 있었다. 이 책의 원고를 적는 동안에도 '집을 싸게 내주는 덕을 베풀었다'는 식의 메시지를 몇 번이나 보냈다.

그래도 '그게 계약 내용이라면 집주인 역시 세입자를 귀찮게 하면 안 된다'고 생각할 수 있다. 맞다. 논리나 법으로만 생각하면 분명 그렇다. 하지만 나는 이미 이 집에 묻어둔 비용이 너무 많았다. 2년 계약을 하면서 보증금 이상의 수리비를 쓰고 말았다. 내가 공사비로 쓴 돈이 X고 내가 사는 시간이 Y라면 X에서 Y를 나눈 값이 작아질수록 내게 이익이다. X값은 이미 정해졌으니 Y값이 커져야 내 선택의 경제성이 커진다. 즉 이 집에서 오래 살수록 이익이었으니 이런 상황에서 내가 입바른 소리를 계속해 할머니가 계약 연장을 해주지 않으면 그것도 안 될 일이었다. 할머니와 마주칠 일을 최대한 줄이고 갈등 상황을 피해야 했다.

이 집에 살면서 얻은 큰 깨달음이 있다. 사람은 계속 겪어가며 노력하면 어느 만큼은 잘 적응할 수 있다는 점이다. 나와 많이 다른 사람도 계속 보고 노력하면 어떻게든 이해할 수 있다. 나 역시 계속 같은 집의 다른 층에 있다 보니 조금씩 할머니를 이해하게 되었다. 이해할 수밖에 없기도 했지만 자연스럽게 이해되는 부분도 있었다. 기본적으로 할머니 역시 마음이 따뜻한 면이 있었다. 표현하는 방법이 나와 같지 않았을 뿐이었다.

돌이켜보면 이 할머니가 내게 해준 건 아무래도 보통 건물주와는 좀 달랐다. 내가 이 집에 들어오자마자 할머니는 2층으로 쌀과 밥솥과 라면 같은 걸 올려주었다. 나는 쓸 생각이 없었는데 할머니가 가져다 둔 냉장고에는 홈쇼핑에서 사셨다는 팽현숙 순댓국이 들어 있었다. 나는 부엌을 쓸 생각이 없었기 때문에 그 물건들에 전혀 손대지 않은 건 물론 냉장고는 열어보지도 않았다.

나중에 보니 그게 할머니의 마음을 상하게 한 모양이었다. 한번은 또 '챙겨준 것도 먹지 않고' 같은 내용으로 나를 질책하는 메시지를 보냈다. 처음에는 정말 질겁했다. 내가 집에서 나와 혼자 살아야겠다고 마음먹은 이유 중에는 부모님의 이런저런 참견도 있었다. 어른이 되니 잘잘못을 떠나 서로 부딪히는 게 많아져서 나온 건데 말이지. 세 들어 사는 집에서 이런 간섭까지 받다니. 하지만 세입자가 무슨 그런 이야기를 하겠어. '사모님 그게 아니고요^^'로 시작하는 메시지를 보낼 수밖에 없었다.

조금씩 나이가 들고 이 집에 사는 시간이 쌓이면서 할머니의 마음을 이해하기 시작했다. 생각해 보면 그게 다 좋은 의도였을 것이다. 상대방의 좋은 의도에서 비롯된 행동이 있는데, 그 행동이 세간의 기준에 안 맞거나 내 마음에 들지 않는다고 저 사람의 의도까지 깎아내려야 할까? 사업이나 사회생활처럼 냉정한 세계에서는 그래야 할 수도 있다. 하지만 이건 고작 자취 생활이고 상대방은 조금 남다른 할머니일 뿐이잖아. 나는 생각을 바꿨다. 이 할머니의 마음을 이해하는 것 역시 이 집에 사는 한 내가 적응해야 할 일이라고.

그 덕에 나는 나의 어머니까지 조금은 더 이해하게 되었다. 많은 철없는 친구들이 그렇듯 나도 내 어머니와 사소한 일들도 종종 부딪히곤 했다. 괜히 의미 없는 논리를 들먹이며 다투려고나 하고 말이지. 그럴 필요가 없는 일이었다. 그럴싸한 집에 싸게 살아보겠다고 집주인 할머니의 남다른 면까지 이해하려고 노력하는데 내 친모를 이해하지 못하는 건 아무래도 성숙하지 못했다.

할머니와 이야기를 나누다 보니 젊은 사람들과 어른들 사이의 갈등에는 일련의 패턴이 있다는 것도 알게 됐다. 모두 본인들이 좋다고 생각하는 삶의 방식이 있다. 젊은이보다 먼저 산 어른들은 본인들 보기에 좋았던 삶의 방식이 있으니 젊은이에게도 그렇게 살아보라고 권한다. 내가 그걸 원하든 원하지 않든. 지금까지 써온 것처럼 집주인 할머니가 원했던 삶의 방식과 내 삶의 방식, 그리고 내 어머니가 원한 삶의 방식에는 모두 확실한 차이가 있었다. 그게 뭐 나쁜 일인가. 모두 각자가 보고 느낀 대로의 최선을 사는 거고, 그 방법을 내게 권하는 것뿐이다. 그렇게 생각하고 나서부터는 나이 많으신 분들이 하는 이야기를 적당히 새겨듣고 적당히 넘겨듣게 되었다.

할머니의 눈으로 봤을 때 나도 보통 세입자는 아니었을지도 모른다. 본인 입장에선 좋은 위치의 넓은 집을 싸게 내줬으니까 고마운 줄 알고 적당히 살면 그만이라고 생각했을지도 모른다. 그런데 할머니 입장에서의 2층 총각은 이 집을 고치겠다면서 몇 달 동안 안 들어오고, 음식 챙겨줬더니 하나도 안 먹고, 뭘 하는지는 몰라도(내 야근이나 마감을 당연히 모를 테니. 안다면 그게 더 무섭다) 한 달에 몇 번씩은 새벽에 들어오는 사람이었을지도 모른다. 생각은 자기 자유니까 할머니 입장에서는 '이놈이 내 호의를 무시하나'라고 생각했을지도 모른다. 어쩌면 내가 할머니에게 느꼈던 불편만큼 할머니 역시 내가 불편했을지도 모른다.

엄마에 대한 감정도 마찬가지로 조금 변했다. 혼자 나와 살며 얻은 장점 중 하나는 엄마를 더 잘 이해하게 되었다는 점이다. 우리 가족은 내내 집안일을 나눠 했지만 그래도 엄마가 집안일을 가장 많이 해주셨던 게 사실이다. 그런데 집안일이 얼마나 힘든지는 혼자 살아보고 나서야 알게 됐다. 조금만 신경을 쓰지 않으면 집의 모든 곳이 발을 디딜 곳이 없을 정도로 더러워진다. 아무것도 하지 않았는데 며칠만 바닥 청소를 하지 않으면 연회색 먼지가 쌓여서 공처럼 뭉쳐진다. 일상은 인테리어 숍의 쇼룸이나 늘 쾌적한 호텔 방이 아니다. 그렇게 하려면 터무니없을 정도로 많은 비용과 시간과 노력이 든다. 나는 엄마가 방치해 두었던 집 안의 세간을 싫어했던 적이 있다. 이제는 그럴 수밖에 없었던 엄마의 상황을 100퍼센트 이해한다.

할머니는 내가 이사 온 지 얼마 안 됐을 때 "나는 프라이버시가 중요한 사람이야"라고 이야기한 적이 있다. 그때쯤엔 할머니를 잘 모르긴 해도 '저 사람에게 말대꾸를 하면 안 된다'는 걸 알았기 때문에 "네, 네"라고만 말했다. 속으로는 '그러면서 왜 그렇게 2층에 자주 올라오는 거지?'라고 생각했지만. 막상 실제로 좀 살다 보니 할머니는 정말 2층에 잘 올라오지 않았다. 2층에 올라온 이유도 계약서에 포함되어 있지 않은 공용 공간을 쓰기 위해서였다. 그 공용 공간에는 할머니가 키우는 알로에와 할머니가 학생 시절 그린 유화가 걸려 있었다. 할머니가 오는 곳은 딱 거기까지였다. 처음에는 '할머니가 들어오면 어쩌지' 싶어 걱정했지만 정말도 얼씬도 않으시는 걸 알게 되자 점차 안심하고 편안히 살 수 있었다.

이 집에 오고 1년쯤 지난 봄날이었다. 추운 겨울을 보내고 정원에도 풀이 돋기 시작했다. '정원의 봄'이라는 말에서 화보 사진에 나오는 멋진 풍경이 떠오를 수도 있지만 이번에도 현실은 상상을 압도한다. 나는 이 집에 이사 오고 나서 정원이야말로 사치 중의 사치라는 걸 알았다. 풀이 돋아나는 마당에 사람의 손이 닿지 않으면 생명력을 형상화한 듯한 잡초들이 돋아난다. 이 집은 오래되어서 발코니나 계단의 콘크리트 사이사이에 틈이 많다. 그 작은 틈에서도 어떻게든 잡초들이 피어난다. 그 잡초를 자르는 것부터가 보통 일이 아니다. 정원의 환상과 실제 사이의 거리를 느낀 것도 이 집에서 얻은 값진 교훈 중 하나다. 그렇게 봄에 맞춰 잡초가 자라던 어느 날 나는 출근하는 길에 할머니와 마주쳤다.

"그래도 지비가 집을 싹 수리한 덕분에 나도 용기를 내서 여기저기 고쳤어." 이 할머니는 기분 좋을 때는 정말 싱글싱글 웃는다. 나에게 말을 했던 이때도 만면에 웃음을 띠며 이야기했다. '지비'는 할머니가 나를 칭할 때 쓰는 말이다. 비슷한 말을 쓰는 사람을 어디서도 본 적은 없어서 적당히 '당신' 같은 말이려니 생각하고 있다.

나도 이제는 그 말씀의 뜻을 알 것 같았다. 인테리어 공사를 하는 각 사장님들께 연락해서 공사를 하는 건 쉬운 일이 아니었다. 할머니 혼자의 몸으로 인테리어 공사를 하는 남자들에게 일을 시키기는 더 어려웠을 것이다. 거기 더해 옆에서 보니 이 할머니는 확실히 말이 잘 안 통해서 이분과 공사를 해본 사장님들은 모두 떠났다. 그래도 할머니 입장에서 생각해 보면 귀는 잘 안 들리고 사람들은 자기 말을 잘 안 알아주는데(알아듣기 힘들게 말하기도 하지만) 사람과 원활히 일하기는 쉽지 않을 것이다. 할머니 특유의 엄청난 성량은 이런 상황에서 나온 게 아닌가 싶었다.

나와 집주인 할머니의 관계가 극적으로 좋아졌다고 할 수는 없을 것 같다. 여전히 할머니는 건물주다. 쉽지 않은 사람이고 내가 늘 신경 써야 한다. 본인 입장이 앞서고 뭔가 일이 생기면 나를 탓할 때가 더 많다. 그런 부분을 생각하지 않아도 나와는 많은 부분이 다르다. 살다 보니 당연한 것 아닌가 싶기도 하다. 이 할머니와 내가 비슷한 부분이 있는 게 더 이상하다. 그래도 이 할머니와 나는 삶의 어느 한 부분에서 같은 집에 있었다는 공감대가 생겼다. 춥고 낡은 집이고 며칠에 한 번 얼굴을 볼까 말까고 여전히 종종 불편한 메시지를 보내지만 그래도 이 할머니가 한집에 있다고 생각하면 설명하기 힘들어도 뭔가 안심이 된다. 내가 언제 대문을 열고 들어가도 고음으로 짖어대는 강아지 소리 역시 안 들릴 때가 더 불안하다. 할머니도 그러면 좋으련만.

인터넷과 냉장고의 아웃소싱:
왜 나는 냉장고 없이 살기로 했는가

―――――――

이 집에 처음 살 때부터 나는 가전제품은 할 수 있는 한 들이지 않으려 했다. 이유는 간단했다. 살 때 무거우니까. 버릴 때 난감하니까. 내가 집에 있는 시간도 길지 않으니까. 무엇보다 너무 복잡하니까.

좀 사볼까 싶어도 가전제품의 세계는 너무 복잡했다. 세상에 왜 이렇게 많은 종류의 똑같은 가전제품이 있어야 하나 싶을 정도였다. 분야마다 종류가 너무 많아서 무엇을 사야 할지도 알 수 없었다. 검색창에 전기포트니 전자레인지니 이런 걸 쳐서 판매 인기순으로 사버리면 그만이지만 나는 그런 성격의 사람이 아니었다. 기왕 살 거라면 무엇이 비싸고 그게 왜 비싸며 비싸면 어떤 게 좋은지 하나하나 알아보고 싶었다. 실제로 이 집에 있는 거의 모든 물건을 그렇게 채웠다. 그 흐름을 따라 가전제품까지 익히기엔 각 가전제품마다 변수가 너무 많았다. 세탁기에도 종류가 있었고 각 회사의 통돌이 세탁기 기술 뒤에도 각자 다른 세계관이 있었다. 나는 내가 모르는 세계관을 내 집에 들이고 싶지 않았다.

가전제품이 없을 때 내 삶에 큰 지장이 있지도 않았다. 앞서 말했듯 내가 본가에서 가지고 나온 가전제품은 앰프와 북쉘프 스피커와 스마트폰 충전기 정도였다. 이사하자마자 어쩔 수 없이 진공청소기와 헤어드라이어를 샀다. 그 후 (이런 것도 가전이라고 할 수 있다면) 멀티탭을 샀고 시간을 들여 외국에서 조명을 사 왔다.

가전제품을 사지 않은 이유 중에서는 잠재적인 고장 확률도 있었다. 혼자 사는 입장에서는 가전제품이 고장 나는 게 더 귀찮았다. 내게 더 많은 가전제품은 '물건이 고장 날 확률적 가능성이 높아진다'는 사실과도 같았다. 나는 그 가능성은 줄이고 싶었다. 내 삶을 이야기하면 친구나 동료들은 기겁했지만 정말로 사는 데 큰 문제가 없었다. 대도시의 삶에서는 더욱 그랬다.

세탁은 코인 세탁소에서 해결했다. 처음부터 코인 세탁소에 세탁을 아웃소싱할 생각이었다. 코인 세탁소는 대학 근처로 거주 입지를 정한 이유 중 하나이기도 했다. 서울 권역의 대학 근처에는 반드시 코인 세탁소가 있기 때문이었다.

나는 가능한 한 빨래에 신경을 쓰려 한다. 남루한 차림으로 혼자 사는 남자가 되는 건 어쩔 수 없지만 안 좋은 냄새를 풍기는 혼자 사는 남자가 되고 싶지는 않았다. 그러기 위해 옷을 살 때부터 섬유혼용률에 신경을 썼다. 세탁기로 편히 세탁할 수 있도록 평소에 거의 면 100퍼센트 아니면 그에 준하는 옷을 샀다. 옷감의 색만 주의하면 뭐든 마음껏 넣고 돌릴 수 있었다. 남자 옷은 두꺼운 외투가 아니면 대부분 면직물 함량이 높기 때문에 크게 신경 쓸 것도 없었다.

다만 그러려면 새벽에 가는 게 좋았다. 새벽에는 사람이 없으니까 그때는 눈치 보지 않고 세탁기를 두 개 쓸 수 있었다. 하나는 흰 빨래, 하나는 색깔 빨래. 세탁기에 넣기 전에도 빨래를 털고, 세탁이 끝나고 건조기에 넣을 때에도 빨래를 털었다. 전자는 먼지를 떨기 위해, 후자는 이렇게 해야 구김이 덜 가기 때문에. 건조까지 끝나고 아직 열기가 남아 있을 때 빨래를 개어야 구김이 덜하다. 하염없이 빨래를 개기 위해서라도 주말 새벽에 세탁소를 찾았다. 2주에 한 번쯤, 누구와도 약속을 잡기 애매한 금요일에서 토요일로 넘어가는 새벽에 코인 세탁소에 갔다.

세탁의 세계에는 모든 흐름에 막힘이 없었다. 색깔별로 분류해 세탁기에 옷을 넣고, 세탁이 끝나고 나면 구김이 가지 않도록 탈탈 털어 건조기에 넣었다. 2주 치 빨래니까 꽤 쌓여 있다. 속옷과 양말만 생각해도 양이 적지 않다. 그걸 일일이 탈탈 털어서 건조기에 넣고 빨래가 말라가는 걸 보면 왠지 모를 성취감이 들었다.

건조기의 기본요금만 넣으면 두꺼운 스웨트셔츠 같은 건 잘 안 마를 때가 많았다. 내가 간 코인 세탁소들은 500원짜리 하나를 넣을 때마다 건조 시간이 4분 추가됐다. 두꺼운 스웨트셔츠를 위해서라도 500원짜리를 두 개 더 넣어서 건조기를 8분 더 돌렸다. '빨래가 덜 마른다고 천 원을 아낌없이 더 쓰다니 어른이 되었구나' 싶어 감격하기도 했다. 건조기 문을 열면 세탁 세제와 섬유유연제 향기가 열기와 함께 코로 빨려 들어왔다. 눈앞에는 다시 태어난 듯한 빨래들이 따뜻한 기운과 함께 뒤섞여 있었다. 그걸 하나씩 꺼내서 양말 짝을 다 맞추고 하나씩 개고 다시 세탁 바구니에 넣었다.

한창 가던 코인 세탁소는 유흥가 길 건너편에 있었다. 새벽 거리에 맴도는 희미한 소주 냄새를 느끼며 깨끗해진 빨래를 갰다. 세탁을 끝내고 이케아 장바구니에 세탁물을 가득 넣어 집까지 걸어가는 길에도 늦게까지 술을 마신 사람들이 흐느적거리며 거리를 걸어가고 있었다. 그런 걸 볼 때마다 내가 도시 사람이 된 것 같았다. 코인 세탁소에 다녀올 때마다 '그래, 집에 세탁기는 없어도 괜찮아'라고 생각했다. 그렇게 세탁기를 코인 세탁소에 아웃소싱했다.

사실 냉장고가 있긴 했다. 주인 할머니께서 놔준 냉장고가 있었다. 어차피 내가 필요 없다고 해도 이 할머니는 말이 통하는 사람이 아니었다. 백 보 양보해 할머니의 마음이 고마워도 이 할머니가 가져다주시는 건 다 전반적으로 지저분했다. 한번은 아무것도 없던 냉장고를 열어보니 내가 뭘 잘못했는지 종유동굴의 종유석처럼 곰팡이가 피어 있었다. 너무 놀라서 0.1초 만에 문을 닫고 냉장고 플러그를 뽑아버렸다. 몇 달 후에 봤더니 플러그를 뽑아서 생육환경이 나빠졌는지 곰팡이들이 마른 얼룩으로만 남아 있었다. 날을 잡아 깨끗이 닦고 안 쓰는 방에 보관했다.

냉장고를 쓰지 않는 대신 나는 냉장고를 편의점에 아웃소 싱했다고 여기고 있었다. 권역마다 온갖 편의점이 극한의 출혈 경쟁을 벌여가며 자리를 차지한 덕에 서울의 주택가에는 이래도 되나 싶을 정도로 편의점이 많이 생겨 있었다. 특히 젊은 1인 가구가 많은 대학교 근처는 더했다. 내가 사는 집도 도보 5분 안에 갈 수 있는 편의점이 있었다. 그거면 충분했다.

　나는 평소에 시원한 걸 즐기지 않는다. 뭐든 상온에 두고 먹는다. 집에 밥도 없다. 음식을 냉장/냉동 보관할 이유가 없다. 가끔 시원한 게 먹고 싶을 때는 편의점에 갔다. 24시간 편의점이 엄청나게 촘촘하게 자리 잡고 있으니까 가능한 도시형 삶의 방식이었다. 같은 이유로 전자레인지 역시 편의점에 아웃소싱했다고 여기기로 했다. 괜히 있어봤자 음식밖에 더 사 오겠나 싶었기 때문이었다.

　인터넷은 이동통신사와 스마트폰에 아웃소싱했다고 여겼다. 어차피 일 때문에라도 어디서나 인터넷에 접속할 수 있어야 했다. 내 삶의 장비 비용이라고 생각하면서 데이터 사용량이 많은 요금제에 가입했다. 동시에 집까지 와이파이를 들이고 싶지 않기도 했다. 어차피 내 일의 대부분은 인터넷을 통해 뭔가를 찾거나 누군가에게 연락하는 일이었다. 낡고 외진 곳에 있는 집에서라도 잠시나마 디지털 디톡스를 하고 싶었다.

막상 살아보니 와이파이가 필요할 때가 적지 않았다. 긴 원고를 적거나 마무리할 단행본 원고가 있거나. 그럴 때는 24시간 카페에 갔다. 밤새 공부하거나 아침 첫차를 기다리는 대학생들 사이에서 후드티를 뒤집어쓰고 노트북 키보드를 두드렸다. 그럴 때면 스스로 조금 우습기도 하고 바이오리듬에 따라 가끔 울적해지기도 했다. '대학생 여러분, 내가 참 늙고 궁상맞아 보이겠죠. 이렇게 되고 싶지 않으면 공부를 열심히 해서 이 동네를 떠나길 바랍니다' 같은 생각을 하며 이런저런 일들을 해나갔다.

하나 마나 적어두니 궁상맞아 보일지도 모르지만 내 삶에는 크게 문제가 없었다. 영양 상태도 나쁘지 않았고 수면의 질도 훌륭했다. 기본적으로 집에 있는 시간이 길지 않았기 때문이었다. 집에 있는 시간이 많지 않은데 왜 그렇게 손이 많이 가는 집을 골랐냐…고 묻는 게 합리적이겠지만 그런 질문에 답하기엔 너무 멀리 와버린 느낌이다. 아무튼 사람은 다 익숙해지기 마련이다. 내 생활이 이런 식으로 모양을 갖춰가고 있었다.

냉장고와 인터넷이 없는 생활에는 장점도 있었다. 우선 야식이 줄었다. 부모님과 함께 살 때는 집에 늘 음식이나 식재료가 있었다. 야근을 하다가 새벽에 퇴근하면 피곤하고 졸린 게 인지상정이다. 출출하기도 하고 스트레스도 좀 쌓여 있으니 음식이 있다면 아무래도 뭐든 먹게 되었다. 라면이든 데운 밥이든 한 수저 뜨는 순간 악순환이 시작됐다. 뭔가를 해 먹으면 부모님이 깨어났다. 자연스럽게 걱정이나 질책 등을 한마디 들을 확률도 높아졌다. 야근으로 인해 나약해진 정신으로는 그런 말에 속상해지기도 했다.

이리저리해서 뭐든 먹고 나면 또 바로 잘 수 없다는 점도 문제였다. 최소한의 소화를 시키기 위해서라도 한두 시간은 더 있어야 했다. 결국 엄청 늦게, 소화가 덜 된 채로 잠들고 말았다. 다음날 일어나 보면 소화가 안 되어 속이 더부룩하고 얼굴은 부었는데 그 사이로 여드름이 나 있는 경우가 한두 번이 아니었다. 신기하게도 혼자 살자 그런 일이 줄어들었다. 야식을 먹기가 어려워졌으니까. 집에는 음식이 크래커와 에너지바뿐이었다. 스트레스 해소용 야식의 기능을 전혀 하지 못하는 음식이었다. 괜히 먹어봤자 기분만 더 나빴다.

편의점 음식을 야식으로 매일 먹는 것도 오래 할 일은 못 됐다. 월간지 에디터로 일하던 때에 편의점에서 먹을 수 있는 걸 다 먹어봐서 알고 있었다. 배달도 귀찮았다. 오피스텔이나 빌라 등의 공동주택에 살면 문 앞까지 배달원이 오신다. 반면 내가 사는 곳은 정원이 있는 단독주택이다. 2층으로만 울리는 초인종은 없다. 배송 메시지로 매번 '초인종 누르지 마시고 문 앞에서 전화주세요'라는 주문을 따로 전해야 한다. 마침내 배달이 오면 내가 사는 곳 현관문 앞부터 대문까지 계단 포함 약 50걸음을 걸어가야 한다. 이래서야 시켜 먹을 엄두가 안 난다.

음식물 쓰레기 때문에라도 배달 음식은 더더욱 시킬 수 없었다. 단독주택에 사니까 음식물 쓰레기가 생기면 음식물 쓰레기 봉투를 사서 따로 집 근처 수거함에 버려야 했다. 어휴… 생각만 해도 귀찮은 일이었다. 음식물 쓰레기의 가능성 때문에 가끔 음식을 시켜 먹어도 음식 종류가 제한됐다. 예를 들어 나는 뼈 있는 치킨을 좋아하지만 이사 오고 나서는 무조건 순살만 시킨다. 족발 같은 건 아무리 먹고 싶어도 집에서는 시키지 않는다. 뼈든 스티로폼 통이든 필연적으로 음식 쓰레기 혹은 음식이 묻은 쓰레기가 많이 나오니까. 결국 시킬 수 있는 건 음식 쓰레기가 안 나오는 순살 치킨과 피자 뿐이었다. 음식물 쓰레기가 없는 삶은 굉장히 쾌적했기 때문에 끊을 수가 없었다. 야식을 끊는 편이 더 나았다.

족발을 시키지 않은 이유는 족발을 싫어해서가 아니었다. 족발 무척 좋아한다. 좋아해서 엄청나게 시켜봤기 때문에 오히려 어떤 일이 일어나는지 잘 알고 있었다. 족발의 난처한 점은 음식 쓰레기만이 아니었다. 족발의 가장 강한 흔적은 후각적 자취였다. 족발 본연의 진한 냄새, 함께 오는 막국수의 족발 못지않게 진한 양념 냄새, 마늘이 가득 들어간 보쌈김치의 냄새. 음식물을 치운다 해도 용기에 온갖 음식 냄새가 묻어 있으니 결국엔 집 안에 족발과 그 친구들의 냄새가 스며들 것이었다.

나는 분리수거를 열심히 한다. 부패하는 게 없다면 일반 쓰레기가 담긴 쓰레기통에서는 냄새가 날 일도 별로 없다. 나는 담배도 끊었으니 더더욱 그렇다. 그 결과 100리터짜리 쓰레기봉투를 집 구석 어딘가에 두고 3년째 쓸 정도가 되었다. 재활용 쓰레기를 제외한 일반쓰레기를 최소화하니까 일반쓰레기 통에 들어가는 건 휴지와 먼지와 머리카락뿐이었다. 이런 경위로 야식을 안 먹게 되어 결과적으로 얼굴에서 여드름이 사라졌다. 냉장고 없는 자취 생활의 나비효과였다.

TV와 와이파이는 확실히 없으면 불편할 때가 있었다. 내가 생중계로 시청하던 프로그램 딱 두 개를 보지 못하게 되었다. 하나는 프리미어리그 아스날의 경기였다. 마침 그때가 아르센 벵거 감독의 은퇴에 이은 혼란기라 아스날은 여러모로 극심한 부진에 시달리고 있었다. 성적이라도 좋았으면, 아니 나아지는 모습이라도 보였으면 새벽에 깨어 열심히 봤을 텐데 후임 감독들과 그 후의 선수들도 별로 마음에 들지 않았다. 스포츠 팀 팬의 마음은 비합리적이라서 저 팀이 못한다고 응원을 멈출 수 있는 게 아니다. 수치스러운 패배와 바보 같은 영입을 계속하던 아스날의 경기를 새벽마다 챙겨 보던 내가 산증인이다. 그런데 그 마음이 생중계를 볼 수 없게 되자 드디어 점점 멀어지기 시작했다. 인터넷 없는 자취 생활과 함께 내 젊음의 한 축이었던 잉글리시 프리미어리그 관전이 떠나갔다.

내가 꼭 챙겨 보던 두 가지 프로그램 중 두 번째는 〈쇼미더머니〉였다. 김진표와 스윙스가 나오던 그 프로그램 말이다. 왜인지는 몰라도 내가 힙합을 좋아한다고 하면 사람들이 좀 놀라는데 나는 힙합을 오랫동안 좋아해왔다. 〈쇼미더머니〉역시 한국 힙합의 한 모습이라고 생각했기 때문에 아주 흥미롭게 보고 있었다. 인터넷과 TV 없이 혼자 사니 〈쇼미더머니〉마저도 볼 수 없게 됐다. 주변에 혼자 사는 친구가 있어서 거기서 볼 수 있는 것도 아니었고, 실시간 시청을 구매하자니 손바닥만 한 스마트폰으로 텅 빈 방에 앉아 그 프로그램을 보고 싶지는 않았다.

〈쇼미더머니〉가 보고 싶으면 그 시간에 맞춰 코인 세탁소에 가기로 했다. 본방 시간인 금요일 11시에 가면 사람들이 있을지도 모르니까 인터넷을 보지 않고 스포일러를 피해가며 첫 재방송을 하는 새벽 1시에 맞춰 갔다. 혹시 이 글을 보는 CJ ENM 분들이 계신다면 이렇게 애잔하게 〈쇼미더머니〉를 보고 있는 시청자도 있다는 걸 알아주시고 좋은 프로그램 제작에 매진해 주시길 바란다.

이런 이야기를 적었을 때 독자 여러분들은 어떻게 생각하시려나 모르겠다. '어떻게 사람이 저렇게 사나' 싶으실 수도, '저렇게 사니까 이 사람의 원고가 그렇게 요즘 분위기를 따라가지 못하는구나' 싶으실 수도 있겠다. 사는 입장에서는 이런 삶이 불편하지 않았다. 익숙해지니 오히려 일상이 간결해져서 산뜻한 기분이 들었다.

지금까지 적어온 게 무색하게도 이 원고를 적는 지금은 세탁기와 냉장고와 와이파이가 모두 생겨버렸다.

세탁기는 이렇게 들어왔다. 어느 날 할머니가 카톡을 보냈다. 세탁기 설치 기사가 올 테니 문 열고 준비하고 있으라고. 감사한 일이지만 이번에도 할머니답게 제멋대로다. 아무튼 할머니 덕분에 집에 세탁기가 생겼다. 세탁기를 설치할 입수 배수 장치가 있는 곳이 가스레인지 맞은편밖에 없어서 세탁기의 자리는 부엌 한복판이 되었다. 어차피 요리를 할 생각도 없었지만 요리가 불가능해졌다는 결정적인 신호였다. 그 뒤로는 빨래 건조대를 사서 집에서도 세탁을 하게 되었다. 비가 오래 와서 빨래가 밀리거나 마감이 늘어져서 나도 모르게 빨래가 쌓였을 때에는 여전히 코인 세탁소에 간다.

냉장고 역시 어느 날 집에 와보니 할머니가 공용 공간에 덩그러니 넣어두고 가셨다. 이쯤 되면 불평할 수도 없다. 그 냉장고 안에는 한참 동안 탄산수 두 병과 선물받은 맥주

한 병만 있다가 지금은 조금씩 음식이 더 들어와 있다. 코비드-19 때문에 밖에 나가기가 껄끄러워졌기 때문이었다. 냉동실의 낫토 몇 개, 냉장실의 호두 1킬로그램 같은 것들이.

와이파이가 생긴 이유 역시 코비드-19 때문이었다. 전염병 창궐 이후 강력한 사회적 거리 두기가 권장되며 내가 다니던 회사도 재택근무를 실시했다. 나 역시 언제까지 내 알량한 소위 '라이프스타일'을 추구하겠다며 고집을 부릴 수 없었다. 매일 카페에 가서 한 번 움직일 때마다 손 소독제를 뿌리는 것도 내키지 않았다. 동네 최저가 인터넷을 찾아서 3년 약정으로 가입했다. 코비드-19가 야기한 내 삶의 큰 변화 중 하나였다.

코비드-19가 길어지며 가전제품을 더 들일 수밖에 없었다. 밖에 나가서 사 먹거나 배달 음식을 시키지 않으면서도 최대한 간결하고 저렴하게 조리할 최소한의 방법이 필요했다. 생각 끝에 토스터와 커피포트를 샀다. 토스터로 빵을 굽고 커피포트에 물을 끓여서 커피를 내려 마셨다.

토스터와 커피포트의 세계도 모두 각각 한 챕터를 만들 수 있을 만큼 대단했다. 소재와 디자인과 브랜드와 기능에 따라 종류가 끝없이 많아지는 것 같았다. 검색 끝에 가장 저

럼한 걸 사기로 했다. 이미 진화가 끝난 물건이라 가장 저렴한 것도 기능과 디자인과 가격의 최적화가 완료되어 있었다. 최저가가 1만 원 아래라 중고품을 기웃거릴 필요도 없었다. 오픈마켓에서 가장 저렴한 플라스틱 토스터와 커피포트를 주문하자 하룻밤 만에 물건이 왔다. 없이 산 지는 4년이었는데. 기분이 묘했다.

좀 지나서는 전자레인지를 들였다. 팬데믹이 길어지는데 구운 식빵과 커피만으로 끼니를 때울 수는 없었다. 전자레인지는 요즘 물건 생김새가 마음에 들지 않아서 한참 중고품을 찾다 2만 원짜리를 샀다. 햇반 컵반과 오뚜기 컵밥과 3분 카레의 모든 메뉴를 주문해 하나씩 맛을 보고 햇반+오뚜기 3분 소고기 카레(기본 카레다) 조합에 정착했다.

어느 보통의 주말:
일상이 된 어느 날의 기분

———————

　보통 나는 1층 개가 짖는 소리에 잠에서 깬다. 눈을 뜨고 고개를 들면 옛날 양옥집의 흐릿한 반투명 창문이 보인다. 나는 아직 이불 안에 있다. 이케아의 겨울용 두툼한 이불이다. 이불 커버는 이케아일 때도 있고 아닐 때도 있다. 브랜드에 상관없이 면 100퍼센트다. 나는 면 100퍼센트 침구를 좋아한다. 매트리스와 나 사이에는 1인용 전기장판이 있다. 이 집에 있는 몇 안 되는 가전제품이다. 나는 전기장판을 켜둘 때가 많다. 방이 추울 때가 많아서다. 층고가 높고 창문도 옛날 목재라서 더 그렇다. 한여름 아니면 이불을 차고 자는 일이 거의 없다. 이날도 이불을 목까지 덮고 있었다. 고개를 살짝 들어 저 멀리 벽에 걸린 시계를 본다. 일어날 시간이다.

낡은 집에 살아서 좋은 점 중 하나는 밖에 나가기 전부터 날씨를 조금씩은 가늠할 수 있다는 점이다. 바람이 많이 불면 온 집이 조금씩 덜컹거린다. 비가 오면 낮에도 방이 저녁처럼 침침하다. 추운 날이면 방 밖 보일러가 구르릉 하는 소리를 낸다. 보일러도 낡아서 몇 번이나 고쳐야 했다. 보일러의 주된 문제는 물이 지나는 관에 쌓이고 굳은 먼지였다. 그 먼지를 빼려고 보일러 수리 사장님을 몇 번 불렀더니 사장님이 간단하게 먼지 빼는 법을 알려주었다. 그 방법대로 했다가 뭐가 잘못됐는지 며칠 동안은 맹수가 포효하는 듯한 소리가 났다. 겨울이 지나자 그 소리도 끝났다. 나도 일어나야지. 뭐라도 해야 하니까.

흰색 침대에서 오른쪽으로 빠져나왔다. 방 안에 있는 것들은 대부분 저렴한 흰색 소재다. 침대 오른쪽에는 흰색 책꽂이가, 그 앞에는 재활용 가구점 아저씨에게 사 온 흰색 소나무 책상이, 그 좌측에는 흰색 이케아 브라임 비닐 옷장이 4개 있다. 흰색이라 해도 수술실 벽 같은 흰색이 아니라 뭔가 다 낡고 바래서 약간 누런 색이다. 옷장 사이에 있는 문을 열고 방 밖으로 나간다. 방 밖을 나가면 바로 오른쪽에 창문 많은 방으로 나가는 문이 있다. 창문이 많은 방이니까 그때에야 그날 날씨가 바로 보인다. 맑은지 흐린지, 비가 오는지 바람이 부는지. 햇살이 맑을 때면 기분이 좋다.

그다음부터 하는 일은 대충 정해져 있다. 빨래를 널어뒀다면 빨래가 다 말랐는지 확인한다. 그다음은 창밖을 본다. 바닥의 작은 테라스에는 고양이 사료 접시가 있다. 사료의 흔적으로 고양이가 왔다 갔는지를 가늠할 수도 있다. 접시 속 사료가 다 비어 있지 않고 접시 주변에 사료가 좀 떨어졌다면 고양이가 먹은 것이다. 사료 주변까지 빈 게 없다면 1층 할머니가 키우는 개가 여기까지 올라와서 먹은 것, 누가 쏟은 것처럼 바닥에 흩뿌려져 있다면 새가 먹은 것이다. 전에는 사료 접시를 매일 닦기도 했는데 이제 그렇게까지는 하지 않는다.

가끔 고양이가 창밖에서 운다. '왜 밥이 없느냐'는 듯한 성토의 감정이 네발동물의 성대를 넘어 두발동물인 내 귀에까지 느껴진다. '허, 참 뻔뻔스럽다'고 생각하면서 사료를 준다. 몇 년째 사료를 주고 있지만 그러든 말든 이 고양이가 응석을 부리거나 하는 일은 전혀 없다. 나는 고양이에게 사료를 준 약 2년 동안 이 고양이를 한 번도 만지지 않았다. 게다가 요즘은 내 눈앞에 전혀 나타나지 않고 가끔 보여도 사료를 먹다가 황급히 도망간다. 내 주변의 여러 가지 모를 일들처럼, 고양이의 마음도 알 수 없다.

다시 문을 열고 돌아간다. 문이라 해도 성인이 힘을 주면 부서질 듯 얇다. 그 문을 열고 다용도실로 들어가 보일러를 온수 모드로 돌린다. 고장이 나 있는 보일러라 온수를 쓰려면 온수 모드를 켜야 한다. 바로 화장실로 들어가 샤워 커튼을 치고 샤워를 한다. 샤워 커튼 봉도 샤워 커튼도 모두 이케아다. 흰색. 바닥에는 몇 년 전에 깔아뒀지만 여전히 색깔을 유지하는 이탈리아의 피안드레 타일이 보인다. 풀 보디 타일답게 색이 전혀 벗겨지거나 변하지 않았다. 때가 끼는 것만은 어쩔 수 없다. 별수 있나. 다 내 때인데. 청소를 해야 할 때를 발바닥으로 가늠하며 샤워를 한다.

많은 사람들이 그렇듯 나도 샤워를 좋아한다. 즐거운 시간이지만 마냥 안심할 수는 없다. 온수 레버를 잘못 돌리면 내 살을 쪄버릴 것처럼 엄청나게 뜨거운 물이 나온다. 온수 온도를 잘 맞추려 해보지만 무슨 이유인지 몰라도 언제나 적당한 온도를 맞출 수 없다. 오래된 아날로그 라디오로 깨끗한 소리를 잡으려 할 때처럼 조금씩 샤워기 레버를 돌려가며 최적의 온도를 찾아야 한다. 온수가 안 나오는 것도 긴장되니 낡은 집을 유지하는 건 작은 긴장의 연속이다.

온수가 안 된다면 보일러 문제 아니면 수도꼭지 문제다. 수도꼭지를 고치기가 좀 더 불편하다. 수도꼭지 부품은 내가 살 수 없고 서비스센터의 직원을 거쳐야만 받을 수 있는데, 그 서비스센터에서 이 동네를 담당하는 분과 만나려면 시간을 잘 맞춰야 한다. 혹시 문제가 있나 조마조마하며 수압을 돌려본다. 다행히 뜨거운 물이 잘 나온다.

내가 소리를 내지 않으면 집 안에서는 아무 소리도 들리지 않는다. 가끔 아래층의 강아지가 짖는 소리만 올라온다. 낡고 조용하며 자주 먼지가 쌓여 있는 집이니까. 아 먼지, 먼지 때문에라도 집에서 쉴 틈이 없다. 샤워를 하고 달리 할 일이 없다면 그날이 먼지를 닦는 날이다. 진공청소기를 돌려도 먼지가 사라지지 않기 때문에 물걸레질을 할 수밖에 없다. 나는 이 집에 살면서 사람이 아무것도 안 해도 먼지를 만들 수 있다는 사실을 몸으로 배웠다. 나 말고는 오는 사람이 없는데도 먼지가 이렇게 많은 이유가 뭘까.

먼지까지 치우고 나면 옷을 대충 입고 다음 방으로 간다.

내가 응접실이라고 부르는 곳이다. 이 방을 지나면 신발 갈아 신는 방이다. 배가 고프니까 밥을 먹어야지. 집에는 음식이 없으니까 나가서 먹어야 한다. 집에 음식을 두는 건 집에 음식 쓰레기가 생길 가능성을 두는 것이다. 나는 음식 쓰레기가 생길 가능성을 차단하는 대신 매번 나가 먹어야 하는 상황을 고른다. 그 덕분에 매일 조금씩 걷기도 하고.

문을 열고 계단을 내려가는 길에는 2층 집보다 커진 모과 나무가 서 있다. 모과나무를 보며 계절을 느낀다. 계절은 방을 나와 창을 보고 집 밖으로 나갈수록 선명해진다. 나는 어릴 때부터 한여름 나무의 아주 진한 초록색을 좋아했다. 그 아주 진한 초록이 생명 자체인 것 같아서. 이 집은 그런 걸 보기에 아주 좋다. 그 좋은 걸 보기 위해 약간의 대가를 치러야 하지만. 가장 곤란할 때는 눈이 올 때다. 회사나 약속에 늦어서 빨리 가야 하는데 계단 20개에 눈이 쌓여서 그걸 다 쓸고 가느라 늦은 적도 있다. 눈 치우는 빗자루는 이 집의 필수품이다.

계단을 내려가는 동시에 개 두 마리가 맹렬하게 짖기 시작한다. 늘 같은 하이톤의 목소리다. 집에 개를 키워본 적이 없어서 이 소리도 처음에는 좀 신경 쓰였다. 하지만 적응되고 나니 나중에는 이 소리가 안 나면 더 불안했다. 짖는 소리가 안 나면 '개가 죽었나?', '할머니에게 무슨 일이 있나?' 싶어질 정도였다. 다행히 아직까지는 그런 일이 없다. 앞으로도 내가 사는 한 그럴 일이 없었으면 좋겠다.

할머니와 가끔 마주치면 반갑게 인사를 나눈다. 여기서의 반가움은 어느 정도 사회생활이고 어느 정도 진심이다. 아무튼 저분께 잘못 보이면 확실히 일상이 고달파진다. 사람이 남을 잘되게 하거나 기쁘게 하기는 어려운 반면 안 되게 하거나 불쾌하게 만드는 건 굉장히 쉽다. 내가 할머니에게 잘해야 한다. 꼭 이런 처세적 이유 때문이 아니어도 몇 년 같이 살았더니 이제는 반갑기도 하다. 할머니도 나를 조금씩 더 친근하게 여기는 것 같기도 하다. 그런 생각이 내 착각인가 싶기도 하지만.

대문을 열고 나가면 늘 똑같은 골목이다. 이 집과 비슷한 단독주택들이 있다. 옆집에는 어디 좋은 직업을 가지셨다는 가족이 산다. 이 집의 어르신은 나와 처음 본 자리에서부터 "어느 대학 나왔어? 나는 ○○대학 ○○과 1기이고 원래는 여기 말고 ○○동에 사는데 이 동네가 조용하고 좋아서 여기 사는 거고 어디서 ○○를 하고 있어" 같은 이야기를 캐릭터 소개하듯 한 번에 하셔서 신기했다.

앞집에는 직업은 알 수 없으나 고급차를 너무 자주 바꾸는 사람이 산다. 어느 날은 BMW i8. 다른 날은 포르쉐, 다른 날은 또 다른 BMW. 그러다 최근에는 드디어 애스턴 마틴을 구매하셨다. 이분의 일상 주기는 나와 전혀 달라서 직접 본 적은 한 번도 없다. 한번은 어딘지 모를 곳에서 한 번도 들어본 적 없던 진동음이 들렸다. 오래된 집에 혼자 살다 보면 이런 소리에 예민해진다. '이 집에 또 무슨 일이 일어난 거야' 싶었는데 들어보니 창밖 감나무를 넘어 들려오는 옆집 애스턴 마틴의 엔진 아이들링이었다. 대단하군요. 이 책을 마무리하는 현재 지금 이분은 또 차를 바꾸셔서 더 이상 엔진 소리에 놀라지 않게 됐다. 지금 이분은 메르세데스의 G바겐을 탄다.

그런 소리와 사람들을 두고 내리막길을 걸어 내려간다. 조금 지나면 늘 가는 식당들이 있다. 유명하지도 줄을 서지도 않는 곳에 가서 늘 먹던 음식을 먹는다. 먹고 나면 다시 왔던 길을 돌아 집으로 간다.

날씨 좋은 날 이 집은 무엇과도 바꾸기 싫을 정도로 좋다.

날씨가 적당하면 창밖으로 나뭇잎이 흔들리고 저 멀리 도시의 고층 아파트와 상업 건물들이 보인다. 비가 오거나 날이 궂을 때도 그날만의 풍취가 있다. 창문 안의 이곳은 안전하니까. 나가기가 귀찮을 뿐이지.

주말이라면 이렇게 이 집에서의 하루가 지나간다. 밥을 먹고, 멍하니 있는다. 멍하니 있다가 바닥의 먼지와 머리카락이 거슬려 손으로 쓸기 시작하다가 '아 귀찮아'라고 생각하며 결국에는 걸레를 꺼내 온다. 트레이닝복을 입고 걸레질을 하면 무릎이 늘어나니까 반바지로 갈아입고 걸레질을 하고 나면 또 지쳐서 잠깐 멍해진다. 음악을 듣고, 때가 맞으면 고양이를 구경하고, 책을 읽는다. '저녁에는 맛있는 거라도 먹으러 나가볼까'라고 생각만 하며 스마트폰을 만지작거리다가 저녁 시간을 다 놓쳐서 갔던 편의점에 또 가는, 그런 하루가 흐른다. 당연히 있는 듯한 도시의 주말이지만 이제 나는 당연한 게 하나도 없다는 걸 안다. 그런 하루는 조금 조마조마하면서도 순간순간 즐겁다. 요즘 내가 그렇다.

그래서 나는 변했을까:
집이 알려준 것

나는 독립을 처음 생각했을 때 뭔가 변하고 싶었다고 이 책의 첫머리에 적었다. 그래서 나는 변했을까? 변하지 않았다고 할 수 없다. 무엇이 변했는지 생각해 보았다. 아주 많은 게 변했다.

우선 동선이 변했다. 나는 지하철 역세권을 떠나 버스 정류장 근처에 살게 되며 중앙차로의 엄청난 효율성을 깨달았다. 동시에 중앙차로가 있는 길은 유턴이 아주 힘들다는 점도 알게 됐다.

동선이 변하자 택시를 덜 타게 되었다. 지금 사는 동네는 택시가 잘 오지 않는 데다가 택시 등의 승용차를 타면 하루 종일 막히는 구간이다. 예전에 살던 동네에서는 조금 늦거나 피곤해도 '택시 타면 되지'라고 생각했지만 이제는 그 비슷한 생각도 할 수 없어졌다. 택시는 밤에만 탄다.

택시를 타지 않게 되면서 나비효과처럼 책을 좀 더 읽게 되었다. 운전을 하든 택시를 타든 책을 읽기가 좀 애매하다. 운전이야 그렇다 쳐도(막히는 도로에서 책 읽기를 몇 번 시도해 본 적이 있긴 하다. 보통 일이 아닌 데다 왠지 민폐 끼치는 느낌이라 그만뒀다) 택시를 탔을 때 책을 읽기도 왠지 조금 내키지 않는다. 버스를 타기 시작하자 자연스럽게 책을 읽는 빈도가 높아지기 시작했다. 잊고 있던 오랜 취미를 찾은 기분이 들었다.

책을 다시 읽게 된 건 나에게 여러모로 좋은 징조였다. 한때는 '읽어볼까' 싶어서 마음먹고 책을 펴서 읽으려 해도 눈에 글자의 의미가 들어오지 않았다. 내 역량 이상의 일들이 계속 있는데 내 몸까지 (과로와 안 좋은 음식 등으로) 혹사를 시켰기 때문이었던 듯하다. 글자가 다시 눈에 들어온 걸 깨닫고 무척 기뻐했던 기억이 난다.

동시에 매사에 조금씩 예민해지기도 했다. 성격이 아니라 감각을 예민하게 만들 필요가 있었다. 오래된 단독주택에서는 끊임없이 뭔가 고쳐줘야 할 일이 생긴다. 아파트에 살던 때와는 달리 나는 내가 이 집의 상당 부분을 관리해야 한다는 걸 알게 되었다. 집주인 할머니가 하는 게 맞으니 이분께 부탁할 수도 있지만 몇 가지 이유로 나는 그냥 내가 해보기로 했다. 그 과정에서 배운 게 많았다.

낡은 집은 살아 있는 생명체와 어느 정도 비슷하다는 생각도 했다. 여름엔 덥고 겨울엔 춥다. 추우면 보일러에 문제가 생길 확률이 커지고 눈이 오면 치워줘야 한다. 바람이 불면 온 집이 삐걱거리고 비가 오면 집 안 곳곳에서 쿰쿰한 냄새가 난다. 집에 벌레는 없지만 거미는 봄, 여름, 가을에 있다.

벌레. 처음에는 각종 벌레를 보고도 기겁했다. 창문을 열어두면 갈 곳을 잘못 찾은 말벌이 들어왔다. 빨래 바구니 안에서 귀뚜라미가 뛰어다녀서 손도 못 대고 집게로 잠가두기만 한 적도 있다. 흰 벽지 위로 기어 다니는 지네도 자주 봤다.

이런 일에도 익숙해졌다. 살아보니 이 집은 낡은 집치고 깨끗했다. '있다면 정말 골치겠다' 싶은 개미와 바퀴벌레는 둘 다 없었다. 내가 음식을 두지 않아서였을 수도 있지만, 그래도 그 정도 노력으로 벌레가 나오지 않게 된 것만도 어디냐 싶다. 큰 바퀴벌레나 귀뚜라미는 외부에서 오기 때문에 어차피 인력으로 막을 수 없다.

지네는 갑자기 비가 오거나 하는 등 기상 변화가 있을 때 나온다는 것도 경험을 통해 알게 됐다. 지네는 해충을 잡아먹기 때문에 좋은 벌레라고도 한다. 그래도 나는 지네를 보고도 평정심을 가질 만큼의 인격 수양이 아직 되지 않았다. 지네가 보일 때마다 '이봐 친구, 안타깝지만 별수 없군'이라 생각하며 살충제를 뿌린다. 그때마다 미안해서 종교는 없지만 잠깐 합장하며 기도한다. 그때 내 눈에만 안 띄어도 더 살았을 텐데. 운명이란.

이런 일들이 생기며 생명이 대단한 거라는 생각을 아주 많이 하게 되었다. 마당이 있는 낡은 집에 살아서일 것이다. 낡은 집이다 보니 집 밖 곳곳 콘크리트 사이로 조금씩 빈틈이 있다. 그 빈틈에서는 반드시 식물이 자라난다. 풀 같은 정도가 아니다. 집 뒤편 그늘에서는 빈틈 사이로 나무까지 한 그루 자라고 있다. 무슨 앙코르 와트도 아니고.

집 안 곳곳의 잡초 같은 식물을 보다가 '가드닝이 진짜 럭셔리'라는 생각을 여러 번 했다. 처음 이 집에 왔을 때 정원은 조금 낡아 보였다. 그걸 보며 '할머니가 여기를 방치하고 계시는구나. 내가 한가해지면 정원을 좀 다듬어볼까'라고도 생각했는데 살아보니 이것이야말로 멍청한 생각이었다. 사실 할머니는 할 수 있는 한 최선을 다해 정원을 관리하고 있었고, 정원 관리라는 건 '한가해지면 좀 해볼까나' 같은 게 아니었다. 정원을 깎고 치우고 예쁘게 만드는 모든 게 전부 전문가의 힘을 빌려야 하는 노동이었다. 관리가 되지 않는 땅은 금방 사람 키만 한 풀로 가득한 덤불이 된다. 할머니가 피곤했는지 여름에 몇 달 정원에 손을 안 대자 바로 그렇게 되는 걸 내 눈으로 봤다. 이 집에 살게 된 이후로 나에게 홈 럭셔리의 끝은 정원이 되었다. 인테리어 같은 건 정원에 들이는 시간과 노력에 비할 바가 못 된다.

인테리어. 인테리어 하면 할 말이 많이 생겼다. 이 집에서 인테리어를 경험하며 내가 몰랐던 세상을 배웠다. 타일은 어디서 사는지, 변기의 종류는 얼마나 많은지, 공사의 순서는 어떻게 되는지. 알량한 취향에 맞춰 공간을 꾸리다 생긴 일들이 이 책 한 권을 이루고 있다.

취향은 중요한 한편 아무것도 아닌 것이다. 나는 내가 꾸민 이 집에 만족한다. 최선을 다해서 내가 넣을 수 있는 가장 좋은 자재를 넣었다. 내 돈과 시간을 쓰다 보니 현장 경험과 내 자원을 토대로 하는 개인적인 원칙들이 생겼다. 내 돈을 써서 현장에서 얻은 원칙이야말로 내가 얻은 아주 큰 교훈이다.

또 하나의 교훈은 시공 업무를 하시는 사장님들과 일해보았다는 것이다. 사장님들과 일하는 것도 보통 일이 아니라는 걸 나중에 건너 들었다. 인테리어 업체나 시공 사장님들과의 어려움 때문에 공사를 망쳤다거나 다시는 공사를 안 하신다는 분도 봤다. 이제는 그 말이 무슨 뜻인지 모두 이해할 수 있다. 이 일련의 일들에 제목을 붙인다면 '취향이 뭐길래' 같은 게 될지도 모르겠다.

후련하다. 어느 정도 끝을 본 기분이라서. '취향 때문에 ○○까지 해봤다'라고 했을 때 나는 해보려던 걸 거의 다 했다. 내 자원이 허락하는 한 모두 뭔가 생각해서 샀다. 이 집에 그냥 들어 있는 건 하나도 없다. 멀티탭의 케이블 색깔과 전구의 광도부터 조명과 모든 가구까지 모두 내 생각과 의도와 선택이 들어가 있다. 물론 그 과정에서 많은 기회비용을 지불했다는 걸 안다. 받지 않아도 될 스트레스를 받기도 했고 사지 않았어도 될 물건들도 많이 샀다. 어쩔 수 없다. 지나고 나니 어리석었지만 그때의 나는 그 정도의 선택밖에 할 수 없었다. 후회는 없다.

후회가 없는 또 하나의 이유는 내가 오랫동안 생각하던 거주에 대한 가설을 검증해 보았기 때문이었다. 도시에 사는 보통 사람 입장에서 나는 지금 내가 살고 있는 이 도시에 계속 살고 싶다. 그것도 가능한 한 내가 어느 정도 원하는 삶의 꼴을 갖춰두고 살고 싶다. 그렇다면 어떻게 해야 할까라는 질문을 계속 갖고 있었다.

그 질문에 답하기 위해 내 입장에서 필요한 옵션만 남긴 채 실제로 살아보았다. 내가 살 동네를 고를 때 남의 시선이나 학군은 중요하지 않았다. 그랬기 때문에 비싼 동네에서 벗어날 수 있었다. 건물 신축 여부도 별로 중요하지 않았다. 그랬기 때문에 비싼 집에서 벗어날 수 있었다. 내게 필요한 건 내가 원하는 걸 놓아둘 수 있을 만큼의 공간과 녹지였다.

정리하면 동네는 녹지면 되고 낡은 건 고치면 그만, 이라는 게 내 생각이었다. 서울은 어차피 대중교통망이 아주 쾌적하고 운임도 저렴하다. 좋은 동네 같은 게 있을 수는 있지만 굳이 그 동네에 살아야 할 만큼의 매력을 느끼진 못했다. 내가 서울에서 가장 멋있다고 생각하는 건 자연이다. 지금 집은 내가 원하는 조건을 상당 부분 충족시켰는데 가격도 저렴했다. '이 정도라면 감수할 만하다'고 생각해서 이 동네를 고르고 낡은 집을 고쳤다. 그래서 살아보니 어땠냐고? 즐거웠다. 나에게는 그거면 충분했다.

가설에 따라 살아본 결과 내가 변했다. 낡은 집을 고치고, 집에 계속 신경 쓰는 삶을 살아야 한다는 게 어떤 의미인지 알게 됐다. 나에게 집은 2년에 한 번 이사 가고 벽에 구멍도 못 뚫는 곳은 아니다. 화장실도 고칠 수 있고 타일 색깔도 바꿔볼 수 있는 곳이다. 겨울에 춥고 여름에 더운 곳이다. 먼지가 자주 쌓이고, 힘들 때는 아주 힘들기도 하지만 좋을 때는 아주 좋은 곳이다. 삶에서 마주치는 크고 작은 기쁨들이 그렇듯이.

뱁새의
사정과 사연

1

성격상 내 경험을 책 한 권으로 만든다는 게 쉬운 결정은 아니었다. 이 낡은 집을 꾸며 사는 일이 딱히 자랑스럽거나 특별할 것도 없다고 생각했다. 부끄럽기도 했다. 여러 고민 끝에 이 책을 내기로 한 이유는 나의 개인적인 경험과 얄팍한 기호가 조금이라도 누군가에게 도움이 되거나 참고가 될 수 있지 않을까 싶어서였다.

이건 2010년대 후반 서울에 혼자 살게 된 어느 평범한 30대 남자가 어떻게든 그럴듯하게 살아보겠다고 애를 써보는 이야기다. 눈은 높아졌지만 돈은 모자라고, 해보고 싶은 건 많지만 모든 조건이 제한되어서, 알면서도 어리석은 결정을 내리기도 하고, 어떤 걸 하고 나서 바보처럼 기뻐하기도 하는, 그렇게 첫 집을 조금씩 채워 나가는 과정이다.

이 책의 일정 부분은 요즘 유행하는 이른바 취향에 대한 이야기이기도 하다. 취향이 유행이라는 말부터 앞뒤가 안 맞는 듯하긴 한데, 요즘은 취향이나 큐레이션 같은 말을 워낙 여러 곳에서 볼 수 있다. 한국도 선진국이 되었는지 모두가 SNS라는 전용 갤러리를 가지게 되어서인지, 아마 둘 다겠지. 유행을 따르는 소비의 반대 개념으로 취향이 떠오르는 것 같기도 하다.

취향은 돈과 반대편에 있는 도도하고 고고한 것일까. 전혀 그렇지 않다. 취향이야말로 돈과 시간과 노력을 꾸준히 쏟아야 나오는 자기만의 맞춤옷 같은 것이다. 취향이 발달하려면 어릴 때부터 풍족한 환경에서 자라나거나, 호황기의 호황을 계속 쬐면서 시간을 보내거나, 아니면 정말 타고난 심미안이 있어야 하는 것 같다. 그러니 취향은 일정 부분 속물적이고 필연적으로 어느 정도는 차별적이다.

나는 앞서 말한 세 가지 경우에 모두 해당하지 않은 채로 좋은 물건을 보는 일을 직업 삼아 하게 됐다. 잡지 에디터 업무의 일정 부분은 좋은 물건을 구경하고 거기서 뭔가를 골라 내 소개하는 일이었다. 그 과정에서 좋은 것들을 알게 됐는데 내 수입으로는 그걸 감당할 수 없었다. 그래도 내가 할 수 있는 한 뭔가 내가 납득할 수 있는 삶의 공간을 가져보고 싶었다. 그 마음의 결과가 여러분이 책 한 권으로 보신 나의 소소한 실수와 경험이다.

이걸 딱딱한 말로 요약하면 저성장시대의 취향과 라이프스타일에 대한 논의라고 볼 수도 있겠다. 저성장시대의 취향은 이전 시대처럼 풍요로울 수 없다. 대규모 중산층이 가만히 나이가 들기만 해도 연봉과 부동산 가치가 올라서 여유로운 삶을 사는 시대는 다시 오지 않을 것이다. 극소수의 벼락부자를 제외하면 많은 사람이 정점에 오른 자본주의의 아주 완만한 성장곡선 안에서 살아가야 할 것이다. 남과 다른 취향과 기호는 점차 사치스러운 것이 되고, 똑같은 모듈러 베이스의 의식주 안에서 살아가는 게 가장 효율적인 일이 될 것이다.

그렇게 살아야만 할까? 꼭 돈이 많이 있어야만 남다른 기호를 가질 수 있을까? 번화가의 멋진 쇼윈도 안에 있는 물건만이 좋은 물건일까? "이게 요즘 대세예요"라는 말과 함께 뉘신지도 모르는 '전문가'와 '인플루언서'가 권하는 물건들로 내 옷장과 내 집과 내 삶을 채우는 삶이 현대 사회의 선택과 집중일까? 나는 그렇지 않다고 생각했고, 그 결과 이런 모습으로 살아보게 되었다. 나 자신을 재료 삼아 '저성장시대의 취향 추구'라는 소소한 실험을 해봤다고 해도 되겠다.

내가 이 책을 통해 보여주고 싶었던 건 내 어쭙잖은 기호와 취향이 아닌 내 태도와 행동과 그 이유였다. 내가 무슨 의자를 골랐는데 그게 누가 어디서 만든 물건인지, 내가 무슨 타일을 골랐는데 그게 얼마나 훌륭한지, 그런 건 이 책에 나오긴 하지만 내가 전하고픈 메시지는 아니다. 나는 선언하거나 제안하는 대신 대응하고 적응하려 했다. 내가 왜 그랬는지, 무엇을 얻기 위해 무엇을 포기했는지, 이런 것들을 적어두고 싶었다.

그러니 나는 '내 예쁜 집과 날렵한 취향을 좀 보시겠어요? 참 좋죠? 구독 좋아요 눌러주세요'라고 말할 생각이 전혀 없다. 이 집이나 이 책을 통해 남다른 주거 모델이 되려는 마음도, 멋있어 보이려는 뜻도 없다. 영화 〈카모메 식당〉의 원작 설정은 복권이 당첨되어 120억 원이 생겨 북유럽에서 식당을 차리는 것이라고 한다. 좋은 취향과 우아한 삶 중에는 120억 원이 생긴 카모메 식당 같은 경우가 많다. 그런 삶은 본의 아니게 누군가를 허탈하게 만든다. 그런 느낌을 드리고 싶지 않아 나의 부끄러운 모습도 최대한 보여드리려 했다. 이 책을 읽으실 분들께서 상대적 박탈감을 느끼지 않으셨으면 좋겠다. 혹여 조금이라도 느끼셨다면 그건 모두 내 재주나 인품이 모자란 탓이다.

그냥 심심풀이 삼아 이 책을 읽으시고 피식 웃으신다면 더 바랄 게 없겠다. 내가 겪은 황당한 일들을 듣고 웃었던 친구나 지인들처럼 말이다. 모두 각자의 이상을 위해 열심히 살고 계실 것이다. 그 사이의 서울시 어딘가에서 굳이 그럴싸하게 살아보겠다고 이렇게 사는 나 같은 사람도 있구나, 이 정도로 생각해 주신다면 좋겠다. 도시는 크니까.

2

이 책은 나 혼자의 이야기지만 이 책이 만들어지기까지는 나 말고도 많은 분들의 노력과 관심이 있었다. 그분들께 내가 할 수 있는 최대한의 감사를 표하고 싶다. 출판사 웨일북 덕분에 개인적인 이야기로 시작한 기획이 한 권의 책이라는 물건으로 나올 수 있었다. 도와주시고 기다려주신 권미경 대표께 감사드린다. 이 책의 담당 편집자 박주연은 내내 친절하고 사려 깊게 이 책의 방향을 제시해 주셨고 마지막의 마지막까지 꼼꼼하게 원고와 방향성 등을 확인해 주셨다. 덕분에 15만 자가 넘는 책이 일관된 흐름을 가질 수 있었다. 이 자리 빌려 다시 한번 깊이 감사드린다.

이 책의 일정 내용은 내가 이사를 하고 집을 고치며 알게 된 분들과의 사례이니 그분들께도 감사가 돌아가야 한다. 내가 이사 온 이 동네 분들, 이 집의 수리에 다양한 방식으로 참여해 주신 분들이 이 책을 보실 것 같지는 않으나 그래도 감사드린다. 모두 각자의 일에서 계속 번창하시길 바란다. 내가 집을 고치는 과정을 지켜봐 주고 웃어주고 응원해 준 친구들과 동료들께도 감사와 안부를 전한다. 집주인 할머니도 평생 잊지 못할 것이다. 할머니께서 이 책을 보실 거라 생각하지는 않지만 오래오래 건강하게 사셨으면 좋겠다.

내가 이 집에 이런 모습으로 사는 걸 실제로 보면 가족들이 기겁할까 봐 나는 이 집에 가족을 초대한 적이 없다. 미안한 마음과 감사한 마음을 함께 전한다. 특히 엄마가 이 책을 보면 굉장히 한심해할 것 같은데(내가 엄마라도 그러겠다), 그래도 이런 경험으로 책도 냈으니 그러려니 해주세요. 내 기호의 일부에 영향을 미쳤을 아버지와, 형이 떠난 집에 혼자 남아 부모님과 잘 지내고 있는 동생에게도 감사와 사랑을 전한다.

3

나는 의도적으로 내가 사는 동네의 정확한 이름이나 위치를 적어두지 않았다. 프라이버시야말로 현대 사회에 남은 마지막 럭셔리라고 생각하기 때문이다. 여러 이유와 사정 때문에 그 럭셔리를 모두 지킬 수는 없겠지만 할 수 있는 한은 프라이버시를 잃지 않으려 노력하고 있다. 혹시 '그래서 지금 이 양반이 어디 산다는 거야'라고 생각하셨던 분이 있다면 이런 뜻이 있어 밝히지 않았으니 너른 양해 부탁드린다.

4

내 이야기는 여기까지다. 다들 어떻게 보셨는지. 다 읽으시고 여기까지 읽고 계시고 있을지 아닌지도 모르겠다.